Wschód

Andrzej Stasiuk

Wschód

wydawnictwo czarne

Wołowiec 2014

Projekt okładki Agnieszka Pasierska / Pracownia Papierówka
Fotografia na okładce © by Martine Franck / Magnum Photos / FORUM

Redakcja Magdalena Budzińska
Korekta Magdalena Mrożek / d2d.pl, Małgorzata Poździk / d2d.pl
Projekt typograficzny, redakcja techniczna i skład
pismem Palatino Linotype Robert Oleś / d2d.pl

Wydrukowano na papierze Ecco book 70 g / m², vol. 2,0,
dystrybuowanym przez firmę Antalis Sp. z o.o.

ISBN 978-83-7536-559-7

Wydawnictwo Czarne sp. z o.o.
www.czarne.com.pl

Redakcja: Wołowiec 11, 38-307 Sękowa, tel. +48 18 351 00 70
e-mail: redakcja@czarne.com.pl

Druk i oprawa: Drukarnia POZKAL,
ul. Cegielna 10/12, 88-100 Inowrocław, tel. +48 52 354 27 00

Wołowiec 2014
Wydanie I
Ark. wyd. 9,9; ark. druk. 19

Dla A.

Minionego lata Dżery kupił wyposażenie sklepu z pegeeru. Wszystko: lady, półki, jakieś gablotki i starodawną wagę z szalkami i wskazówką wędrującą za szkiełkiem. Ładowaliśmy ten komunistyczny zabytek na klepisko stuletniej łemkowskiej chałupy. Lady i półki trzeba było przeciąć. Tak były wielkie. Przez pięćdziesiąt lat stały w jednym miejscu i nikt ich nie ruszał. W osiemdziesiątym trzecim w rusińską Wielkanoc zobaczyłem je po raz pierwszy, po raz pierwszy stanąłem w kolejce i potem stawałem już do końca, cały czas w tym znajomym zapachu. Co to było? Słodycze, cynamon, marmolada, cukier waniliowy, wędzonka, wietrzejące butelki po piwie, papierosowy dym, ciała ludzi stojących w kolejce? Wszystko razem. Towar przyjeżdżał we wtorki i w piątki. Trzeba było przyjść znacznie wcześniej i stanąć, żeby cokolwiek dostać. Ekonomia niedoboru. Sklep należał do pegeeru i właściwie obsługiwał tylko jego pracowników. Sprzedawcą był szef gospodarstwa. Większość pegeerowców nie używała na co dzień gotówki. Szef miał gruby zeszyt, w którym zapisywał imienne listy zakupów i potem odliczał przy wypłacie. Niektórzy chyba w ogóle nie oglądali pieniędzy. Po prostu pracowali i dostawali za to jedzenie, mydło, piwo. Było coś feudalnego w kolejce potulnych kobiet. Stały w milczeniu albo coś cicho mówiły. Dwie, trzy, cztery godziny. Czasu było wtedy pod dostatkiem. Towar przywoził beżowy żuk. Widać go było z dwóch kilometrów. Pojawiał się obok dawnej cerkwi i ciągnąc za sobą tuman kurzu, zaczynał zjeżdżać w dół, znikał na dwie minuty i potem pojawiał się na ostatniej półkilometrowej prostej.

Tkwiłem na końcu babskiego ogonka i czułem się jak przybłęda w tym kolektywistycznym i zarazem patriarchalnym świecie. Szef stał za ladą w granatowym kitlu i białym kaszkiecie. Wskazywał palcem to na tą, to na tamtą klientkę i przywoływał. Kolejka nie miała żadnego znaczenia. Kupowały te wskazane. Nigdy nie udało mi się rozwikłać zasady tych wyborów. Może szef nagradzał najlepsze pracownice? Może te, które miały najdalej do domu? A może po prostu okazywał swoją absolutną władzę, którą w istocie nad tym ludem sprawował? Byli jego własnością. Nie mieli dokąd pójść. Tycowa miała dziewiątkę dzieci. Po chleb przychodziła z workiem, w cajgowych spodniach i bluzie, prosto od owiec albo koni. Wynosiła ten wór przez próg zgarbiona, jakby niosła ziemniaki. Czworaki stały na wzniesieniu, miała pod górę z tym tobołem. Ludzie mówili, że dodatku rodzinnego bierze więcej niż pensji. Żwirowa droga biegła środkiem osady i prócz żuka przejeżdżał nią jeszcze co jakiś czas leśniczy swoim UAZ-em, ciężarówki z drewnem i patrole straży granicznej. Nikt nie miał samochodu. Autobus zatrzymywał się sześć kilometrów dalej. Naprawdę nie było dokąd odejść z dziewiątką dzieci. Zresztą nikt nie czekał. Stałem na końcu babskiego ogonka i czułem się jak przybłęda.

Ale skądś to wszystko znałem. Te chustki na głowach, przyciszone rozmowy i oczekiwanie. Ten czas, który trzeba było przeczekać wśród obcych. Z siedemdziesiątego trzeciego, siedemdziesiątego czwartego, z innego sklepu. Tamten był murowany i stał w środku normalnej wsi. Wchodziło się po kilku stopniach do jasnego wnętrza, bo okna zajmowały całą ścianę. Też trzeba było przyjść wcześniej i czekać. Czas. Niezwykłe ilości czasu w prezencie. Czasu niczyjego. Wypełnionego zapachami, kształtami i dźwiękami. Na przykład dzwonieniem pustych butelek w drucianym koszu na dwadzieścia pięć sztuk. Albo ten moment, gdy furgonetka już się zatrzymała, ale w powietrzu wisi jeszcze kurz, woń benzyny, a facet w brudnym białym kitlu otwiera tylne drwi i z wnętrza wydobywa się zapach świeżego chleba. Siedemdziesiąty drugi, siedemdziesiąty trzeci – wszystkie furgonetki miały wtedy benzynowe silniki i ten zapach niskooktanowego paliwa, zapach swobody, tajemnicy i pożądania, mieszał się z zapachami słodyczy, cynamonu, oranżady i papierosów. Wtedy tam też stałem wśród starych kobiet. Przysiadały na parapecie tego długiego okna. Jak opatulone ptaki. Poćwierkując i pogdakując. Sklepowa dołączała do nich zza lady. Nasłuchiwałem, nic nie rozumiejąc. Mówiły strzępkami starych, dobrze sobie znanych zdań. Mówiły o starych, znanych na wylot zdarzeniach, które powtarzały się od stu lat. Życie, śmierć, ludzie, pogoda, praca. Mówiły ze śpiewnym akcentem. Domyślałem się, zamiast rozumieć. Wystarczały same dźwięki. Nie znałem bohaterów. Byłem nieśmiałym chłopcem z miasta i chciałem być niewidzialny. Przynajmniej do czasu, gdy nadjedzie furgonetka. Nigdy nie pytałem o kolejkę, więc chociaż po mnie przychodziło jeszcze wiele osób, to i tak stawałem na końcu. Chyba że kobiety się zlitowały i poznawszy, „czyj jestem", wpuściły mnie gdzieś w środek albo wypchnęły naprzód. Brałem tylko chleb. Tylko po chleb mnie wysyłano, ponieważ miałem dwanaście lat i byłem nierozgarniętym chłopcem z miasta.

Sklep stał blisko skrzyżowania. W lewo jechało się do powiatu, w prawo do kościoła i potem droga urywała się zaraz na wysokim brzegu rzeki. Między sklepem a kościołem było centrum wsi. Na samym skrzyżowaniu stała remiza. Cała z surowych, zbrązowiałych ze starości desek. W niej robiono zabawy. Świeciła się wtedy jak lampion. Przez szpary wydobywał się blask. Wóz strażacki wyprowadzano na zewnątrz, żeby zrobić miejsce do tańca. Tak. Wtedy opuszczała mnie nieśmiałość, bo można było ukryć się w mroku. Przyczaić na krawędzi kręgu światła i patrzeć. Zielony półmrok lata i krzyki w ciemności. Bili się do krwi, bili do upadłego. O wszystkim dowiadywałem się następnego dnia z rozmów kobiet. Ciotka i babka wiedziały kto, kogo i jakie rany. Miłość i przemoc. Mrok był gorący jak wnętrze stajni. Wszystko o kilkadziesiąt kroków od kościoła. Nie mogłem oderwać wzroku od tych, co przepadali w ciemnościach.

No i teraz ładowaliśmy sklepowe lady i szafy na klepisko stuletniej łemkowskiej chaty, cudem przeżyłej we wsi, z której zniknęły wszystkie domy. Przepadło, rozpadło się, poszło z dymem, sześćdziesiąt cztery chałupy. Długie na piętnaście metrów, przysadziste, pod stromymi i wysokimi dachami, które miały zmieścić siano na całą zimę dla bydła i owiec. Jak odwrócone kadłuby statków z ciągnącymi się wzdłuż burt jasnymi liniami glinianej zaprawy spajającej jodłowe bale nasączone czarnym petrolem. Z sześćdziesięciu czterech przetrwała jedna i teraz upychaliśmy do jej wnętrza komunistyczne resztki. Chociaż żeby było sprawiedliwie, powinniśmy je spalić i popiół rozsypać na cztery wiatry nad Beskidem Niskim. Tak powinniśmy zrobić. Tak samo jak zrobiono z sześćdziesięcioma czterema chałupami i tymi wszystkimi resztkami dawnej Rusi od Bugu i Sanu po Szlachtową i potok Grajcarek. Ale nie. Ładowaliśmy. Drewno i sklejka były tłuste od dotyku rąk i rzeczy, nasiąknięte zapachami i ciężkie. Życie w nie weszło i zastygło. Warstwy życia: łemkowszczyzna, komunizm i teraz my, spoceni od tego ciężaru.

Wszystkie wiejskie sklepy tamtego czasu pachniały podobnie. W sześćdziesiątym ósmym, dziewiątym do sklepu w całkiem innej wsi też wchodziło się po schodkach. Był wieczór, razem z zapachem z wąskiego wnętrza wydobywało się światło. Złociste i pomieszane z wonią wanilii i oranżady. Nic więcej nie pamiętam: po stromych schodkach w lewo, ciasne pomieszczenie i koniec. Tylko zapach i światło. Przed sklepem murawa i resztki ceglanych słupów, pozostałość zabudowań dawnego folwarku. To się unosiło w powietrzu, w rozmowach: folwark, dwór, dworskie, na dworskim... Była w tym i obcość, i coś groźnego. Samo słowo „dwór" było dudniące, niskie i głuche. Prawie jak „grób". Wieś żyła wspomnieniem pańszczyzny, nie zdając sobie nawet z tego sprawy. Ten „dwór" był jak wieża strażnicza, pograniczny fort wystawiony na postrach. Ludzie wciąż chodzili pracować „na dworskie", chociaż władza ludowa podarowała im te jałowe spłachetki na własność w czterdziestym piątym czy szóstym. Przez wieś prowadziła piaszczysta droga. Nie pamiętam, by kiedykolwiek przejechał nią samochód. Kury zostawiały po sobie wygrzane dołki. Gdzieniegdzie można było znaleźć wyschnięte na wiór krowie gówna. Ale samochody nie przejeżdżały. Po prostu ich nie było w sześćdziesiątym ósmym. Komunikacja docierała tylko pod sklep i zawracała. To były ciężarówki Star albo Lublin z brezentowymi budami. O świcie zabierały robotników do warszawskich fabryk, a po południu ich odwoziły. Ruszały z ulicy Wileńskiej. Siedziało się na deskach przerzuconych w poprzek paki. Wchodziło po drabince ze stalowych prętów. To chyba nic nie kosztowało. Trzydzieści kilometrów. Trzeba się było kurczowo trzymać, żeby nie zlecieć. Wokół siedzieli sami mężczyźni. Kiedy oglądam stare kroniki, rozpoznaję ich. Kaszkiety, rozpięte pod szyją koszule, bure, kanciaste garnitury. Filmy są czarno-białe, więc i pamięć staje się monochromatyczna. Twarze lśnią od szarego potu i dym z papierosów też jest szary. Czasami, mimo że byłem dzieckiem, pozwalali mi usiąść przy tylnej burcie. Patrzyłem, jak miasto oddala się i maleje. Jechaliśmy chyba Świerczewskiego, potem Generalską. Drewnica, Marki, Pustelnik, Struga. Miasto zanikało. Zamieniało się w miasteczko. Parterowiało. Przypadało do ziemi, żeby w końcu zamienić się w wieś ciągnącą się aż po krawędź mapy. Tak sobie to wyobrażałem: na wschód od Warszawy leżały już tylko wsie albo miasta, będące jedynie zwielokrotnionymi wsiami. Domy miały jedno albo dwa piętra, ale były to raczej wiejskie chałupy ustawione jedna na drugiej. Nie przypominały kamienic. Były z drewna. Pomalowane na brązowo. Jak podłoga w domu dziadków, jak podłoga w domu wujostwa. Drewno, farba olejna i lekki skrzyp. Zawsze wchodziło się do czegoś starego i przesiąkniętego zapachem. Pachniała ciemność i pachniał półmrok, i dopiero gdy zapaliło się światło, zapach jakby zamierał, bo zjawiały się kształty. Ale te wnętrza nigdy nie oddzielały od reszty świata tak jak domy w prawdziwych miastach.

W osiemdziesiątym szóstym zamieszkałem w drewnianym domu na odludziu. Nocą ciemność po prostu wchodziła do środka. Przenikała nie tylko przez szyby, ale przez stare, suche drewno belek, przez wypełnione mchem i gliną spoiny. I razem z ciemnością te wszystkie dźwięki, których wcześniej nie znałem. Leżałem w mroku i nasłuchiwałem. Czułem lęk, ale od lęku silniejsza była ciekawość, więc wsłuchiwałem się aż po wczesny świt. Myszy, popielice na strychu, owady w drewnie, skrzypienie konstrukcji pod uderzeniami wiatru albo ciepła. Nocne ptaki, zwierzęta w lesie, woda w rzece i w końcu własna wyobraźnia.

Wokół nie było nikogo. Za to cmentarzy miałem pod dostatkiem. Co najmniej pięć w zasięgu niedługiego spaceru. Myślałem o duchach, o duchach ludzi, duchach domów, duchach zwierząt, duchach żołnierzy. To wszystko wirowało wokół domu, ocierało się o ściany. Byłem w okolicy jedynym człowiekiem, więc wszystkie przychodziły do mnie. Tak sobie wyobrażałem. Dlatego czasami nie mogłem zasnąć aż po świt. Słońce wstawało znad ciemnego zbocza. Wspinało się wyżej i świeciło na tę wyludnioną krainę. Na groby i przydrożne krzyże. Na podmurówki domów układane z płaskich kamieni na glinianej zaprawie. Na szkielety cerkiewnych kopuł. Na resztki. Jakby krajobraz któregoś dnia po prostu strząsnął z siebie to wszystko z absolutną, monumentalną obojętnością natury. Oczywiście było inaczej. Były krzyki, bieganina, wywlekanie z chałup, przekleństwa, bicie. Żołnierze w mundurach, ale tak naprawdę to wyekwipowana polowo bezpieka, bo to były wojska Korpusu Bezpieczeństwa Wewnętrznego podległe Ministerstwu Spraw Wewnętrznych. Czyli żadna przyroda, tylko polityka, nienawiść klasowa, nienawiść narodowościowa i błogosławieństwo kremlowskiego ludojada. Od samego początku nawiedzała mnie wizja niekończącego się węża furmanek wywożącego naród na stację kolejową w Zagórzanach. Dom za domem, rodzina za rodziną, wieś za wsią. Na furkach jechał dobytek (kilka godzin na spakowanie), małe dzieci i starcy. Reszta szła, prowadząc bydło. W obejściach zostały kury, psy i koty. Wsie latem czterdziestego siódmego musiały wyglądać dziwnie: skrzypiały na wietrze drzwi, na podłogach leżały porzucone sprzęty, otwarte szuflady, rozsypane zboże, puch w powietrzu. Panowała cisza i z żadnego komina nie unosił się dym. Ciekawi mnie, czy najpierw nadeszły z lasu lisy, by bez przeszkód plądrować kurniki, czy też rabusie z polskich wsi i miasteczek. Tak więc ten wąż furmanek nie dawał mi spokoju, aż do chwili gdy w dziewięćdziesiątym drugim albo trzecim przeczytałem Płatonowa: „Na słowa aktywisty kułacy zgięli się i zaczęli ciągnąć tratwę prosto ku rzecznej dolinie. Żaczew popełznął w ślad za kułactwem, by zapewnić mu należyte spłynięcie z prądem ku morzu i jeszcze bardziej ugruntować w sobie pewność, że socjalizm będzie, że Nastia dostanie go w panieńskim posagu i że on, Żaczew, wkrótce zniknie jako zaniechany przesąd. Zlikwidowawszy kułaków w siną dal, Żaczew nie zaznał spokoju; nie wiedzieć czemu zrobiło mu się nawet ciężej. Długo patrzył na tratwę spływającą systematycznie po delikatnej, płynnej rzece i na wieczorny wiatr, muskający ciemną, martwą wodę, która przelewała się wśród wyziębłych pól ku odległej otchłani. W sercu zrobiło mu się tęsknie i smutno. Socjalizm nie potrzebuje wszak warstwy smutnych pokrak; więc i jego zlikwidują kiedyś w siną dal…".

No ale jednak miało to coś wspólnego z naturą, z tektoniką, bo to był dreszcz, który przebiegł od Kamczatki po Łabę. Jak coś ma dziesięć tysięcy kilometrów długości, to nie do końca jest procesem historycznym. Tutejszy wstrząs, który zmiótł domy i ludzi, był jedynie dalekim echem tamtej tektoniki, ale ślady kataklizmu oglądałem każdego dnia i każdej nocy nasłuchiwałem duchów. Wydawało mi się, że to jest naturalne i że tak będzie zawsze. Pegeer trwał w swoim półśnie, pomrukiwał, drapał się przez sen tam, gdzie go swędziało, jak wielkie, bure bydlę. Wokół rozciągała się zielona pustynia. Las schodził w doliny. Młode jesiony rozsadzały resztki fundamentów. Studnie zarastały trawą i zamieniały się w głębokie i zimne pułapki. Stare drogi zabierała woda, a przyczółki dawnych mostów coraz bardziej przypominały urwiska wybrane nurtem rzek. Wczesną wiosną, zanim wyrosła trawa, można było dostrzec wejścia do sklepionych kamiennych piwnic i wyraźne zarysy chałupisk. Można było wyjść na cały dzień i nie spotkać nikogo, tylko groby i pozostałości.

Którejś październikowej nocy w osiemdziesiątym siódmym albo ósmym zjadłem trzydzieści halucynogennych grzybów i poszedłem na Górną Radocynę aż pod czechosłowacką granicę. Po godzinie wieś wstała z martwych. W oknach domów paliły się światła: złoty, miękki blask. Z otwartych wrót obór ciągnął zapach siana i zwierząt. Brzęczały wiadra przy studni, nawoływały się ludzkie głosy, szczekały psy, ktoś mnie minął i poczułem jego ciepło. Chociaż była noc, widziałem drewno ścian wytrawione pogodą, sztachety płotów i wydawało mi się nawet, że widzę biel mleka przelewanego po wieczornym udoju, widziałem, jak spływa miękką strugą z naczynia do naczynia. Nawet jeśli czegoś nie mogłem dostrzec, to i tak wiedziałem, że tam jest, że tkwi w ciemnościach, takie samo od wieków, powtarzane z ojca na syna, każdy gest, rzecz, dobre i złe, na swoim miejscu. Tamtej księżycowej październikowej nocy szedłem w górę doliny, w stronę karpackiego wododziału, i wieś żyła wokół swoim starym, niezmiennym życiem, a ja byłem jak duch. Nikt mnie nie dostrzegał, chociaż stawałem tu i tam, i może tylko psy mnie wyczuwały, szarpiąc swoje łańcuchy ze zdwojoną siłą.

Często nocą przechodziłem wskroś pegeeru. Nigdy jednak nie miałem wizji ani nie czułem potrzeby, by coś sobie wyobrażać. Wszystko wydawało się wówczas oczywiste. Kolektywne pożarło indywidualne. Pożarło i teraz postękując, leżało w mroku i trawiło. Pożarło cerkwie, domy, zostawiło trochę kamieni. Te wielkie stodoły i stajnie, które mijałem w ciemnościach, zrobiono ze świątyń i chat. Tam gdzie wyładowaliśmy kontuary i półki, leżały już belki, które

Dżery kupił od upadłego kołchozu parę lat wcześniej. Na niektórych wycięte były daty, trójramienne krzyże i symbole solarne. No i teraz leżały w stuletniej chałupie ocalone przed historią, najpierw przed nadejściem komunizmu, potem przed nadejściem kapitalizmu. W każdym razie nie miałem wizji minionego, gdy nocą przechodziłem przez kołchoz. Wszystko było wyraźne jak teraźniejszość. Przyszli na nagą ziemię, na niczyje i wybudowali swoje, które zaraz potem okazało się niczyje jeszcze bardziej. W osiemdziesiątym trzecim, w osiemdziesiątym czwartym byli dla mnie egzotycznym plemieniem, nowym, znanym jedynie z opowieści ludem. Godzinami siedziałem pod sklepem i popijałem piwo Marcowe z browaru w Grybowie. Patrzyłem na nich i słuchałem. Krzątali się pomiędzy stajniami, owczarniami, piętrowym magazynem z czerwonej cegły w śląskim guście, kuźnią, domami i sklepem niczym po wielkim obejściu rodzinnego domu. Naprawdę tak to wyglądało. Faceci w drelichach przysiadali na ławce, popijali marcowe i rozmawiali o maszynach, o hektarach do skoszenia, o zdarzeniach z przeszłości, w których wszyscy mieli wspólny udział i które ich łączyły niemal tak, jak łączy pokrewieństwo. Po prostu byli nową rodziną. Plemieniem na kolektywistycznej wyspie. Byli wcieleniem komunizmu, ba, byli samym komunizmem. Zebrani w jednym miejscu o jednym czasie zostali wyznaczeni do eksperymentu.

Którejś zimowej nocy szedłem wśród ciemnych stajni i stodół. Był mróz, wiał wiatr ze wschodu. Na pochyłym placu przy drodze stały cztery traktory. Ich silniki pracowały na wolnych obrotach. Pyr-pyr, pyr-pyr, pyr-pyr... Miały zbyt słabe akumulatory, by rano zapalić na tym mrozie, więc po prostu w ogóle ich nie gasili. Minąłem magazyn z czerwonej cegły, wielką stodołę złożoną ze starych chat, zacząłem wspinać się na przełęcz i już wiedziałem, że ten eksperyment jest większy niż całe to gadanie o równości, sprawiedliwym podziale dóbr, o tym, że każdemu według potrzeb, że odebrać bogatym i dać biednym, i żeby grabić zagrabione. Tu chodziło o coś więcej, ponieważ chodziło o kompletne unieważnienie materii, o jej przezwyciężenie – żeby już nigdy nie odzyskała znaczenia i żeby raz na zawsze mieć z nią spokój. Dlatego ta próba była większa niż historia i bardzo bliska geologii.

W dwa tysiące szóstym pierwszy raz pojechałem do Rosji, ponieważ chciałem zobaczyć kraj, w którego cieniu upłynęły mi dzieciństwo i młodość. Chciałem również zobaczyć duchową ojczyznę mojego pegeeru. Wysiadłem na lotnisku w Irkucku po trzynastu godzinach podróży. Lot z Moskwy miał trwać pięć godzin, ale z niewiadomych powodów zamiast w Irkucku wylądowaliśmy o poranku w Bracku i kazali nam wychodzić. Szary deszcz padał na szary beton. Podjechał lotniskowy autobus: oszklona kabina z siedzeniami na podwoziu ziła. W oddali stał ciemnozielony las. Cement, stara blacha i wojskowa zieleń mokrych drzew w świetle świtu. Od pierwszych chwil tam, w Bracku, poczułem, że dostałem to, czego oczekiwałem, choć nie podejrzewałem nawet, że to istnieje. Pas startowy lśnił jak martwa ryba. Potem, gdy wyszedłem przed szklany budynek terminalu, zobaczyłem, że nic wokół nie ma. Znaczy się była jakaś szeroka szosa, jakieś budynki, plac z zaparkowanymi autami, ale niezbyt to wszystko istniało. Ludzie przyjeżdżali autobusami, wysiadali z samochodów, przybywali gdzieś z głębi, z wnętrza tej niewidzialnej reszty. Miasto leżało nad wielkim zbiornikiem wodnym. Angarę przegrodzono zaporą i woda zalała tajgę. Widzę to teraz na mapie, bo wtedy nie ruszyłem się na krok z lotniska. Prostokąt papieru jest zielony, a gdzieś mniej więcej pośrodku ten zalew. Jak kleks jasnobłękitnego atramentu. Wyżej, w górze mapy, nie ma już właściwie nic poza zielenią. Czarne okruszki oznaczają *otdielnyje strojenija*, pojedyncze budynki. Sto kilometrów i dom, pięćdziesiąt i następny, i tak przez dwa tysiące aż do wybrzeża Oceanu Lodowatego. Ale tam, na lotnisku, nie miałem o tym jeszcze pojęcia. Przyglądałem się Rosjanom i spacerowałem. Musieli mnie rozpoznawać na pierwszy rzut oka. Tak jak ja bez trudu wyławiałem z tłumu paru zachodnich turystów z naszego samolotu. Przemierzali nerwowo halę i próbowali się dowiedzieć, dlaczego wylądowaliśmy tutaj, a nie w Irkucku. Rosjanie rozsiedli się na ławkach i po prostu czekali. Ja spacerowałem, ponieważ nie mogłem oderwać oczu od Bracka, od betonu, od Rosjan. Od brudnego szkła hali, od jakichś drewnianych szafek, zielonych drzwi z dykty i posadzek z lastryko. Pokonałem sześć tysięcy kilometrów i trzydzieści parę lat. Lotnisko w Bracku było jak dworzec Warszawa Stadion, z którego odjeżdżały autobusy w stronę Węgrowa, Sokołowa i Siemiatycz. I ludzie też byli podobni. Ale jednocześnie czułem, że spaceruję po krawędzi zamieszkanych ziem, że dalej jest już tylko geografia. W ciasnym kiosku lali wrzątek do plastikowych kubków i wrzucali torebki herbaty. Nie dało się tego utrzymać, nie było gdzie postawić. Przy trzech stolikach w ciemnym rogu drzemali ludzie.

Jest połowa grudnia i nareszcie pada śnieg. W zimie wszystko cichnie. Minione staje się wyraźne. Zapach węglowego dymu i odgłos blaszanych łopat w ciszy poranka czterdzieści lat temu na Pradze. Wtedy też robiło się cicho, gdy spadał śnieg. I ten metaliczny dźwięk na chodnikach. Albo głuchy hurgot szufli ze sklejki. Nie było wtedy plastikowego, kolorowego sprzętu. Zielonych, czerwonych, niebieskich i żółtych łopat okutych aluminium. Tylko bura od wilgoci sklejka i poczerniały metal. Monochromatyczna materia. Białe, geometryczne płaszczyzny dachów i szary dym w nieruchomym powietrzu, wędrujący prosto do nieba. Wychodziłem do szkoły o wpół do ósmej i nie miałem pojęcia, że na świecie jest komunizm. Szło się ścieżką przez akacjowy zagajnik. Potem trzeba było wspiąć się na nasyp kolejowy i pokonać tory. Nie wiedziałem nawet, że jest socjalizm. W domu nie mówiło się o takich rzeczach, ponieważ to, w czym wszyscy braliśmy udział, było po prostu życiem i niczym więcej.

Moja matka zobaczyła Rosjan w czterdziestym czwartym. Byli marynarzami. Cumowali swoje kanonierki w rozlewiskach Bugu. Rzeka często zmieniała bieg. Zielona woda stała w martwych odnogach, a potem cofała się i zostawały bagna. Kanonierki, kutry i pontony cumowały zapewne w głównym nurcie niedaleko dworskich zabudowań. Marynarze mieli pasiaste koszulki. Tak jak ci z Aurory, Potiomkina i Kronsztadu. Ale nie przynieśli rewolucyjnego wrzenia. Dziadek prowadził z nimi handel. Zanosił wódkę albo samogon i przynosił wojskowe konserwy i cukier. W lesie poniewierały się niemieckie trupy. Ludzie pogardzali Rosjanami. Może akurat nie marynarzami, ale wynędzniałą piechotą, która gotowała kury razem z pierzem. Dziesiątki razy słyszałem tę samą opowieść: kury z pierzem, na rękach po trzy zegarki, karabiny na sznurkach. Tak wspominała nadejście rewolucji moja matka. Tak wspominali wszyscy. W miastach i we wsiach. W mowie i w piśmie. Te kury z pierzem, sznurki i zegarki. Pragnienie tych kur i zegarków nadciągało gdzieś z głębi Eurazji, z otchłani tundry i stepów. To nie był żaden Marks naprawiający świat, tylko jakiś skundlony Temudżyn w pogoni za drobiem i czasomierzami. We wsiach z szarego drewna, w chałupach pod strzechami, wśród zagonów piachu czaił się strach przed dzikim, niepoliczonym i zachłannym, które nadciągnie, zagrabi i puści z dymem te piachy, strzechy i drewniaki niewiele lepsze od mongolskich jurt. Ale to nie mogło przyjść z miast, spomiędzy murowanych domów, sklepów, kościołów, tylko gdzieś z końca przestrzeni, z miejsc, w których ludzie zaczynają porastać sierścią i nocami wyją do czerwonego księżyca. To musiało wyruszyć gdzieś stamtąd i najpierw kłusowało przez swoje stepy na czterech łapach, by dopiero potem, w miarę jak przybliżały się nasze cywilizowane siedziby, stopniowo się prostować i w końcu stanąć na dwóch nogach, żeby mieć dwie wolne ręce do łapania kur i zakładania zegarków. Wieczorami we wsiach skręcali knoty lamp i nasłuchiwali dudnienia artylerii na wschodzie. Ziemia drżała tak, jakby nadciągały wszystkie konie Azji i wszystkie jej wielbłądy. W końcu więc gasili światła i przykładali ucho do podłogi. Mądrzejsi kopali w ziemi schowki na kury i zegarki. Niektórzy myśleli, czyby nie odejść z Niemcami. Ale odgłos ze wschodu podobny był do pomruku Janowej bestii i wszyscy wiedzieli, że Niemiec w tych swoich lśniących cholewach, które wszyscy tak podziwiali, na całej ziemi nie znajdzie schronienia.

Ale potem, gdy już byłem na świecie, nigdy nie słyszałem, by w domu rozmawiało się o komunizmie albo o Rosjanach. Panowała geopolityczna cisza. Nie było o czym dyskutować. I matka, i ojciec opuścili swoje wsie w ramach wielkiej wędrówki wyklętych ludów. Zostali wywiedzeni z domu niewoli. Z krainy piachu, głodu i gnoju. Z terytorium wzgardy. Ze wschodu na zachód. Matka trzydzieści kilometrów, ojciec sto dwadzieścia. Ponieważ życie było gdzie indziej. Ze wschodu na zachód. Z chamskiej wsi do pańskiego miasta. Żeby zapomnieć o niewolniczym dziedzictwie i żeby nosić buty. Na zachód, do stolicy, którą patriotyczny zryw zamienił w szkielet i trzeba go było od nowa wypełnić ludzkim mięsem. Powstańcy, Hitler i komunizm pozwoliły im zdobyć metropolię. Nie doszli jednak do centrum. Zatrzymali się na przedmieściach tak jak większość plebejskiej konkwisty. Ale o tym się nie mówiło. Nic dodać, nic ująć. Sprawiedliwość dziejowego szabru.

Budzę się rano i słyszę stukot ptasich dziobów. Wisząca na werandzie słonina zamarzła na kość. Bogatki, modre i mniszki próbują uszczknąć skamieniały tłuszcz. Powietrze jest zeszklone i nieruchome. Drewniana konstrukcja domu przenosi najcichsze dźwięki. Szarobłękitne światło poranka wypełnia pokój. To jest ten sam blask co w dzieciństwie, gdy była niedziela albo ferie i zostawało się dłużej w łóżku, sam na sam z wyobrażeniami na temat wszystkich przyszłych światów. W łóżku było sennie i ciepło, ale wystarczyło wysunąć dłoń, by poczuć jasny, błękitny chłód.

Parę dni temu zakopałem się w zaspach nad pegeerem. W tym miejscu droga wspina się zakosami i potem przez kilometr biegnie płaskim odcinkiem przez przełęcz. Z nagich łąk wiatr zgania śnieg i białe jęzory zasp zamykają przejazd. Trzeba się cofać, brać rozpęd i wbijać coraz dalej w sypkie, zdradliwe pola w nadziei, że za którymś razem uda się przedostać na drugą stronę. Ale mnie się nie udało. Auto zawisło na podwoziu i bezradnie obracało kołami. Nie miałem ze sobą łopaty, łańcuchów, nic. Było minus dwadzieścia i wiało. Ze wszystkich stron niosło oślepiające, kąśliwe tumany. Zima dopiero się zaczynała.

Dwadzieścia lat temu co tydzień wędrowałem tędy z plecakiem do sklepu, by stanąć w tej dziwnej, ni to feudalnej, ni to społecznie sprawiedliwej kolejce. W grudniu, w styczniu wracałem o zmierzchu. Zatrzymywałem się na przełęczy i patrzyłem w dół. W stajniach zapalały się światła i zaczynał wieczorny obrządek. Dym z kominów wspinał się pionowo. Niebo na zachodzie płonęło jak złote lustro. Osada unosiła się niczym arka wśród bezmiarów mroku. Słychać było szczekanie psów. Z uchylonych drzwi stajni snuła się para. Owce leżały w półmroku i przeżuwały. Ludzie pachnieli tak samo jak zwierzęta i tak samo rodzili potomstwo. Po sto pięćdziesiąt złotych na dziecko. W domach obok stajni, w tym samym zapachu. Zaraz za ścianą zaczynała się ciemność i ciągnęła kilometrami. Ale tutaj było ciepło i pachniało gnojem i sianem jak w Betlejem. Ponieważ mieli się rodzić niczym nowi bogowie i zaludniać ziemię aż po najdalsze krańce.

Stawałem na przełęczy, zrzucałem plecak, patrzyłem i czułem kołysanie ciemnych wód. Oni tam karmili i poili bydlęta, potem siebie i układali się do wczesnego snu, spokojni, że uczyniono z nimi przymierze, gdy wchodzili do korabia z synami swymi, żonami i żonami synów. Tak było w 1986 roku. W sklepie zawsze była słonina, pasztetowa, marmolada w pięciokilowych puszkach, makaron, ryż, cukier, herbata, a w dniach dostawy jeszcze chleb i marcowe.

Nigdy niczego nikomu nie brakowało. Tak mieli obiecane. Tycowa wynosiła na plecach worek bochenków. Przechodziła przez drogę, wspinała się na wzniesienie i wchodziła do domu. Kroiła kromki, smarowała, stawiała talerz i wołała dzieci. Wychodziły z głębi chałupy, z półmroku i otaczały stół. Pod nagimi ścianami stało kilka sprzętów. W rogu żelazna kuchnia. Płonął w niej ogień i było ciepło.

Z Ułan Ude do Czyty było pięćset pięćdziesiąt siedem kilometrów. Jechaliśmy w dzień elektrycznym bez przedziałów. Siedem albo osiem godzin. Co jakiś czas stawaliśmy w miejscach, gdzie bezkresna zielona powłoka pękała na chwilę i wyrastały spod niej ziemiste zabudowania. Nagie drewno, eternit, płoty. Albo coś w rodzaju miasteczka. To przypominało trochę wschodnią Polskę, dalekie Podlasie, ale rozcieńczone tym bezkresem. Stamtąd przychodzili ludzie i wsiadali. Byli dziwnie ubrani. Zwłaszcza chłopaki. Pstrokato i od Sasa do Lasa. Na tle swoich stron wyglądali jak egzotyczne ptaki. Ale to był pewnie lumpeks albo tania chińszczyzna. Wszystko jakieś niedobrane, niedopasowane, jakby znalezione. Z napisami, naszywkami i hasłami wszechświatowego wirtualu. Wsiadali, stawali w przejściu między wagonami, bo zaraz mieli wysiadać. Za pięćdziesiąt, za sto kilometrów. Znałem ich twarze. Zapamiętałem z radzieckich filmów widzianych w dzieciństwie. Wcale się nie zmienili. Tyle że teraz byli kolorowi, a wtedy czarno-biali. Wtedy w kanciastych marynarkach i kaszkietach, a teraz niczym aniołowie postnowoczesnej ikonosfery. Szli przez opłotki i kartofliska, pod niebem Syberii w dresiarskich szarawarach i kapotach ostemplowanych emblematami globalnej wspólnoty. Przez piachy po kostki w kitajskich reebokach. Stare drewno, piach i potem od razu ten postświat podróbek. Nic pomiędzy. Może pomiędzy rzeczywiście nic nie było? Ziała pustka po komunizmie, próżnia i dlatego ta chińszczyzna, ten śmietnik, ten cud nowego egalitaryzmu puchł i rozprężał się, nie napotykając żadnego oporu. Sam miałem w kieszeni okulary słoneczne firmy Okey. Kupiłem je w Irkucku od Chińczyka za sto rubli, czyli trochę więcej niż dziesięć złotych. Nie mogłem oderwać oczu od tych chłopców w przejściu. Wyglądali tak, jakby ubierali się po ciemku. Żółte z fioletowym. Różowe z niebieskim. Za duże. Cudze.

Wyruszyli z Bałkanów, żeby zasiedlić tutejsze doliny. Zanim zbudowali swoje cerkwie i wsie, pokonali tysiące kilometrów. Często wyobrażałem sobie tę wędrówkę. Szli gdzieś z Gór Dynarskich, pokonywali dolinę Dunaju i wkraczali w Karpaty. Mieszanina krwi dackiej, iliryjskiej i trackiej wypędzona w góry przez nadciągających z północy Słowian. Gnali swoje owce, barany i bydło w poszukiwaniu pastwisk. Szli tam, gdzie była trawa. W skórach cuchnący tak jak ich bydlęta i niestrzyżeni, porozumiewali się łaciną pełną wspomnień po swoich starych obumarłych językach. „Pochodzili z barbarzyńskich mętów, z odpadków wielkich Inwazji, z hord, co rozpłaszczyły się wzdłuż Karpat i Dunaju, aby się skulić, zapaść w drzemkę, z masy dezerterów włóczących się po rubieżach Imperium, motłochu, który łacińskości liznął tyle co brudu za paznokciem", jak chciał ich potomek Émile Cioran. Ale lubiłem sobie ich wyobrażać, jak wędrują w głąb kontynentu. Coraz dalej od ciepłych wiatrów znad Śródziemnomorza. Tysiąc lat powolnej wędrówki. Morlachowie, Arumuni, Kucowołosi. Zapomniane albo wymarłe plemiona. Z upływem wieków odchodzące w niepamięć lub w coraz wyższe góry w ucieczce przed Słowianami, Tatarami albo Turkami. Dawni Rzymianie w szałasach, w kierpcach, w deszczowe dni uwalani owczym gnojem, gdy musieli pod gołym niebem doić swoje stada. Wiecznie niewyspani, bo w Karpatach wilków i niedźwiedzi było wtedy więcej niż ludzi, więc musieli palić ognie i czuwać. Tysiąc lat, zanim dotarli tutaj, już bez pamięci drogi, którą przybyli. Bez pamięci Rzymu, Ilirii i Dacji. Ściśnięci w dolinach płot w płot, chałupa przy chałupie, w cieniu drewnianych cerkwi przypominających kształtem murowane kościoły katolików.

Po drodze zruszczyli się i nasiąkli słowiańszczyzną, wiedli na pokuszenie mijane ludy, które wypuszczały się z nimi na wędrówkę. Karpaty były wtedy niemal bezludne. W nocy było ciemno, a w dzień pusto. Mleko, ser, czasami mięso i jakieś podpłomyki. Wyobrażam sobie to wszystko, żeby nie zaginęło. Doliny po wysiedlonych wsiach zarasta las. Kamienne resztki pochłania ziemia. Po prostu znikają w jej wnętrzu, a ona przyrasta jak żywe ciało. Wystarczyło sześćdziesiąt lat i prawie nie ma śladów. Łuny na niebie, zgliszcza, swąd spalenizny. Zaprzęgi i ludzie ciągną bez końca na północ, do stacji kolejowych i obozowisk pod gołym niebem. „Nie mogliśmy zabrać ani psów, ani kotów, ani kur. Jeszcze dziś widzę psa przywiązanego do budy i słyszę jego wycie". Wojsko pilnuje, by ludzki wąż pełzł w stronę przeznaczenia. Na fotografiach, które zostawił po sobie Jan Gerhard, żołnierze mają peemy, pepesze, zwykle kabeki. W tle wstają płomienie. Jest gorąco, więc chłopcy podwinęli rękawy i porozpinali mundury. W kwietniu czterdziestego siódmego zaczął się ostatni etap wędrówki podjętej tysiąc lat temu na Bałkanach.

Pierwszy raz przyjechałem tutaj wiosną osiemdziesiątego trzeciego. Wysiadłem z jasielskiego autobusu w dawnej wsi Rozstajne, z której została tylko nazwa i murowana kapliczka przy moście. Było ciepło. Obok kapliczki kwitły żonkile. Autobus odjechał. Zrobiło się zupełnie cicho. Ruszyłem wzdłuż Wisłoki. Na starej drodze leżał jeszcze gdzieniegdzie asfalt. Nic tutaj nie było, ale pejzaż wydawał się w jakiś sposób uporządkowany. Dno doliny było rozległe i płaskie, a droga prowadziła prosto jak strzelił. Ta geometryczność po dwóch kilometrach raptem się urwała, przepadły resztki asfaltu, a droga zaczęła meandrować zgodnie z pierwotnym ukształtowaniem terenu. Ale po prawej na trawiastym wzgórzu widać było regularną, prostokątną siatkę dawnych miedz. Przy drodze stało kilka kamiennych krzyży. Nieco dalej święta rodzinna. Kilkuletni Jezus miał obłupaną twarz. Kamienisty trakt prowadził w głąb minionego. Pomiędzy ledwo widoczne znaki opuszczenia. Potem nauczyłem się je rozpoznawać: prostokątne chałupiska, zarysy podmurówek, kopulaste sklepienia piwnic, zdradliwe zapadliska w miejscach, gdzie kiedyś były studnie, kępy zdziczałych śliw i jabłoni. Na początku smakowałem tę poetykę wyludnienia na sposób sentymentalny. To były po prostu ruiny, wspomnienie, wynik działania obojętnego czasu albo losu. Dopiero z upływem lat dotarło do mnie, że w tych spustoszonych dolinach, w Radocynie, w Lipnej, w Regietowie, działała tektonika, której epicentrum znajdowało się zupełnie gdzie indziej.

Więc te sklepowe lady i półki ustawialiśmy na belkach z rozebranych pegeerowskich stodół. Belki były kupione za bezcen kilkanaście lat wcześniej, gdy komunizm wyprzedawał swój majątek. W tamtych dniach chłopi zajeżdżali ciągnikami i ładowali na przyczepy kołchozową graciarnię: resztki maszyn, narzędzi, kawałki różnych sprzętów, zwoje kabli, blaszane beczki, gumowe węże, miazgę kolektywizmu, z której indywidualizm potrafił jeszcze sklecić coś przydatnego. Wyglądało to jak rabunek, jak szaber, ale to tylko dziejowa sprawiedliwość zmieniała zdanie. Musiało być naprawdę tanio, bo gospodarze przyjeżdżali z daleka, przez góry, z innego województwa. Potem wracali, a echo w opuszczonych dolinach niosło dudniące, blaszane odgłosy. W tamtych letnich dniach dziewięćdziesiątego drugiego albo trzeciego kupiłem część ogromnej czarnej stodoły stojącej na końcu zabudowań, tam gdzie droga zaczynała się wspinać na przełęcz. Budynek był niemal idealnie sześcienny z ledwo zaznaczonym dwuspadowym dachem. Wysoki na trzy piętra szkielet obity pojedynczą szalówką. Przez dziesiątki lat trzymali w nim siano. Konstrukcję złożono z belek rozebranych łemkowskich chałup. Zwłaszcza płatwie i tragarze nadawały się do tego, bo były długie, o kwadratowych przekrojach i dobrze zachowane. Chaty i cerkwie przetrwały w pegeerowskich zabudowaniach. Pozbawione życia i świętości, obumarłe, nasiąkały zapachem gnoju, butwiejącej słomy i wilgocią. Można było wziąć wieś i zbudować z niej coś w rodzaju antywsi. Można było wziąć kościół i zbudować z niego coś w rodzaju antykościoła. Belka po belce, krokiew po krokwi, deska po desce składano korab, na który wsiadł lud, by bezpiecznie przeprawić się przez odmęty na drugi brzeg czasów, gdzie nie będzie historii, nie będzie łez, nie będzie wzgardy ani bogatych i biednych. Korab z drzewa gładzonego, namazany żywicą wewnątrz i zewnątrz. Wchodzili na jego pokład jeden po drugim razem ze zwierzętami. I Tycowa też wchodziła w swoich zapoconych gumowcach i z workiem bochenków dla dziewięciorga dzieci. Zgarbiona pod ciężarem, w cajgu, z pomarszczoną twarzą. Za nią szedł Szymek z jednym płucem. A za nim Józek, który otruł się wodą z kałuży. A za nimi pozostali, niosący w rękach wszystko, co posiadali, tak jak Tycowa swoje chleby. Resztę mieli dostać, by przeczekać do czasów, gdy zgładzone zostanie wszelkie ciało i wreszcie odzyskają całą ziemię. „Wszystko pegeerowskie, żelazne, chałupa była z pegeeru, stołki także pegeerowskie my miały i taką szafkę – do dziś na poddaszu stoi, w spiżarce były takie półki i zasuwałam je firanką z płótna, i tam trzymałam naczynia, garnuszki, wszystko było w tej szafce. Stół chłop zrobił w pegeerze z desek" – tak dzisiaj mówią. Wystarczy zapytać. Siadają, składają ręce na podołku i mówią, wpatrzeni w to wszystko.

Czyta. Wciąż o niej myślę. Półtora roku temu szliśmy ulicą Amurską w poszukiwaniu restauracji Żemczużyna. W przewodniku było napisane, że dobre pielmieni, dobre bliny i niedrogo. Przewodnik wyszedł w dwa tysiące siódmym, a tam już była ruina. Zakurzone szyby, pokruszony beton i blaszany szyld. Poszliśmy dalej. Trzypiętrowe domy przy ulicy pochodziły pewnie z przełomu lat dwudziestych i trzydziestych i wyglądały na całkiem przyzwoity modernizm. Jednak tutaj, na Dalekim Wschodzie, opuszczenie dopadło je zaraz po wybudowaniu. Opuszczenie dalekowschodnie oraz ideologiczne, bo bardzo szybko się okazało, że modernizm musi ustąpić socrealizmowi. Tak więc wokół na tysiące kilometrów rozciągał się step, a tutaj ta architektura. To się nie mogło udać, dlatego teraz stało złuszczone i z liszajami.

Wokół rosło zielsko i topole. Drzewa sprawiały wrażenie wynędzniałych, ale one po prostu nie miały czasu całkiem się rozwinąć w krótkim, kontynentalnym lecie. Poszliśmy dalej, w stronę peryferii, pomiędzy zwyczajne bloki. Były tak samo zrujnowane. Na dachu jednego obłaził wielki napis „MOŁOKO". Tworzywo albo sklejka odpadały od drucianego szkieletu. Wyobrażałem sobie, że na innych dachach stoją napisy „CHLEB", „MIĘSO", „SER", i tak w całej Rosji, dalej na północ, w nagiej tundrze, na wiecznej zmarzlinie stoją następne: „KAWA", „SAMOCHÓD", „PENICYLINA", „MYDŁO". Wyobrażałem sobie, że w cały kraj od Moskwy po Kamczatkę powtykane są słowa wyklepane i pospawane z blachy, słowa z laminatu, z żywicy epoksydowej, ze zbrojonego szkła, z żelaznych prętów, z dykty, z betonu, z drewna, z czarnej gumy, z aluminium, z fiberglasu, z resztek, słowo za słowem, żeby ludzie mieli wszystko, żeby to mogli czytać, ponieważ świat nareszcie miał na powrót należeć do nich. Żeby mogli wymieniać wszystkie nazwy, tak jak na początku, gdy praojciec nadawał imiona wszelkiemu stworzeniu. Tak, w Czycie było „MOŁOKO" wśród peryferyjnej zabudowy, gdzie mróz na przemian z upałem rozkruszały beton, a za plecami ostatnich domów zaczynał się step wiodący w nicość, pomiędzy kości i kurhany. Gdzieś z cienia wyłoniła się para. Ona trzymała się z boku, a on miał kaszkiet, złoty ząb i twarz naznaczoną sprytem oraz cierpieniem. Oczy już na wieki zeszklił mu alkohol. „Dlaczego milicja nic nie zrobi z Chińczykami? Dlaczego oni zabierają nam pracę, a milicja tylko się przygląda? Wokół sami Chińczycy. Dlaczego masy ludowe Zabajkalska uciskane są przez chińskich kapitalistów? Przecież żółty ekonomiczny imperializm skazuje czerwony proletariat na zagładę". Tak przemawiał do nas, szukając pocieszenia, zrozumienia oraz wsparcia. Mówił, że Chińczykom wszystko wolno, podczas gdy zabajkalscy proletariusze nie mogą nawet spokojnie wypić na ławeczce, ponieważ natychmiast zjawia się chodząca na pasku Pekinu policja.

Miał rację. Chińczycy byli wszędzie. Na czytyjskim dworcu dali im oddzielną poczekalnię. Podłoga i ławki zawalone były towarem. Trudno sobie wyobrazić, że ludzie mogą przenosić takie tobołу. Wyglądało to jak postój karawany, tyle że chwilowo bez wielbłądów. Chińczycy byli chudzi, żylaści, w luźnych ubraniach. Rosyjscy gliniarze pilnowali, by nie opuszczali rewiru. Lecz ich władza była krucha i tymczasowa: na wielkich monitorach leciała pekińska olimpiada niczym memento dla miasta Czyta, dla Rosji i dla reszty świata. Chińscy kulisi jedli swoje zupki z plastikowych kubków i przyglądali się swojej ojczyźnie.

Nasz nowy znajomy ze złotym zębem czuł się zdradzony. Rewolucja umarła na jego oczach. Zostawiliśmy go. Patrzył za nami, aż w końcu towarzyszka szarpnęła go za ramię i poszli w stronę centrum miasta. Tak.

Kawałek dalej na placyku między blokami stała niewielka drewniana cerkiew. Przy furtce siedział upośledzony chłopak. Ale nie żebrał cerkiewnym obyczajem, tylko ślinił się i patrzył gdzieś w przestrzeń. W świątyni było muzeum dekabrystów. To tutaj zesłano po nieudanym przewrocie księcia Sergiusza Wołkońskiego i kilkunastu innych. Sam książę z upływem lat wyrzekł się swojej kasty i schłopiał. Chodził w kaftanie, baraniej czapie i jeździł furą. Rosyjskiego musiał się dopiero nauczyć i na początku w rozmowach z mużykami pomagał sobie francuskim.

Nikt przed dekabrystami nie wpadł na to, by zabić imperatora i w ten sposób wyzwolić lud i zwrócić mu zagrabione człowieczeństwo. Śmierć cara miała być czymś w rodzaju sakramentu, może chrztu. Lud miał w carskiej krwi zmyć swe bydlęctwo i niewolę. Owszem, wcześniej zabijało się carów, ale tylko po to, by następcom skrócić oczekiwanie. Jednak wtedy się nie udało i Wołkoński, który cudem uniknął stryczka, miał tutaj swoje muzeum. Jednak lud tak samo jak za jego czasów tkwił w okowach. Przez dziesiątki lat odczytywał nazwy ustawione w stepie, w pustyni i w tundrze. Teraz Chińczycy odbierali mu pracę i powietrze. W zamian dawali tanie, pstrokate ubrania z napisami i zegarki na baterię ze złotego plastiku po czterdzieści rubli sztuka.

Mój ojciec zapamiętał, jak w czterdziestym szóstym albo siódmym na drodze za wsią wylądował samolot. Po-2 zwany kukuruźnikiem. Nie wiadomo, czy miał czerwoną gwiazdę, czy biało-czerwoną szachownicę. Trwała obława na partyzantów. Ale ojciec nie wiedział, na których konkretnie. Pamiętał tylko, że przychodzili w nocy, pukali do okien, trzeba było ich wpuszczać, karmić i nocować. Miał wtedy dziesięć lat. Sad wokół domu był dopiero co zasadzony, więc partyzanci musieli podchodzić otwartym polem. Może od strony cmentarza cholerycznego? Albo bardziej ze wschodu, od rozrzuconych domów kolonii, bo tam, za nimi, był już las. Musiał szczekać pies, jeśli był w obejściu. Jeżeli nie, to w absolutnej ciszy tamtych czasów sprzed elektryczności nocne stukanie do okna było jak gorący dreszcz. Żyli niczym zwierzęta nasłuchujące w mroku. Całe lata z napiętym do granic słuchem. Co noc. Wyczekując kroków i głosów. Truchlejąc, że nadchodzą. Niemcy, Rosjanie, tropieni Żydzi, partyzanci patriotyczni, partyzanci internacjonalistyczni, bandyterka, przemytnicy. Niedaleko był Bug i granica sowiecko-hitlerowska. Niemcy stali w starych sadach pod siatkami maskującymi i patrzyli przez lornetki na drugi brzeg. Tam, na piaszczystej, bezdrzewnej równinie zaczynała się ojczyzna wszechświatowego proletariatu. Ludzie uważali, że Niemcy są zadbani i uczciwi. Płacili za jajka i kury. Najbliższe getto było dwadzieścia kilometrów na zachód. Treblinka – ponad trzydzieści, trochę bardziej na północ. Wieś miała znikome pojęcie o tych zwiastunach nowoczesności. Zadbani Niemcy przechadzali się wśród drewnianych chałup pod strzechami i podglądali dziewczyny idące za stodołę. Kury rozgrzebywały gnój. W niedzielę dzwonił dzwon w kościele, który jeszcze niedawno był unicką cerkwią. Trwało starowiecze. Dla niektórych mogło to być jak safari. Dla wielu jak wyprawa na skraj cywilizowanego. Równina za rzeką wyglądała jak step. Na wchodzie, w stronę Drohiczyna, gdzie drugi brzeg się wypiętrzał, czerwoni lali z betonu wielkie bunkry. Nocą przemytnicy spuszczali na wodę łódki. Albo gdy latem woda opadała, przechodzili w bród, grzęznąc i płynąc od jednaj piaszczystej łachy do następnej. Wędrowali w jedną i drugą, fastrygując nitką kontrabandy faszyzm z komunizmem.

Reszta nocą siedziała w domach i nasłuchiwała kroków na podwórku. Przychodzili cywilizowani, przychodzili dzicy, przychodziła prawica i lewica, internacjonaliści i patrioci, ale przy każdym pukaniu w szybę, przy każdym kołataniu do drzwi powracał gorący dreszcz i zamierał oddech. Nawet gdy pukali goniący resztką sił Żydzi z getta w Sokołowie.

To była kraina duchów. Moja babka widywała je i opowiadała o nich. W latach sześćdziesiątych, w latach siedemdziesiątych. Odkąd sięgam pamięcią. W tamte strony jeździli etnografowie, żeby słuchać ostatnich opowieści o niewidzialnym, które od czasu do czasu staje się widzialne. Niewielkie, łagodne wzniesienia pod koniec września zasnuwa mgła. Powietrze jest srebrne i mokre. Jest pusto i cicho. Ludzie umierają i na ich miejsce nie pojawia się nikt nowy. Próchnieją domy. Po niektórych zapamiętanych z dzieciństwa nie ma już śladu. Ci, którzy jak duchy zjawiali się w nocy, zachodzili właśnie tutaj, na kolonię, gdzie zagrody leżały daleko od siebie. Przychodzili jak upiory.

Z innego świata, ponieważ tak naprawdę trudno było pojąć, co im się każe błąkać w mroku o chłodzie i głodzie. Zjawiali się z otchłani, brudni, nasiąknięci krwią swoją i cudzą. Siadali przy stole w kuchni. Babka im usługiwała. Nikt ich o nic nie pytał, bo byli martwi. Śmierdzieli nagłą śmiercią. Jedli, ale nie odzyskiwali sił. Później kładli się pokotem, wystawiali wartownika, ale i tak trzeba było czuwać, bo nie dało się zasnąć wśród umarlaków. Jeśli się nie znało twarzy, to nie sposób było zgadnąć, czy to ci z prawa, czy z lewa, czy też „prywatni". Ale wszyscy, wyjąwszy tych prywatnych, przychodzili w interesie mojej babki i mojego dziadka. Chcieli ich bronić przed innymi. Tylko Żydzi i „prywatni" po prostu mówili, że są głodni. Nawet Niemcy przychodzący za dnia twierdzili, że dopiero teraz zacznie się tutaj prawdziwe życie z wychodkami, eugeniką i dachami z blachy.

Wojna trwała dziesięć, jedenaście lat. Jedenaście lat bez snu.

A potem był sklep, do którego przyjeżdżał beżowy żuk. Wchodziłem i stawałem wśród kobiet. Na półkach leżało niewiele. Opakowania były w kolorze papieru. Szare, białe, bure z napisem w zblakłym kolorze. Kisiel, budyń, cukier, sól. Papierosy Start miały paczki z dodatkiem pomarańczowego. Wnętrze było jasne i surowe. Teraz uznano by je za puste. Jednak w tamtych czasach było naturalne i oczywiste. Miałem dwanaście lat i wszystko pakowane było w papier. Może tylko makarony w kartonowe pudełka. Tak więc towary były ledwo oddzielone od reszty świata. Wystarczył deszcz i wszystko rozmakało, wystarczył nieuważny ruch, by się posypało i pomieszało z resztą. Samochód nadjeżdżał i mężczyźni pijący piwo przy sklepie pomagali wnieść druciane kosze. Od złocistych bochenków robiło się jeszcze jaśniej. Były okrągłe i miały dobrze ponad kilogram. Wracałem przez wieś i czułem woń obejść: bydlęta, drzewny dym i rozgrzany na patelniach tłuszcz. Potem skręcało się w prawo, asfalt się urywał i zaczynał szary piach. Po drodze stał wiatrak z wiecznie nieruchomymi skrzydłami. Niosłem dwa bochenki, które wydzielił komunizm. W ascetycznym, jasnym sklepie nigdy nic nie zostawało. Za wiatrakiem zabudowania się urywały. W oddali było widać kępy wysokich topoli. Rozrzucone kryły pojedyncze gospodarstwa kolonii.

Któregoś dnia szperałem w kredensie wujostwa. W długie letnie dni czasami zostawałem sam. Kiedy w domu zalegała cisza, wszystko stawało się obce. Nasłuchiwałem własnych kroków i skrzypienia uchylanych drzwi. Czułem się jak złodziej. Zakradałem się do kątów, które dobrze znałem. Kredens był biały. Miał trzy szuflady, wypełnione po brzegi i ciężkie.

Gumki i blaszki, zgasłe na wieki latarki z kolorowymi szkiełkami, resztki mechanizmów, oddzielnie sztućce i końcówki do robienia kiełbasy albo kruchych ciastek, potem nożyczki, osełki, klamerki, cyna i kalafonia, czernidło i klej, paski od zegarków z małymi kompasami, płaskie baterie, soczewki, błękitna farbka do pościeli, pomarańczowe wentyle, klapcążki, kapslownice i korkociągi, istna robinsonia i samowystarczalność domu z pogranicza. A pośród tego wszystkiego natknąłem się na czerwone płaskie pudełeczko. Był w nim order. Może Krzyż Zasługi albo Order Sztandaru Pracy. A zaraz obok równie czerwona legitymacja partyjna. Miałem jedenaście albo dwanaście lat, stałem nad wyciągniętymi szufladami białego kredensu i myślałem, że mój wuj jest komunistą. Na zdjęciu był młodszy. Grzebałem w jego rzeczach, a on pewnie w tym czasie pracował w polu, zganiał z pastwiska krowy albo przemierzał wieś swoim drobnym, energicznym krokiem, prowadząc rozliczne, sobie tylko znane interesy. Tego roku albo następnego Mao zaczął poważnie chorować i gwałtownie się starzeć. Jego konkubina zaszła w ciążę, ale nikt nie wierzył, że dobiegający osiemdziesiątki, ślepnący i sepleniący starzec może być ojcem.

Jaka to męka, mówi rano. Szura i postękuje. Otwiera drzwi i wpuszcza poranne światło. Jaka, pytam. Że tak musisz jeździć, odpowiada. Mówię, że lubię. Ona nigdy w życiu, a teraz to już w ogóle. Nigdy nigdzie. Raz do sanatorium ze czterdzieści lat temu. Czterdzieści? Więcej. Ze trzy razy syna odwiedzić. Tyle. Teraz tylko dziesięć kroków tam i dziesięć z powrotem z tym szuraniem. Jakby ciało w końcu dało za wygraną ze strachem przed nieznanym. Jakby strach je w końcu przeżarł. Przesuwa się szu-szu-szu. To mordęga, mówi, z tymi jazdami. Ile to kilometrów? Czterysta, odpowiadam. Wcale nie tak dużo. Jutro Gdańsk, potem Poznań. Jezu, mówi, odwraca się, idzie z porannego światła w głąb domu. Idzie do kuchni, która zrobiła się z biegiem czasu jakaś mała. Ona też się zmniejszyła. Idę za nią, wciągając nieruchomą woń domu. Jestem za duży, żeby się swobodnie obracać. Dlatego wolę siedzieć na werandzie i patrzeć na ogród, na drzewa, które rosną tutaj, odkąd pamiętam. Jestem za duży, żeby swobodnie obracać się we wnętrzu i w tym znieruchomiałym od lat zapachu. Robię sobie kawę i wychodzę w światło poranka. Idzie za mną. Słyszę szu-szu-szu. Mówi, żebym włożył kapcie, bo się zaziębię. Odpowiadam, że nie lubię, nigdy nie lubiłem i nie miałem. Tak jak zawsze lubiłem jeździć i jeździłem. Patrzy na moje bose stopy i widzę, jak wstrząsa nią dreszcz. Jest bezradna. Może tylko mówić, żebym nie chodził boso i tyle nie jeździł. Nie w nocy, nie wtedy, kiedy jest zimno, w ogóle. Już tylko to może dla mnie zrobić. Dreptać w ślad za mną, gdy się zjawiam, i powtarzać, że się zaziębię. Nic więcej. Opatulona w swetry w środku sierpnia. Dziesięć kroków tam i dziesięć z powrotem. Wkoło. W żaden sposób nie może dostać się do mojego życia. Tylko te kapcie i czy w samochodzie, gdy tak jadę, jest wystarczająco ciepło. Mówię, że to nie ma sensu, że już nic się nie zmieni. Chyba że gdy osiągnę jej wiek, to zacznę marznąć i zacznę się bać, i wtedy opatulę się i przestanę wychodzić z domu. Wcale nie słucha. Przysiada w słońcu. Weranda jest od wschodu. Od początku nie chciała tutaj mieszkać. Chciała gdzieś w środku miasta, w jakimś betonie, na którymś tam piętrze. Zawsze to powtarzała. Pamiętam. Wychodziłem wtedy z domu i włóczyłem się po jesiennych polach. Wierzby, woda stojąca w zapadliskach, zapach października. Daleki odgłos miasta. Chciała w jakimś mrowisku. Żeby za ścianą ktoś był. Żeby się po prostu odkręcało kaloryfery, a nie ten koks, jego ostry zapach wionący z piwnicy i to pilnowanie pieca. Może już wtedy marzła. I bała się tych ścieżek wiodących przez zarośla do sklepu, do autobusu. W końcu w jej rodzinnej wsi domy stały jeden obok drugiego. Płot w płot. A tutaj zaraz krzaki, a potem las. Nie po to się ucieka ze wsi, żeby żyć w zaroślach i wieczorami nasłuchiwać. Na początku nie było nawet płotu. A tam, na wsi, był. I żadnych obcych. Tylko Cyganie nad rzeką dwa razy do roku. Jak kiedyś Tatarzy. I trzeba było po prostu przeczekać, przetrzymać, zamknąć kury i ściągnąć pranie i garnki z płotów. Dwa razy do roku na piaszczystych wygonach nad rzeką. Teraz wydeptuje swoją ścieżynkę między kuchnią, pokojem i werandą. Jak na tamtym podwórku otoczonym ze wszystkich stron zabudowaniami, sąsiadami i płotem, że się żaden Cygan nie prześlizgnie. Tutaj sami obcy. I wciąż ich przybywa. Budują coraz większe domy. Rano stoją w korku przy przejeździe. Stoją potulnie jak owce w coraz droższych samochodach. Ale ona na szczęście już tego nie widzi, ponieważ wydeptuje swoją ścieżynkę tylko wewnątrz swojego życia. Nie widzi tego kapitalistycznego armatniego mięsa. Sama była mięsem komunizmu. Pięćdziesiąt lat temu. Porwanie i wydziedziczenie. Jak ćmy do światła. Lud wywiedziony z jednej niewoli w drugą. Z nicości tych gumien ogrodzonych sztachetami w otchłań miasta. Z pustyni w puszczę. Z przeszłości od razu w przyszłość, bez żadnej teraźniejszości, w której można by się schronić, w której można by zamieszkać. Wracaliśmy tam od czasu do czasu. Miałem trzy lata, siedziałem w pyle podwórka i ugniatałem kacze gówna pomieszane z piaskiem. Były jak plastelina. Nie chciałem się niczym innym bawić. Siła pierwotnej materii. Piach. Dym. Nawóz. To im zabrano. Musieli się przebierać, musieli udawać. Kogo? Tych wszystkich, których już nie było. Wszystkich umarłych. Zagłodzonych, zastrzelonych, zasypanych w piwnicach miasta, utopionych w kanałach, spalonych w piecach. Ich mieli zastąpić. I tych, co przeżyli, ale się nie nadawali, bo mieli pańskie muchy w nosie. No więc przybyli na miejsce umarłych. Może dlatego przez całe życie było jej zimno? Okręca się szalem, okrywa nerki, opatula. Pyta, czy mam ciepło w samochodzie. Mówię, że mam. Mówię, żebyśmy tam pojechali, do tej wsi, do jej resztek, które powoli pochłania pełznący grzyb miasta. Ale odmawia. Nie ma tam już nikogo. Wszystko, czego potrzebuje, przechowuje w pamięci. Dawnych żywych i umarłych. Więc mówię, że w samochodzie mogę zrobić tak ciepło, jak mi się podoba. Że latem mogę zrobić chłodno. Że gdy jestem zmęczony, to mogę nawet zrobić w nim kawę. Chciałbym ją zabrać, ale to raczej nie wchodzi w grę. Wsiadanie, wysiadanie, zginanie stawów, postoje w obcych miejscach. Chciałbym ją zabrać, ale to utopia. Przemawia do własnej pamięci. Tylko ja potrzebuję jeszcze jakichś obrazów i wciąż się wybieram.

I po co tak jeździć, mówi i pewnie ma rację. Pewnie w końcu okaże się, że miała rację z tym siedzeniem na miejscu, z tą ostrożnością, tym przyczajeniem jak mysz pod miotłą. Z tym lękiem przestrzeni. Do kościoła mieli siedem kilometrów przez sosnowy las. Szli obok wozu przez głęboki piach. Po kostki, z butami w ręku. Jak Żydzi przez pustynię. Do tej swojej coniedzielnej ziemi obiecanej na dwunastą w południe. Przez suchy las, przez piach, przez te nędzne gleby, kurz i wiatr. Trzeba było oszczędzać konia, więc dopiero pod koniec, na jako tako ubitym, wsiadało się na wóz. Mój dziadek jak Mojżesz wiodący swój lud i jak Mojżesz nieugięty w swojej wędrówce. Z ziemi egipskiej, z domu niewoli. W każdą niedzielę. Przez całe życie. Skrzypienie wozu, koński pot, piach. Od święta na ławkę z surowej deski rzucało się złożony koc, jakąś rudawą derkę. Zasklepieni w starodawnym czasie, którego kolista ścieżka wiodła ku wieczności. Siedem kilometrów w jedną i siedem w drugą. Na północny wschód od Warszawy. Teraz też dziesięć kroków do okna w kuchni wychodzącego na zachód i dziesięć z powrotem na werandę, by na chwilę przycupnąć w słońcu. Kawałek dalej jest płot i drzewa, na które się kiedyś wspinałem. To dziwne uczucie wciąż zastawać ją w tym miejscu. Jakby należała do tego starego świata, który się nie zmieniał. Chociaż go porzuciła. Jak wszyscy wygnańcy tamtych lat, których ciałami i krwią karmił się komunizm. Pamiętam pierwsze wigilie, gdy w domu jedliśmy z jednej miski. Tu stał barszcz, tu ziemniaki, tam kapusta. Nabieraliśmy łyżkami. W mieście. Samotni jak emigranci. Życie po omacku. Trzeba było podpatrywać. Jakże obca musiała być, jakże wszyscy musieli być obcy. Cały ten naród. Tak jest do tej pory. Jakby skądś kiedyś uciekł i nigdy nie znalazł schronienia. Cały czas w drodze niby w pogoni, niby w ucieczce. Masz sto dwadzieścia gazet, w których piszą, za kogo się przebrać, żeby się nie wyróżniać, żeby nie czuć wstydu. Żeby zmyć tę hańbę pochodzenia cholera wie skąd. Patrzę na nią, jak porusza się drobnym, szuranym kroczkiem wewnątrz własnego losu. Wewnątrz tego domu, który miał ich chronić, miał przypominać domy utracone, ale ich uwięził. Ja się ich wszystkich boję, mówi. Kogo, pytam. No ich wszystkich, co tu przyjeżdżają. Przecież nikt tutaj nie przyjeżdża. No ale ich, tych żółtych wszystkich. Przecież w ogóle nie wychodzisz, odpowiadam. Bez wychodzenia się boję, odpowiada. Nie mam pojęcia, kiedy mogła tam być ostatni raz. W tym badziewnym kwartale między stadionem a Targową. Z dworca odjeżdżają autobusy na wschód. Kierowcy klną i manewrują z duszą na ramieniu. Tyłem, pomiędzy straganami, budami, stosami, naręczami, pomiędzy klientelą tej tęczowej taniochy. Afryka i Azja. Czujni faceci bez przerwy lustrują tłum. Tutaj jest ostrożnie i nie ma targowego żywiołu. Nikt nie jest u siebie. Gdyby naprawdę tu weszła, umarłaby ze strachu. Tak jak oni, którzy drżą, i każdy z nich wolałby pozostać niewidzialny. Autobusy na wschód, na północny wschód tak samo jak czterdzieści lat temu. Ale wtedy było pusto. Tylko na godzinę, na pół przed odjazdem niebieskich jelczy na betonowych wysepkach gromadził się tłum. Wokół pustka i tylko ten ścisk przy drzwiach, żeby się wepchnąć. Autobus ciemny w środku od ciżby odjeżdżał i znowu robiło się pusto i cicho aż do następnego kursu w stronę Sokołowa, Siemiatycz albo Międzyrzeca. Rozkłady jazdy ktoś kaligrafował czarną farbą nitro na małych, żółtych tabliczkach. Niedaleko stał kiosk ze smażoną kaszanką, kiełbasą i piwem. Teraz Wietnamczycy coś pichcą w ciasnocie straganowych zaułków. Dym, swąd i zapach ich przypraw. Nie ma pojęcia, jak tu jest, ale przecież jakoś sobie wyobraża to miejsce, z którego odjeżdżaliśmy niebieskim jelczem czterdzieści lat temu. Ci wszyscy żółci i czarni ze swoimi towarami, ze zgiełkiem swych języków, tą swoją obcością, od której truchleje na odległość, wsuwają się niczym półprzejrzysty obraz pomiędzy nią a tamte dni, gdy z fibrową walizką czekaliśmy na autobus. Wokół stały handlarki powracające do swoich wiosek. My też powracaliśmy. Na dwa tygodnie, na miesiąc, na letnie wakacje, na święta, na odpust. Do poprzedniego życia. W oddali wysokim nasypem przetaczały się żółto-niebieskie pociągi. Wiozły robotników. Ich ciała uprowadzone gdzieś z wsiowych wygonów, z minionego w przyszłe. Rozsiewali kwaśny zapach. Dostawali fabryczne kraciaste koszule, w których potem chodzili na co dzień. Flanela nasiąkała potem. Mięso dla miasta. Całe składy z Tłuszcza, z Nasielska. Przyszłość żywiła się mięsem. Zawsze tak jest. Na wojnę, na rewolucję, na zmianę systemu wiezie się pociągami ciała z peryferii. Potem przebiera w nowe, tanie ubrania. Oni tam mają buty po dwadzieścia złotych, mówi. Coraz więcej rzeczy będzie po dwadzieścia złotych, odpowiadam. Mnie już nic nie jest potrzebne, mówi spokojnie i nawet się trochę uśmiecha. Myślisz, że będą jeszcze tańsze, pyta. Na pewno, odpowiadam. W sześćdziesiątym ósmym – tak mi się wydaje – miała maleńki flakonik wody kwiatowej. Nazywała się Biały Bez. Gdy szliśmy do kościoła albo z wizytą do rodziny, lekko skrapiała nią kołnierz palta. Potem brała odrobinę na palec i dotykała mojej głowy, skroni, czoła. Jakby mnie namaszczała na pomazańca nowoczesności, w którą za chwilę mieliśmy wyjść i za pomocą czerwonych autobusów i tramwajów przemieszczać się w jej brzuchu, w jej nienasyconym wnętrzu na Wolę, na Pragę, na Bródno. Kilka lekkich dotknięć, coś jak znak krzyża, żeby nikt nie rozpoznał naszego barbarzyństwa. Naszego zwierzęcego zapachu. Flakonik był wysmukły, miał czarną etykietkę i złoty napis. Chyba. Siedem pięćdziesiąt albo jakoś tak. Kupowało się to zwyczajnie w kiosku. Potem kilka kropel przed wyjściem w świat. Wszyscy tak robili.

W przedpokoju, ukradkiem, niepewnie. Całe miasto pogan, cały kraj barbarii. Jedni w lęku przed drugimi, że się wyda. W strachu, że wyjdzie ta odwieczna słoma z butów. Udawanie. Gra. Przebieranki. Miała palto z kołnierzem z jakiegoś czarnego futerka. Było bardzo miękkie i pachniało tym białym bzem. Było prawdziwe, bo pod miękkością włosa dało się wyczuć sztywną, byle jak wygarbowaną skórę. Na starych zdjęciach widzę ją w czymś takim. Uśmiecha się do obiektywu. Kartoniki mają maleńki format, jakieś pięć na siedem, i ozdobnie ząbkowane krawędzie. Stoimy na tle drewnianego domu, musi być późna jesień, bo na drzewach nie ma liści, ale nigdzie nie widać śniegu. Dzień jest pochmurny. Może po prostu Wszystkich Świętych i przyjechaliśmy tam, gdzie leżą zmarli. W mieście nie mamy jeszcze nikogo i nie ma dokąd pójść, więc co roku wracamy na odludny, piaszczysty cmentarz. Patrzę na fotografię i widzę ziąb tamtych lat. Bez samochodów, z lodowatymi autobusami, z wyczekiwaniem na wygwizdowach. Ale jej nie jest zimno. Patrzy w obiektyw i uśmiecha się nieśmiało. Na głowie ma chustkę. Nagrobne lampki były wtedy z grubego szkła. Zielone, czerwone, białe. Po wszystkim można ich było używać jako szklanek, ale nie sądzę, by ktoś tak robił. Chyba że grabarze. Wychodzi na werandę i pyta, czy chcę zupy. Nie, mówię, jest rano, wystarczy kawa. Ale zjedz coś, mówi. Odpowiadam, że tak, ale nie teraz. Musisz coś jeść, mówi. Wtedy mówię jej, że ludzie już nie są tacy głodni jak kiedyś. Puszcza to mimo uszu i mówi: odgrzeję ci. Wzdycham: jak chcesz, ale wystygnie. Drepcze do swoich garnczków na gazowej kuchence. Kto wie, może tęskni do czasów, gdy ludzie zasiadali za stołem, by się najeść. O jednej porze i przy jednym stole. Latem w letniej kuchni unosił się rój much. Stół stał przy jedynym oknie. Dla mnie to były wakacje, ale reszta przychodziła naprawdę głodna. Jedli po cichu, bez gadaniny, która była przywilejem sytych i miała nadawać tej zwierzęcej czynności pozór czegoś wyższego. Wśród much i bez słowa. Byłem na wakacjach, ale podejrzewałem, że tak właśnie wygląda życie. Pod koniec lata wracałem do domu i w chłodnym pokoju przy okrągłym stole wydawało mi się, że wszyscy coś udajemy. Tylko cisza była podobna. Teraz też. Gdy się budzę, słyszę radio w jej pokoju. Nic więcej. Gdzieś w oddali przejeżdża pociąg. Tak będzie przez wiele godzin. W chłodnym, cichym domu, który kiedyś stał na odludziu. Zaraz za furtką zaczynały się zagajniki, zajęcze wygony. Wśród zarośli stała czarna, przejrzysta woda. Wychodziłem rano i wędrowałem przed siebie. Była jesień. Pachniało chłodem, mgłą i wilgocią. Nie było tych wszystkich domów. Miasto jeszcze nie podpełzło. Wracałem przemoczony i musiałem się przebrać przed pójściem do szkoły. Nasłuchuję radia przez ścianę i pociągów. Teraz jeżdżą szybko i jest ich wielokroć więcej. Miasto pełznie ze wszystkich stron.

W domu jest cicho i chłodno jak kiedyś, ale z oddali nadciąga już zgiełk. Ona też go nasłuchuje. Przez mury, przez resztki zagajników, przez powietrze. Szuka tych dawnych, pojedynczych dźwięków, które przechowała w pamięci. Wtedy każdy oznaczał jakąś znaną rzecz. Te dzisiejsze nie znaczą już nic. Dlatego tuż po przebudzeniu włącza swoje radia. Jedno ma przy łóżku, drugie w kuchni. Radio Maryja, Radio Józef, Radio Wszyscy Święci. Wstaje i drepcze między swoimi rozgłośniami. To lepsze od nienazywalnego zgiełku świata. Słucha też cywilnych stacji. Przyjeżdżam i mówi mi, gdzie tam co było o mnie. Czasami wydaje mi się, że słucha wszystkich programów. Opowiada mi, co powiedziała lewica, a co prawica. Nie chcę o tym rozmawiać, więc ma zawiedzioną minę. Mówię: mamo, proszę. Ale ona ma dobre serce i wpuszcza tych szemrańców do domu. Cygana by nie wpuściła, żółtego też nie, ale ich wpuszcza. Dlatego ilekroć zaczyna, mówię: mamo, proszę. Chcę, żeby mówiła o tym, co było. Z teraźniejszością poradzę sobie sam. Przyjeżdżam i nasłuchuję ciszy w tym domu, który kiedyś stał na odludziu. Budzę się rano w chłodnym pokoju i myślę o tym, jak się tutaj znaleźliśmy. Ona, on, ja, one. Przyjeżdżam i sieję niepokój w ich życiu. Przesiadam się. Odpoczywam w połowie drogi. Odsypiam. Zostawiam auto i jadę na lotnisko, żeby polecieć w jakieś pizdu, o którym ona nie ma nawet pojęcia. Do końca chce mojego szczęścia, żeby mi było dobrze i żebym był taki jak inni. Synku, chciałabym, żebyś na Zachód jeździł, mówi. Mama, jak ja mam na Zachód jeździć? Z tej nadbużańskiej równiny? Z tych piasków, w które waliły pioruny? Z tych wądołów ze stojącą zielonkawą wodą? Mamo, dokąd ty mnie wysyłasz? Zdrajcę ze mnie chcesz zrobić? Podrzutka jakiegoś? Przecież jesteś mądra, a mówisz jak te wszystkie psiuty z gazet, z telewizora: on nie lubi Zachodu, on jest antyzachodni, ten śmierdziel jeden, i jeszcze dzikusa udaje, żeby go tam chcieli słuchać. Naszą młodą liberalną demokracją gardzi i chce tutaj brudu i Tatarii jakiejś, lekceważy nasze zdobycze społeczne, intelektualne, nasz wysiłek cywilizacyjny oraz postmodernistyczne projekty, bo tylko syf mu w głowie, rozpad, żeby mu starymi oponami palili i żeby bydło srało gdzie popadnie, i nic go nie obchodzi wyzwolenie wyklętych mniejszości, ponieważ jest zwykłą świnią, która tarza się w nieczystościach przeszłości i ryje w brudzie zacofania. I jeszcze pieniądze za to bierze. Mamo, jesteś mądrą kobietą i pozwól swojemu synowi podróżować tam, gdzie go prowadzą instynkt i serce. Jego świat nie ma stron. Pamiętasz, gdy miałem sześć lat, wychodziłem z domu i szedłem przed siebie, błąkałem się po mokradłach, wracałem zabłocony i szczęśliwy. Zostaw psiutom z gazet strony świata. One muszą żyć w tyranii kierunków. W lęku przed Wschodem i w pożądaniu Zachodu. Mamo, one wiedzą tylko tyle, ile gdzieś przeczytały albo ktoś im powiedział. Przyjeżdżam niezbyt często, a ty mi z jakimś Zachodem. Sama najdalej na zachód byłaś w miejscowości Płoty na Pomorzu Zachodnim, ponieważ siedziałem tam w więzieniu. I nie masz dość tego całego Zachodu? Sama szeptałaś na widzeniu, że wszyscy strażnicy wyglądają jak gestapowcy. Wiedziałaś, co mówisz. Ale pragnę ci przypomnieć, że gestapo przyszło do nas z Zachodu i chciało zastrzelić twoją mamę, a moją babkę, pod drewnianą ścianą chałupy. Tylko się łaskawie rozmyśliło i z jakichś nieodgadnionych powodów schowało swojego P38 z powrotem do kabury. Ze Wschodu natomiast przyszło, to znaczy przypłynęło Bugiem, ruskie żołnierstwo w pasiastych podkoszulkach i handlowało z twoim ojcem, a moim dziadkiem, cukrem i samogonem, rabując przy okazji kury. Tak sobie rozmawiamy, gdy wpadam kolejny raz w drodze, w przesiadce, przykucam w przelocie i patrzę na to jej dreptanie przy kuchni z garnczkami i patelenkami, w których pichci od lat to samo i wystarczy, że posmakuję kęs i już cofam się o dziesięciolecia, zapadam się w pamięć, wracam do początków, wracam na Wschód, chociaż nigdy go nie opuszczałem, ponieważ tylko głupcom może się wydawać, że prawdziwe życie jest gdzie indziej. A prawdziwe życie zawsze jest tu, w samym środku. Czasami próbujemy się oddalać, próbujemy się oderwać, uciec, ale to zawsze jest sprężysta spirala, dlatego wracamy jak odpustowa piłka na gumce. Chyba że wyrwiemy sobie kawał żywego mięsa, ale wtedy umrzemy z upływu krwi, bo to nigdy nie zaschnie. W końcu macha ręką i mówi zrezygnowana: a kto by tam za tobą nadążył. Ma rację. Sam nie nadążam, a co dopiero ona z tym swoim szu-szu-szu, z tym „włóż kapcie", bo mogę zmarznąć jak czterdzieści lat temu, i tym „zjedz coś", bo wciąż rosnę. A przecież to ja chcę ją udziecinnić, chcę, by mi opowiadała o tym wszystkim, co zapamiętała z najdalszych lat. O niemieckich trupach w lesie, o tym, że dziadkowi właściwie spodobał się komunizm i tylko czujność babki Julii ustrzegła go przed wstąpieniem do partii. I wciąż o tym, że wolność przypłynęła łodziami, barkami i kanonierkami ze Wschodu. A w każdym razie, że nikt do babki Julii nie celował bez powodu z P38, czy co tam to gestapo miało na wyposażeniu. A w każdym razie, że przestano odczuwać pogardę Zachodu i samemu można było nieco popogardzać Wschodem. Tymi, co łapali te kury i gotowali z pierzem. Może nie była to prawdziwa wolność, ale przecież nikt tutaj nie był przygotowany do prawdziwej wolności. Bo co by z nią w ogóle zrobił? Co w ogóle można zrobić z wolnością, gdy się żyje między Wschodem a Zachodem. Nic nie można zrobić przecież. Pomiędzy strachem a pogardą. I lubię, jak mi o tym mówi. O tym, jak Niemcy chcieli zastrzelić jej brata, bo nie zszedł z drogi przed nadjeżdżającym autem. Ponieważ był głuchoniemy. Ale znowu nie zastrzelili, bo ktoś się znalazł, zasłonił i wybronił kalekę. Chcę, żeby mi o tym mówiła. Jak raz przychodziła śmierć, a raz wolność poprzebierane za Niemców i Ruskich. Nad zieloną rzekę toczącą swoje wody ze Wschodu. A nie, żebym tłukł się na Zachód. Tak.

Tak. Trochę jesteśmy samotni, gdy sobie siedzimy w tym porannym słońcu. To znaczy ja bardziej siedzę, a ona tylko przysiada na brzeżku i zaraz się podrywa, by zniknąć we wnętrzu domu i czegoś tam dojrzeć, coś przestawić, poprawić, przesunąć, żeby leżało tak samo jak pięć, jak dziesięć lat temu, jak zawsze. Potem wraca, chwilę grzeje się w słońcu i znów idzie w cień domu, zostawiając mi jakieś niedokończone zdanie, kolejną propozycję. Niepokój mam po niej. Tę ruchliwość. Nigdy nie mogłem usiedzieć. No ale nawet nie próbuję tego tłumaczyć. Dlatego jesteśmy trochę samotni, gdy tak siedzimy. Patrzę na nią i podążam myślami w jej strony. W moje strony. Przestrzeń jest przeszłością. Nawet gdy wyjeżdżam z miasta do siebie, to nigdy siódemką, jak by nakazywał rozsądek. Znosi mnie na wschód i umykam pustą i dziurawą osiemset jedynką. Miasto zaraz się kończy, z prawej jest rzeka i nawet gdy oddala się od szosy, czuć, że tam jest, w tej bagiennej pradolinie, z tysiącletnim mułem, trzcinowiskami, topolami wielkimi jak baobaby. Więc tamtędy, żeby nie widzieć gangreny trawiącej przedmieścia i pobocza głównych dróg. Tej zaćmy z blachy, plastiku i kolorów jadowitych jak szerszenie. Tych „światów ogrodzeń i bram" oraz „królestw paznokcia". Wiem, że mój kraj właśnie w ten sposób nareszcie staje się wielkim światem, wytrząsa tysiącletnią słomę z butów i nadąża za ludzkością, przyobleka się i stroi, by się przypodobać, wiem, ale oczy krwawią od tej zagłady krajobrazu. Dlatego raczej zbaczam w poszukiwaniu resztek przedwiecznego na osiemset jedynkę, w pył i świetlisty kurz niesiony wiatrem z nadrzecznych wygonów. Co ludzkie, nieco tu próchnieje i się zapada. Silikatowa cegła, bure drewno. Czarne, białe, szare. Cierpliwie wystawione na wiatr i deszcz. Na czas, który stoi jak mgła. Dziś, jutro, pojutrze. Trzeba dopiero dokądś pojechać albo odpalić satelitę, żeby zobaczyć, jak płynie. Bo tutaj drąży tylko wewnątrz ciał, wewnątrz rzeczy, w cegle, w drewnie, drąży, aż zostanie sama powłoka. Dlatego jeśliby tylko mogli, toby stąd odeszli do tych miejsc, gdzie dni płyną jak rozmigotany nurt niosący na swym grzbiecie te wszystkie cuda, od których krwawią oczy. Tak jak ty chciałaś kiedyś odejść z kuchni pełnej much. Tak do niej mówię, jadąc osiemset jedynką na południowy wschód w głąb własnych dni. W piach, kurz i drzewny dym, do miejsca narodzin. Za Dęblinem droga przybliża się do rzeki i biegnie wysokim nasypem wału. W Borowej zjeżdżam nad wodę, a potem idę betonowym pirsem. Rzeka rozlewa się spokojnie, szeroko i dziko. Srebrna i świetlista toczy się z głębi ziem, z głębi tego kraju porażonego neurozą, przeżartego histerią. Dlatego staję tu niemal zawsze, żeby popatrzeć na jej melancholijny majestat, na jej spokój, na jej przedwieczność, na jej obojętność. Wyobrażam sobie, że płynie z otchłani najdawniejszego, że przez ułamek, przez okruch czasu przetacza się tą krainą, a potem znika w oddali, w czasach, gdy już nas tutaj nie będzie. Ale nie potrafimy się od niej niczego nauczyć. Patrzymy na jej królewski spokój jak cielę na malowane wrota, jak sroka w gnat, jak szpak w pizdę i nie dociera do nas, że dostaliśmy jedynie wiórek, strużynę wieczności. Tak sobie myślę, dopóki jakiś facet nie podjedzie polonezem z przyczepką, żeby nakopać piachu, wędkarz na rowerze albo para młodych romantyków w starym golfiaku przerobionym na gaz. Wtedy ruszam dalej, w głąb kraju. Droga wciąż lgnie do rzeki. W Puławach można nowym, opustoszałym mostem przeprawić się na drugą stronę i potem przez Zwoleń i Lipsko, ale wolę trzymać się pradoliny. Trzeba tylko minąć Kazimierz, zostawić go jak najszybciej za sobą, przejechać Opole Lubelskie i znów po prawej zjawia się rzeka. I nawet gdy jej nie widać, to i tak stojące nad nią powietrze ma inną barwę, jest cięższe i czuć mulistorybią woń sprzed tysiącleci. Szosa chwilami biegnie wypiętrzeniem i wtedy widać, jak drugi brzeg smuży się fioletowo aż po widnokrąg. Potem droga opada i wsie wciskają się między nurt a stromiznę. Niskie łąki, fasola i groch pną się po tyczkach, wielkie topole, zastoiska, butwiejące łodzie w zaroślach. Jak wtedy, jak czterdzieści lat temu nad inną rzeką, we wsi na piaskach, z rybackimi kłoniami schnącymi pod okapami słomianych dachów. Ciasno plecione oczka pachniały rybą. Dotykałem ich i wydawało mi się, że lekko się kleją, ale to nie była prawda. Po prostu pamiętałem zimne, kleiste ciała płoci o czerwonych skrzelach, które leżały na kuchennym stole i czekały, aż kobiety je oskrobią i podłoga letniej kuchni pokryje się srebrzystymi płatkami łusek. Tak było. A ty mi każesz jeździć na Zachód. Jakbyś chciała mnie uwolnić od mojego własnego losu. Tak jak chcieliście się uwolnić wy wszyscy z tamtych czasów, z tamtych wiosek, z tych letnich kuchni pełnych much, łusek i rybich wnętrzności, na które cierpliwie oczekiwały koty. Tak mówię do niej, gdy jadę przez ten kraj niewolników. Zaraz będzie Annopol i skręcę na most, żeby zobaczyć biel piaszczystych ławic, zielone brzegi i lustro wód odbijające obłoki. Tak. Wiem, że chcesz dobrze, ale ja nie mam zamiaru umykać własnemu losowi. Nie czuję pokusy, by stać się kimś innym. Wiesz, tutaj wszyscy cierpią niewolę. Wydaje im się, że są uwięzieni we własnym przeznaczeniu. Szarpią się jak zwierzyna we wnykach. Lis podobno potrafi odgryźć sobie łapę, by się uwolnić. Z nami jest tak samo. Za mostem zaraz w lewo. Maruszów, Linów, Piotrowice. Wszyscy stąd umkną. Z tych wiosek, z tych miasteczek. Zostawią eternit, blachodachówkę, nietynkowaną i tynkowaną cegłę, sajding, udręczone przycinaniem krzewy i drzewa, zostawią przeszłość, pejzaż i się wymkną. Starsi w śmierć, inni do Kielc, do Warszawy, ponieważ miasto żywi się tanim mięsem. Umkną w przyszłość, która też jest mięsożerna. Jak za twojej młodości. Wędrówka ludu. Odejść ze swojej wsi, odejść ze swojego miasteczka, wyrwać się przeznaczeniu. Zostać kimś innym. Pustynia bez Mojżesza. Bez ziemi obiecanej. Widnokrąg daleki, jasny i zimny jak światło LCD. Lucyferyczny blask nad horyzontem. Zawichost. Za Winiarami długi prosty podjazd i potem widok z wysoka na wschód, na rzekę w oddali. Mógłbym tak jechać i jechać. Zmieniać płyty. Zmieniać stacje radiowe. Patrzeć, jak się rozstępuje pejzaż. Coraz głębiej w ten kraj. W jego wnętrzności. W głąb jego samotności. Teraz, gdy zaczyna się wiosna i nie ma jeszcze liści na drzewach, i to wszystko wokół jest takie nagie, takie bezbronne i takie smutne. Zanim zacznie się maj, zanim przyoblecze miłosiernie tę ziemię. Schnie błoto i czuć dym ognisk. Czuć woń gnoju ciągnącą ciepłymi powiewami znad pól. Ten dym i ten gnój wchodzą opłotkami do miast. Jak zdradziecka mgła. Na wyczyszczone, na wypolerowane, na wymyte, na wyperfumione. Jak rosa trująca się skrapla na nowym, mieniącym się niczym złota zaćma. Dlatego bydlęta będą zabite. Odprowadzone do mięsnych fabryk, skąd nie wydostaje się ani jęk, ani smród. I ugorów też nie będzie, żeby nie palić starych traw. Zamiast nich bez końca będzie rosła strzyżona i zielona. Ponieważ jesteśmy niewolnikami i żeby się uwolnić, przegryziemy własną kość niczym schwytany lis. Potem jest skrzyżowanie i zazwyczaj skręcam w lewo, droga opada, a po prawej wznosi się sandomierska skarpa z całym tym dostojeństwem i chlubą stuleci, ale teraz jadę w lewo, na wielki plac targowy, i parkuję pod płaskim barakiem z blachy. Nie mogę się oprzeć i wchodzę, ponieważ lubię patrzeć, jak moi bracia i siostry kupują. Wchodzę do tych blaszanych bud wypełnionych badziewiem i paździerzem i błądzę pośród fantomów, pośród odbić i mamień. Zaraz się gubię, bo wszystko jest podobne, nieoczywiste i pełne tego półciemnego blasku, tej oszukańczej poświaty, w której nie sposób dostrzec prawdziwych kształtów i kolorów rzeczy. Ale jestem dzielny i nie przepuszczam żadnej „galerii", żadnemu „centrum". Jak tylko jest przy drodze, to skręcam i parkuję. Bo nie mogę oderwać od nich oczu. Od tego, jak chodzą i dotykają. Jak wciągają zapach kleju, impregnatów i sztucznego kauczuku. Suną w tej światłości wiekuistej jak śnięte ryby i ja z nimi, wpatrzony, samotny i smutny. Dziecko niedoboru i reglamentacji. Syn świata antykonsumpcji. Żyliśmy jak mnisi i to było dobre. Ale teraz lubię patrzeć, jak wyklęty lud ziemi wreszcie powstaje i sięga po to, co mu się należy. Skradam się i podsłuchuję, gdy się naradzają. Mają poważne miny. Nie uśmiechają się, jakby ich to w ogóle nie cieszyło. Pchają wózki, z których się wysypuje. Zaraz będą święta. Wypada na podłogę. Zapakowane się błyszczy. Żyliśmy jak w klasztorze, pamiętasz? Święta. Zapach rumowy, zapach waniliowy. W szklanych buteleczkach przypominających fiolki z lekarstwami. Zapachy. Wypełniały dom, w którym było niewiele ponadto. Byty ledwo materialne. Ciepłe powietrze rozchodzące się z kuchni. Aura. Chłód pościeli w niedogrzanych pokojach. Światło poranka na prostych sprzętach. Tak było. Teraz też jest Wielki Tydzień i jadę przez kraj: Bircza, Przemyśl, Jarosław. Gdzieś koło Oleszyc zapada zielonkawy zmierzch. Kropi deszcz. Cieszanów. Otwieram okno, żeby poczuć ciepłe, wilgotne powietrze. Wszystko już pozamykane. I domy, i sklepy. Tylko w półcieniach, w zakamarkach, na ławkach siedzi kawalerka. Na przystankach pod daszkami po pięciu, po siedmiu w objęciach wczesnej nocy. Z piwem, z colą, z chipsami. Jak stadka ptaków, aby blisko siebie, jak wróblęta w pstrokatych trykotażach, w bejsbolówkach, w białych jak z kredy butach w tej ciemności. Królowie podkarpacko-lubelskiej nocy. Tylko kościoły są otwarte. Żółte światło wychodzi przez uchylone drzwi i gaśnie za progiem. Czuwają u zwłok Żyda zabitego przez naród niewierny. Od wieków przychodzą o tej porze i obłudnie lamentują i oskarżają. Nic nię rozumieją. Ani księża, ani stare kobiety. Zamiast oskarżać, powinni dziękować, że ktoś to zrobił za nich. Że ktoś Go zabił za nich. Inaczej sami by przecież musieli, żeby „się wykonało". Księża w sutannach, biskupi na złoto i z pastorałami, baby wiejskie, lud pobożny, który cały dzień dzisiaj na klęczkach sunął po zimnych posadzkach, by całować rany z gipsu, by rozpamiętywać, sycić żałość, karmić nienawiść, oni wszyscy w tych ciemnych sukienkach, w chustkach, z torebkami, z książeczkami, w których wszystko czarno na białym zapisano, ze zmiętymi bejsbolówkami w garściach, w dżinsach, z ciut zakrytymi pępkami, na chybotliwych obcasach, w zielonkawych garniturach, w skórach czarnych, rozścielający chusteczkę, żeby przyklęknąć, w naftalinie, w perfumach, w niewinności, oni wszyscy musieliby dzisiaj wołać do schrypnięcia: „Ukrzyżuj Go! Ukrzyżuj!". Ale im się udało. Żydzi zrobili za nich wszystko. Od początku do samego końca. A ci stali z rozdziawionymi gębami i nic nie mogli pojąć. Nie mogli pojąć, że ktoś ich wyręczył, bo byli zbyt tchórzliwi, zbyt obłudni, zbyt dziecinni, by zrobić sobie prawdziwego Boga. Przyszli na gotowe i potem już nigdy nie mogli im tego wybaczyć. Tak rozmyślałem, wpatrując się w czerwone światła wyprzedzających mnie aut. Każdy ma taką drogę krzyżową, na jaką zasłużył. Numer 865 na przykład. Płazów, Narol, Kadłubiska. Wielki Piątek. Powinienem skręcić do Bełżca. Gdy palono tam ciała na wolnym powietrzu, na rusztach z szyn kolejowych, to we wsi na szybach osiadał tłuszcz. Ale zapadła noc, więc co? Stałbym przed czarną żelazną bramą i patrzył w ciemność. Stałbym i nasłuchiwał pociągów. Wąchał powietrze. Więc jednak skręcam w lewo w siedemnastkę i zaraz jest Tomaszów. Na stacji Shella przed myjnią stoi sznurek aut. Chłopaki przekomarzają się z dziewczynami. Zaczyna się weekend. Jadę przez mój kraj, wypatrując kościołów, wypatrując znaków. Myślę o niej, o tym, jak szuka w radiu swojej mszy. Sama w pustym pokoju. Kręci gałką i oddziela niepotrzebne dźwięki, usuwa zgiełk świata i w końcu odnajduje nabożeństwo. Tak jest od lat. Dawno temu w każdy niedzielny poranek obracała mnie przed lustrem w przedpokoju. Wystrojonego, wyprasowanego, nadąsanego. Czułem lodowaty dotyk palca z kroplą wody kwiatowej. Do kieszeni dostawałem złożoną na cztery albo osiem chusteczkę. Była sztywna i twarda od żelazka. Jak cienka deszczułka. Szło się z pół godziny. Asfaltową ulicą w cieniu starych drzew. Rodziny trzymały się razem. Potem dzieciarnia odpryskiwała i zbijała się w oddzielne, ruchliwe stadka. Kościół stał na piaszczystym wzgórzu. Wchodziło się po szerokich cementowych schodach. Skromny, smukły neogotyk. Do środka mogło wejść ze sto osób. Można było poczuć, że jest się naprawdę wybranym, ale ja po prostu umierałem z nudów. A teraz chcę, by tamto powróciło, lecz wiem, że nadaremnie. Podglądam żółtawe światło pełznące z kościelnych drzwi. Wśród czarnej nocy Lubelszczyzny, czarnej nocy Wschodu z Bełżcem gdzieś na samym jej dnie, w podziemiach ciemności. Ale nie skręcam, tylko idę pomiędzy swoich, patrzeć, jak ładują do wózków, jak myją auta, jak kupują piwo w rozświetlonych pawilonach Shella, BP i Statoila. Zmieniam stacje, nasłuchując głosów ojczyzny. Całkiem jak ona w swoim pokoju. I też nastawiam Radio Maryja. Mam zaprogramowane na stałe. Wystarczy nacisnąć. Najlepiej się słucha przy bocznych drogach, tych wszystkich osiemset coś, pięćset coś, czterysta, trzysta. Jesienią i wiosną, gdy na drzewach nie ma liści. Wtedy dobrze widać domy i podwórka. Widać zakamarki. Widać to ściszone życie drugiego planu. Zaułki ludzkich dni. Schludną biedę z plastikowymi, udającymi mosiądz lampami nad wejściem. Wszystko przycięte, ułożone i wykorzystane. To tu, to tam, lalczynej wielkości. Dopilnowane resztką sił. Albo wypięte po nowemu, z tą smętną ostentacją zacierającą ślady dawnych dni. Do niczego niepodobne nowości nad nowościami. Minione pomieszane z jeszcze nienadeszłym. Druciana siatka, kury i wybetonowane grillowiska z głazów plus klinkierowy komin. Więc łapię ten Toruń i wjeżdżam głębiej w ojczyznę. Czterdzieści na godzinę i patrzę, skąd dzwonią. Stąd. Spod niskiego nieba. Zza płaskiego horyzontu dzwonią. Dzwonią z Wielkiego Piątku, gdy muszą opłakiwać Żyda z gipsu, z plastiku, a przecież powinni jakiegoś porządnego Boga, polskiego, z krwi i kości, z naszego mięsa. Z tej samotności lechickiej dzwonią. Z tego opuszczenia. Z czeluści świata. Gdy tylko zaczyna się normalny kraj, trzycyfrowe drogi, to od razu ich włączam. Słucham człowieczych głosów. Że mają wersalkę do oddania. Niezbyt używaną, w dobrym stanie. Że są elektrykami i mogą za darmo w czymś pomóc w tej dziedzinie. Gniazdko naprawić, zajrzeć, jak gdzieś iskrzy. Że jak ktoś coś potrzebuje przewieźć, to jest furgonetka do dyspozycji popołudniami, tylko za paliwo, a jak nie, to też się obejdzie. Podaję telefon. Albo że mąż umarł, dzieci dawno odeszły, została tylko najmłodsza, ale ona bez wózka to się w ogóle nie rusza. Tylko z kuchni do pokoju, do okna z widokiem przez firankę i kwiaty, ale nie dalej, bo nie ma kto pomóc, żeby wynieść przez próg i po trzech schodkach, więc słońce przez szybę, przez okno. No to ktoś, że może przyjść raz, dwa w tygodniu i pomóc, podaję telefon. Albo że któregoś dnia przychodzi Matka Boska, zjawia się całkiem naprawdę i wtedy życie się odmienia, powracają siły i opada z ramion ciężar dni. Panie, dopomóż mojemu mężowi w zmaganiach z nałogiem. A mojej żonie dopomóż, by tak nie cierpiała w chorobie. Tego słucham. Wśród zagród uprzątniętych od drogi i zagraconych „a nuż się przyda" po zakamarkach. Niektóre podwórka zarasta trawa i widać już tylko jedną ścieżkę wydeptaną do furtki. Czasami w szybie bieleje nieruchoma twarz. Koty na parapetach wyczekują porannego słońca. Tomaszów. Opłotki. Wielka Sobota. Czerwone wozy straży parkują pod kościołem. Odnajduję osiemset pięćdziesiątkę i ruszam w stronę Hrubieszowa. Kiedy zaczynają mówić księża redaktorzy, wyłączam. Mówią ślisko i martwo. Zupełnie inaczej niż ci wszyscy, którzy z tych domów, z tych gminnych poczt wysyłają wdowie grosze. To tak, jakby płacili za to, że czasami mogą mówić łamiącym się głosem z głębi nocy, z otchłani swojego Wielkiego Piątku, swojej Soboty. Wypełniają czerwone przekazy i płacą za to, że ktoś ich wysłucha. Jadwiga z Lubaczowa. Stefan z Oleszyc. Znikąd. Niemi, odłożeni, odwieszeni na haczyk nicości. Płacą i mogą przemawiać z głębi swojej samotności, z głębi swojego lęku. No więc jadę i czuję w powietrzu wokół ich głosy. Gdyby nie to radio, nigdy bym ich nie usłyszał, nie usłyszałby ich nikt. *De profundis*. Krajobraz faluje. Łagodne grzbiety wzgórz toczą się na wschód ku granicy. Jasnozielone i brunatne na przemian, podzielone geometrią miedz. Spłachetki. To zniknie, gdy ostatni starzy umrą, a młodzi odejdą. Czasami widuję ich razem w tych sklepach z blachy wypełnionych trupim światłem. Dziadkowie i wnuki. Młodzi podnieceni, z gorączką w oczach. Starzy czujni, ostrożni, w ubraniach z dawnych czasów. Podążają niepewnie w ślad za młodymi, którzy poruszają się jak w hipnozie. Wnętrza są bez okien. Jak grobowce, jak prosektoria. To się pewnie tak skończy. Wszyscy tam przyjdą i dadzą się zamknąć. Potem zgaśnie nawet trupie światło i będą chodzić, będą pełzać, świecąc sobie telefonami, aż skończą się baterie. Takie myśli miałem, jadąc osiemset pięćdziesiątką na Hrubieszów. Mijałem kobiety na rowerach wiozące święconkę. Duże wiejskie kosze przykryte białymi serwetkami. Była Wielka Sobota. Przydrożne krzyże ktoś przybrał kolorowymi wstążkami. Pod jednym palił się czerwony nagrobny znicz. Ale na przekór otchłani, która otwierała się u fundamentów świata, dzień był ogromny i świetlisty. Od Wyżyny Wołyńskiej blask ciągnął jak wiatr. W Hrubieszowie przy kościele ubrane na obcisło chłopaki stały wokół passata. Drzwi były pootwierane i dudnił bas. Wsłuchiwali się i coś podkręcali. Kościół stał na skarpie nad Huczwą. Ludzie szli z koszykami, ale obok, bo święcenie było chyba pod gołym niebem, koło dzwonnicy, więc przy Grobie Pańskim pustawo. Właściwie same stare kobiety, czyli jak w życiu. Bo przecież po wsiach przy nieboszczyku też czuwały babki i ciotki, paląc świece i szepcząc modlitwy. Tak było i tu. W chłodzie, w półmroku, w ciszy. Grób był prosty. Tylko zwłoki i kwiaty. Na ścianie powyżej rozpięli malowidło. Biblijna scena z pustynią, głazami i grobowcem, do którego zmierzał ciemnowłosy lud w białych szatach. Tak się to miało zacząć – w odległej ziemi, bez naszego udziału. Przyszło z dawna i z daleka. Nad Huczwę i teraz tu płaczą. Że go zabili. A sami to nic. Czekali na gotowe. Naiwni i niewinni po wieki wieków. Tylko chwilę przysiadam i zaraz dalej. Szukam siedemdziesiątki czwórki. Po drodze mijam cerkiew wśród wysokich drzew. Blaknie, rudzieje. Miasto zaraz się kończy, parteruje, tralki, balustradki, usiłowania. Wyjeżdżam, skręcam na Orlen, żeby wziąć podwójne espresso w kartonowym kubku. Piję łapczywie i prawie się parzę, bo chcę w tym najciemniejszym dniu świata mieć jasny umysł. Żeby to wszystko, co widzę i słyszę, wchodziło głębiej. Żeby przeszywało na wylot. Ponieważ nic innego nie możemy zrobić. Po prawej zaczyna się niski, zielony wygon ze stadami gęsi. Wszystko się zgadza. Husynne. Bug rozlewa się niebiesko i szkliście. Rzeka dzieciństwa jak żyła w ciele. Może pierwsza rzeka, jaką widziałem z życiu. Bo przecież jak mieszkaliśmy na Grochowie, to wcale nie musiałem widzieć Wisły. Pakowałaś mnie w becik i hajda na wschód. Tymi ciężarówkami z żelazną drabinką, którymi chłoporobotnicy wracali z pracy. I my między nimi. Ja w beciku, ty w płaszczyku z tym futerkowym kołnierzem i w chustce na głowie. Na wschód. Żebym jak Anteusz mógł dotknąć tamtych ziem. Samochodem Lublin, samochodem Star na drewnianej ławie. Wydaje mi się, że do dziś pamiętam zapach tamtych ciał, ubrań i spalin. Tytoń, piwo i benzyna. I teraz ilekroć widzę Bug, to cofam się w czasie. Odzyskuję siły. Myślę, że mógłbym to wszystko, co się wydarzyło, zapamiętać od nowa, jeszcze mocniej. Może byłem ślepy jak kocię i gdy otworzyłem pierwszy raz oczy, to on tam płynął. Wyglądałem z becika. Pięć minut od drewnianej chałupy. Przez piaskową górę i już zaczynała się sucha równina, gdzie kilka lat później znajdowałem skamieniałe pioruny. Ale teraz znajduję skrót do osiemset szesnastki i zaraz zaczyna się Horodło. Przed niskim domem z cementowej cegły wiszą dwa strażackie mundury. Schną na słońcu i wietrze. Piach podwórka jest niemal biały. Wokół nie ma nikogo i tylko te czarno-seledynowe, fosforyzujące uniformy łopocą niepokojąco w bezludnym krajobrazie. Po prawej znowu zjawia się rzeka. On tego dnia schodzi do piekieł, ale w Horodle z jakiegoś powodu nie mogę odnaleźć kościoła, więc jadę dalej na północ i dopiero w Dubience trafiam na świątynię. Biała, skromna, barok, neobarok stoi trochę na uboczu. W środku pachnie wilgocią i wschodnim opuszczeniem. Na chórze łuszczą się organy niczym porzucona dziecinna zabawka. Pusto. Trzy osoby. Dwóch strażaków w takich mundurach jak tamte schnące. Trzymają straż u grobu, ale jakoś tak dziwnie. Zapewne z szacunku stoją twarzami do grobowej wnęki i tyłem do reszty świata, więc jako warta są raczej do niczego. I znowu stara kobieta z różańcem. Paciorki powoli wysypują się z jej dłoni. I cicho rzeczywiście jak po śmierci, ale z okien leje się piękna jasność. Cała trójka wyglądała jak obraz. Przycupnąłem z dala, by nie burzyć kompozycji. W końcu byłem tylko przejazdem. Brązowy papier do pakowania udawał skały, ale białe kwiaty w doniczkach wyglądały na prawdziwe. I jeszcze tylko zwłoki i nic więcej. Może tak powinien się objawiać ze swoim życiem albo śmiercią. W ciszy, w samotności, w pustce. A nie bekliwym tłumom, które jak już się zbiorą, to w końcu zaczną wołać to swoje „Ukrzyżuj!". Obojętnie kogo. Tak jak w tym radiu. Gdy mówią ci z głębi swojej samotności, nigdy nie mówią „my". Dzwonią z ciemności swojego losu. Zza horyzontu dzwonią. Spod ziemi i z czterech ścian. Nigdy nie mówią „my". Potem odzywa się szef ze swoją mendowatą mową, z tym kleistym językiem, który ledwo się obraca, ledwo brnie, lecz kala wszystko, czego dotknie. Są tylko „oni" i „my". I ani żywej duszy. Jakby żaden Bóg się nie wcielił w człowieka, tylko miał zjawiać się na zawołanie, by pognębić „onych" oraz „mych" wywyższyć. Bug wyciąga swoje zielone ramię wzdłuż szarej szosy, wskroś tego parterowego kraju złaknionego pociechy, a ja wysłuchuję na ukaefie diablej, nienawistnej gadki, która przemawia w imię religii, głoszącej, że „na początku było Słowo".

Ukaef to wszystko znosi jak papier i jeszcze pewnie ze swoją ukaefią obojętnością rozpyla trutkę nad Ukrainą i Białorusią. Panie, wiem, że jesteś zajęty, że nie masz czasu, że dziś odwiedzasz piekło, ale uważam, że powinieneś rozpędzić mój naród na cztery wiatry. Powinieneś przepędzić go od siebie jak tych przekupniów ze świątyni. Na jakąś pustynię ich wygnać, żeby się tułali jak Żydzi. Żeby im się nie wydawało, że mają do Ciebie jakiś grupowy dostęp, że ich będziesz zbiorowo rozpatrywał i liczył im te wszystkie plemienne zasługi, które sobie wyobrażają, zapisują i potem w nie wierzą. Że to są zasługi przed Tobą. Panie, ja bym ich na Twoim miejscu rozgonił po całym świecie na tysiąclecia jak naród Izraela i dopiero by się okazało, ile są warci. Jakby nie mieli tego swojego Mazowsza, Kieleckiego, Grunwaldu, tych wszystkich listopadów, styczniów i wrześniów dymiących spalonym mięsem, toby się okazało. Jakby nic nie mieli. Jakby nie mieli żadnego Ruska, Niemca ani Żyda na usprawiedliwienie, ani tego swojego papieża by nie mieli na pogański kult, tylko na sto kilometrów piasek, toby było wiadomo, czy oni wierzą, czy tylko robią narodowy interes. Piasek i wieczność. Tak bym zrobił. W kosmos. I Częstochowę na ich oczach bym im rozpirzył jak Jerycho, jak stragany jerozolimskich gołębiarzy. Żeby, gdy już popędzisz kota temu mojemu narodowi wybranemu, mogli przyjść do Ciebie niewidomi i chromi i żeby nie musieli z tych wiejskich poczt z żółtą trąbką wysyłać czerwonych przekazów z ostatnim groszem dla zbójeckich jaskiń w eterze. Tak sobie myślę już za Dubienką, gdy przecinam dwunastkę, która po tamtej stronie granicy zamienia się w M07 i ciągnie aż do Kijowa. Tak sobie myślę i wyobrażam, jak włącza te swoje chińskie albo tajwańskie radyjka ze srebrnego plastiku, który udaje aluminium. Jak nasłuchuje pociechy. Szu-szu-szu od jednego do drugiego. Ale z pudełek dobiega tylko zgiełk i sączą się fałszywe świadectwa. Więc ona szu-szu-szu to tu, to tam, szukając szczelin w tym bełkocie. Pobrzękuje garnczkami, rondelkami. Opatula się, bo z głębi świata ciągnie chłód. Siedzę obok, ale jesteśmy samotni. Mówię: mamo, nie słuchaj tego wszystkiego. Ale sam nie potrafię powiedzieć jej niczego na pocieszenie. Tylko wciąż przypominam sobie te chwile w przedpokoju, gdy przed wyjściem do kościoła sprawdzała, jak wyglądam. I zimny dotyk palca z kroplą tanich perfum. Lecz teraz nie potrafię po prostu powiedzieć: nie bój się, wszystko będzie dobrze. Bo jesteśmy samotni, gdy On jest w piekle. I zostawił nas na pastwę ukaefu. Ją, mnie, każdego. W ciemnościach Wielkiej Soboty na wieki.

Teraz zimno. Znów listopad i zimno. Mróz z wiatrem ciągnie ze wschodu i trzeba się opatulać. Żadnej osłony. Od samego Uralu płasko, płasko, płasko. Żadnych przeszkód dla pogody, żadnych przeszkód dla wojsk. Tak myślał Napoleon, tak myślał Hitler. Wracali jak niepyszni. Nie mieli pojęcia, że może być coś tak wielkiego jak ten płaski Wschód. Że ile byś jechał, to nie dojedziesz. Ilu byś wysłał, to przepadną. Gdy się schodzi w Lublinie z Grodzkiej po schodach na plac i ten wiatr z prawej uderza w twarz, to się to wszystko przypomina. Ten wiatr znad blokowisk i dalej, z głębi tej ciemności, która zaczyna się gdzieś za Chabarowskiem, za Władywostokiem. Zakładam wszystko: golf, polar, kurtkę, kaptur, ale nic to nie daje. Wystarczy, że wyjdę z Grodzkiej, i już czuć, że zaraz zacznie się zima. Że już się tam gdzieś spręża do skoku niczym irbis. Tak.

Wyruszam i trajektoria w nieodgadniony sposób zawsze skłania się i napręża w tamtą stronę. Jakby tam był biegun, który przyciąga igłę kompasu. Zawsze na przykład wolałem wybrać się do Krosna niż do Sącza. Wydawało mi się, że Krosno jest jakimś początkiem, jakąś bramą. Tak samo jak Jasło. Tak samo jak Sanok i tak samo jak najpiękniejsza brama na wschód, czyli Przemyśl. Brama bram. No ale przyjechałem do Lublina i chodzę wietrznymi ulicami. Wysuwam się bokiem zza rogu i skulony czekam na uderzenie. Jak miałem kiedyś do wyboru Paryż i Kiszyniów, to pojechałem do Kiszyniowa. Paryż, czyli mój francuski wydawca, mi tego nigdy nie wybaczył. W Paryżu jest nie do pomyślenia, żeby tak lodowato wiało. Oni tam kochają Wschód, to znaczy Rosję, ale na taki wicher toby się nie wystawili.

No więc wieje tak, jakby tam się zaczynał jakiś koniec świata. Do takiej myśli się przyzwyczailiśmy przez ostatnie lata. Że tam nic nie ma, tylko lęgną się wiatry i rodzi się ciemność. Że dopiero tutaj zaczyna się życie. Dlatego lubię tu przyjeżdżać na przekór. Wystawiać się na ten rozpędzony mróz, który przeszywa. Z Grodzkiej przez plac na drugą stronę między autobusy. Oczywiście był kebab. Idziesz i w zimnym wieczorze bezbłędnie po zapachu odnajdujesz. Prowadził Marokańczyk. Bardzo miły. Zaczęliśmy rozmawiać i pytałem, jak znosi ten klimat. Odpowiedział, że klimat, cóż, klimat, ale gorzej jest z pijanymi Polakami. Mówił, że nie rozumie, po co się tak upijają. Odpowiedziałem mu, że też nie rozumiem, ale czasami robię tak samo. Tyle że się nie awanturuję przy kebabie. Tak. Potem jeszcze do niego wracałem, żeby wieczorem coś zjeść. Z Rybnej do Grodzkiej i w dół. Albo prosto na Lubartowską, ale tam wiało od razu, bo szeroka.

Kiedyś, dawno, może pod koniec siedemdziesiątych lat minionego wieku, wysiadłem o świcie z ciężarówki. Jechała na Białystok, a ja chciałem na Warszawę. Był letni świt. Może czwarta, ciepło, zorza na wschodzie i ani żywej duszy. Minąłem zamek i wszedłem na stare miasto. Wszystko się łuszczyło i odpadało. Od cienia ciągnęło wilgocią i zbutwiałością. Może i ktoś stał w bramie, w półmroku, wygnany przez poranne delirium, ale ja nikogo nie dostrzegłem. Byłem absolutnie sam i miałem poczucie, że coś tu się stało i że już nigdy się nie odstanie. Ale jakieś ponure, przejmujące piękno zostało w mojej pamięci. Jechałem wtedy z Bieszczad. Z zielonej, cudnej krainy, ale tak samo podszytej grozą minionego. I z tego bieszczadzkiego światła w ten lubelski wilgotny, złuszczony cień. Może wtedy poczułem, że obok codziennej rzeczywistości biegną równolegle światy? Pod jej skórą. W głębi, jak żyły skryte w ciele, którymi toczy się ciemna krew dawnych zdarzeń. Przeminęło, ale nie odeszło.

Grodzką w dół, ale nie na plac, tylko mostem pod zamek. Najlepiej już wieczorem, żeby patrzeć na tę czarną wyrwę w dole, na ciemny wąwóz w środku miasta. W dzień to się zaludnia, roi smutnym handlem najbiedniejszych. Taniocha w pęczkach po trzy, po sześć par. Pomiędzy autobusami, które odjeżdżają na Piaski, na Krzczonów, na Bychawę, na Żółkiewkę, w mglistą dal starego asfaltu z rzędami topól na poboczach. Za dnia to jest niemrawe rojowisko pokątności. Przeczekiwania i przeżywania z dnia na dzień. Taryfiarze rżną w karty na maskach. Torby w kratę i plastik udający skórę. Zwały tego wszystkiego. Tej jednorazowości, która niesie pociechę najuboższym. Jakby dobrze powiało, toby frunęło to w niebo jak u jakiegoś dzikiego Chagalla: gacie, rajtki, biusthaltery, dżins, chemiczna koronka, cekiny, złociste badziewko, obcasiki, pumy i lampasy, tygrysie futra z węglowodorów, wszystko w niebo. Aż pozostałby nagi beton, czarny bruk, ciemny dół w tym miejscu, które umarło i już nikt tutaj niczego nie zrobił na stałe. Tylko to koczowisko: rano rozwinąć, wieczorem zwinąć. Jak namioty na lodowatej pustyni, na kamiennym stepie. Że tylko to się dało wskrzesić – jakąś smętną parodię, jakąś karykaturę tamtego miasta, które pochłonął ogień.

Tyle razy jechałem w jego stronę i nigdy nie dojeżdżałem. W Żyrzynie albo w Kurowie skręcało się w prawo. To znaczy wysiadało się z auta i czekało na następną okazję. Zawsze jakoś szło. Samochody z tamtych lat pachniały niskooktanową, ołowiową benzyną. Ta woń pomieszana z letnim upałem, z dymem papierosów miała w sobie coś narkotycznego. Ale skręcało się w prawo i Lublin pozostawał gdzieś w oddali jak dobrotliwy strażnik tych stron. Sama jego nazwa miała przyjazne, ciepłe brzmienie. Kojarzyła się z latem, z wolnością, z przychylnością krajobrazu. Ale jechało się do Kazimierza. Nawet już w maju. Po prostu zamiast do szkoły jechało się na wylotówkę do Starej Miłosnej, bo tam rozchodziły się drogi na Lublin i na Brześć. Przy odrobinie szczęścia w trzy, cztery godziny było się na miejscu. Kiedyś jechałem z kimś w nocy. Kierowca wysadził nas w Puławach. Niebo już jaśniało. Dalej poszliśmy na piechotę. O świcie weszliśmy do miasteczka. Było ciepło i cicho. Tylko odgłos naszych kroków na rynku. Z piekarni snuła się woń świeżego chleba. Pomieszana z tym świtem, z ciszą. Poszliśmy tam. Piekarz ucieszył się na nasz widok, chociaż byliśmy obdarci, długowłosi i zakurzeni. Ucieszył się, że ktoś wstaje tak wcześnie jak on. Podarował nam bochenek. Nie dało się go utrzymać. Trzeba było nieść zawinięty w koszulę. Potem zastukaliśmy do jakiegoś gospodarstwa i kobieta pozwoliła się nam przespać na sianie. Dostaliśmy świeże mleko do gorącego chleba. Dostaliśmy pościel. Słońce wstawało, a my się kładliśmy. Miałem szesnaście, może siedemnaście lat i wyobrażałem sobie, że to właśnie jest Wschód – kraina cudów. Wchodzisz o świcie do małego miasteczka i goszczą cię tak, jak powinno się gościć wędrowca. Jedzenie, przychylność i sen. I ten Lublin gdzieś w oddali niczym zamek na zielonym wzgórzu strzegący spokoju tych ziem.

Jestem pewien, że tamtego poranka, gdy pierwszy raz znalazłem się w mieście, niebo na wschodzie było czerwone. Zamkowe topory na jego tle miały barwę czarną i groźną. Nigdy wcześniej nie widziałem, by nad miastem górowały narzędzia śmierci. To, co miało znaczenie w starożytnym Rzymie, tutaj nabierało innych sensów. Tutaj nie było żadnego Rzymu, żadnych rózg liktorskich. Czarne topory wisiały nad Wschodem jak wróżba, jak groźba. Wszedłem w ruinę starego miasta i poczułem, że czas stoi tutaj jak zatęchłe powietrze. Jakbym wszedł w przeszłość. Ale wtedy nie wiedziałem, co się tutaj stało. Wybierałem te strony, ponieważ były zielone, przesiąknięte złotym światłem i wydawało się, że upał nigdy ich nie opuszcza. I że im dalej w pofalowany krajobraz, tym cisza staje się głębsza. Jakby się woda albo lustro rozstępowały, otwierając przejście na drugą stronę. Do krainy dzieciństwa. Nad Bug z wysmużonym na błękitno drugim brzegiem. W dół nurtu do miejsca, gdzie rzeka skręca na zachód i porzuca granicę. Tam gdzie w drewnianym domu żółty płomień lampy naftowej przepalał czarny papier nocy, a po drugiej stronie w tej wypalance zjawiały się niespokojne sny, których nie zachowała pamięć, lecz potem nie śniło się już nic ważniejszego. O świcie słoneczny proszek prószył i układał się w ukośne linie. Z cienistego podwórza dobiegało postękiwanie bydląt, brzęk wiader i turkot łańcucha. Lecz można było spać dalej, unosić się bez wysiłku wśród tych ciepłych prądów światła i odgłosów. Wschód.

A teraz ten zimowy chłód w listopadzie. Grodzką wychodzę na zamek, by patrzeć z góry na ciemną wyrwę w środku miasta. Na resztki ognia, na kebab, na czarny wiatr i na niewidzialne igły lodu razem z tym wiatrem gdzieś od Dorohuska. Od Sobiboru wiatr i od Bełżca. Po to się zjeżdża do miasta Lublin – by patrzeć na Sobibór i na Bełżec i wietrzyć jak pies pod wiatr. Wąchać powietrze. Bełżec zaczęli budować w listopadzie. We Wszystkich Świętych zaczęli. Proboszcz wyznaczał robotników. Niemcy kazali i proboszcz wyznaczał razem z wójtem. Wiedzieli tylko, że budowa, ale nie wiedzieli czego. Globocnik w białej willi przy Bocznej Lubomelskiej stukał palcem w mapę: tu, tu i tu ma być zbudowane. Bełżec zaczęty we Wszystkich Świętych. Do połowy grudnia stały już baraki rozbieralni i komór. „Obok tego baraku budowaliśmy trzeci barak, o wymiarach dwanaście metrów długości, a osiem metrów szerokości. Barak ten był podzielony na trzy części drewnianą ścianą, wobec czego każda część miała po cztery metry szerokości, osiem długości. Wysokość tych części była dwa metry. Wewnątrz ściany tego baraku zrobione były w ten sposób, że zbijaliśmy deski, a próżnię między nimi zapełnialiśmy piaskiem. Ściany wewnątrz baraku były obite papą, nadto podłogi i ściany do wysokości metra dziesięciu centymetrów obite blachą cynkową". Zupełnie jakby budowało się dom. Stukot młotków, wizg pił, zapach żywicy w jesiennym powietrzu. Ludzie idą na cmentarz palić ognie. „Każda część tegoż baraku w północnej swej części miała drzwi o wymiarach metr osiemdziesiąt wysokości i metr dziesięć szerokości. Drzwi te, jak również drzwi od korytarza, były szczelnie obite gumą. Wszystkie drzwi w tym baraku otwierały się na zewnątrz. Drzwi były bardzo silnie zbudowane z trzech calowych brusów i zabezpieczone przed wyważeniem od wewnątrz baraku drewnianą zasuwą, którą wciskało się w dwa żelazne haki, specjalnie w tym celu zamontowane". W listopadzie, jak budowa domu i żywiczny zapach trocin. Żeby zdążyć ze schronieniem przed mrozami. Pierwszy raz byłem tam w zimie. Na wszystkim leżał mokry śnieg. W Tomaszowie Lubelskim kupiłem sobie kawę na stacji benzynowej przy siedemnastce już na samym wylocie. Wypiłem ją przez te osiem kilometrów. Minąłem osiemset sześćdziesiątkę piątkę wiodącą do domu i przejechałem tory kolejowe. Skręciłem w lewo na parking. Wysiadłem i od razu zobaczyłem ten czerwono-czarny napis: „Środki czystości import z Niemiec". Był wymalowany pędzlem, może sprejem na piętrowym budynku z wielkim ceglanym kominem. Zaraz za płotem obozu. Chodziłem z pół godziny i zgarniałem mokry śnieg z napisów po polsku i hebrajsku. Odnajdowałem miejsca, w których byłem: Dukla, Złoczów, Rymanów, Delatyn. Po polsku i po hebrajsku. Ale trzeba było zgarniać śnieg z kamiennych płyt, by odsłonić litery. Cały czas z tym napisem za plecami, że higiena z Niemiec.

Więc co? Mówimy „Lublin", a myślimy „Bełżec"? Mówimy „Lublin", a przypomina się kazimierski cud o świcie? Że to się tak splata, że potem nie rozplączesz? Że trzeba by rozciąć, ale wtedy nic nie zostanie, wszystko wycieknie jak krew z żywego ciała? Ciemność i jasność? Wątek i osnowa? Niewinność dzieciństwa i przekleństwo doświadczenia? Po to tu przyjechałeś? Miałeś po prostu opisać miasto, a się wikłasz i widzisz Bełżec zamiast kaplicy na zamku na przykład, czyli glorii i chwały niegdysiejszej?

Widzę jedno i drugie, i trzecie. Kupiłem bilet i poszedłem. Wszyscy szli, cała kolejka, a w środku ciasnawo. Odczekałem, aż trochę się już naoglądało i wyszło. No więc ciasnota i niebo, i świętość z tym światłem gdzieś u samego szczytu. Jak za tamtych czasów, gdy święte i niebieskie napierało ze wszystkich stron. Świat był wielki i groźny i się można było skryć w bożej opatrzności, zawinąć w bożą łaskę, otulić w ten złocisty płaszcz nadprzyrodzoności, która tutaj, w kaplicy, stawała się ciepła i miękka jak jedwab na słońcu. Żeby groza diabelskiego świata nie miała dostępu. Groza materii strasznej i rozległej aż po Chabarowsk i Władywostok, po krawędź ziemi, za którą jest ogniste piekło, gdzie diabli palą ludzkie ciała. Kiedyś na rumuńskiej Bukowinie widziałem podobną światłość obrazów, ale jakby odwrotną. Tam, w Voroneţ, w Humorului, średniowieczne monastyry mają malowane zewnętrzne ściany. Od fundamentów po okap pokryte są świętą opowieścią, by zebrany lud czerpał pociechę i nadzieję. Tak jak tutaj władca w samotności i ciszy. Miałem ochotę stanąć w środku, rozpostrzeć ramiona i jak wirujący derwisz oderwać się od lubelskiej ziemi, od posadzki i zniknąć w błękitnym, mglistym świetle tam w górze. Ale nie wypadało. Wyszedłem. I te, i tamte, lubelskie i bukowińskie freski, wypełnione były blaskiem ikony. Blaskiem Wschodu. Nie znalazłbyś w nich śladu cienia. W niebie nie ma nocy, nie ma kosmosu, światło wydobywa się równomiernie z rzeczy, z postaci i cały świat jest po prostu światłem. Obietnicą, która się spełni.

Wyszedłem z przegrzanego wnętrza. Czekała już wiejska wycieczka starszych ludzi. Wchodzili jak do prawdziwego kościoła. Może chcieli nawet przyklękać, tak jak ja chciałem zakręcić się i ulecieć. Pochodziłem trochę po salach. Było to, co wszędzie: ubrania, obrazy, stare karabiny, skorupy. W ciemnej sali mieli wystawę o ludowych strachach. Diabły i czarownice świeciły na czerwono. A w największej wisiały obrazy. Usiadłem na chwilę przez Matejką: *Przyjęcie Żydów do Polski*. Jak to u Matejki – kłąb, wir ludzi i materiałów. Kolory, draperie, załamania, fałdy, opony i opończe. Bardzo bławatny to był malarz, bardzo bławatny. Żydzi wyglądają jak Cyganie na starych rycinach. Trudno powiedzieć, czy obdarci, czy malowniczy. Tworzą rozgestykulowaną, dziką gromadę. Stoją, klęczą, półleżą, wznoszą ręce do nieba i nie wiadomo, czy chcą do tej naszej Polski, czy raczej rwą sobie włosy z głowy. Władysław Herman patrzy na nich w zadumie i jakby sceptycznie. Wpuścić? Nie wpuścić? Jakaś dwuznaczność jest po jednej i po drugiej stronie. No ale jednak wpuścił, a Żydzi weszli.

Wyszedłem przed bramę królewskiego zamku. Był środek jasnego dnia. Solidarności, Tysiąclecia płynęła rzeka aut. Na placu Targowym, na dworcu roił się tłum. Ale ludzie, samochody, smutne kramy, taryfiarze, autobusy, łyse chłopaki stojące na przystankach i oczekujące na swoją Bychawę, Piaski i Żółkiewkę, to wszystko ślizgało się po powierzchni, po czarnej tafli jak ze ślepego szkła, pod którym ziała otchłań. Żyli, chodzili, sprzedawali, ale jakby na niby. Ponieważ życie nigdy tu nie powróciło. I nie była to wina taksówkarzy ani łysych chłopaków. Po prostu mieli zbyt mało siły, by przemóc pustkę piekieł. Nikt nie miał dość siły.

Tego samego dnia, który był zimny, ale jasny, poszedłem w górę Lubartowskiej. Na rogu Unickiej, przy dawnej jesziwie, zawróciłem i zacząłem iść w dół. Prawa strona. Zaglądałem w podwórka. Tam było jak wtedy o świcie, gdy przyjechałem pierwszy raz. Grzyb, wilgoć, szary mur, piwnica, coś gniło, pleśniało bez światła. Komórki, próchno przybudówek, strupiały, wieczny zmierzch. Wyglądało jak niczyje. Jakby wtedy, tamtą wiosną czterdziestego drugiego, straciło oddech i przez dziesięciolecia się dusiło. Siniało. Rozkładało się. Nie było na to siły. Więc szedłem i zaglądałem. Spadziste podwórka. Okienka w cudze życie. Blade dzieci. Psy samopas. Skuleni w kapturach tym swoim szybkim, czujnym krokiem. Brama za bramą. Bury fotoplastykon. Żadnej pamięci poza niejasnym wspomnieniem, że było coś innego. Że to ani już cudze, ani jeszcze własne. I nie wiadomo, czy kiedykolwiek będzie. Bo jak można wziąć coś, co zastało spalone i rozwiane. Zostają resztki, domy przesiąknięte śmiercią, rzeczy przesiąknięte tłustym dymem. Życie w tym ledwo się może tlić. Jak płomień bez tlenu.

Na Lubartowskiej, na dworcu, spacerując z wózkami po błoniu u stóp zamku, biegając w dresach. Czy to się tak bardzo różni od noszenia ubrań po nich? Wsuwać ręce w rękawy, wsuwać ciało w miejsce ich ciał w przestrzeni. Gdzie jest granica między szabrem, koniecznością a oczywistością? Nie do rozstrzygnięcia. Cudze, niczyje, moje. „A co? Miało tak leżeć? A co? Miało tak stać?" Więc weszliśmy w ich życie, nie dzieląc ich losu, bo któż by chciał albo śmiał. Żyjemy na zgliszczach, mamy zwęgloną, martwą pamięć. Pustą.

Więc Lubartowską w dół i potem znów na dworzec. W kółko. Żeby patrzeć na ludzi, którzy wypełniają tę przestrzeń nie do wypełnienia. Są zziębnięci i cisi. Stoją oddzielnie. Młodzi czasem razem. Nie piszę o Żydach. Piszę o nas. O tych, którzy zostali. O tym, że wypełniliśmy przestrzeń, z której zniknęli. Że swoim życiem próbujemy wypełnić miejsce po ich życiu. O moich rodzicach na przykład, którzy mogli przybyć ze wsi do wielkiego miasta, ponieważ w tym mieście zwolniło się miejsce. I mogłem się tam urodzić, by potem pielęgnować naiwną wschodnią nostalgię, zanim pojąłem, że Wschód to też grób. Że im dalej w tamtą stronę, tym mniejsze jest nasze znaczenie, tym łatwiej się nas pozbyć i zamienić w proch albo lód. To kwestia przestrzeni, której jest tu nadmiar. „Wschód należy do ss", powiedział Himmler i wysłał Globocnika, który w białej willi przy Bocznej Lubomelskiej stukał palcem w mapę i mówił: „Zbudujemy tu, tu i tu". Ponieważ trzeba było zrobić miejsce, bo do nich miał należeć Wschód. Bo o Wschód nikt się nie upomni. Bo Wschód był zawsze wysypiskiem ciał. I można było je palić, aż tłuszcz osiadał na szybach domów pięć kilometrów dalej. Lecz nikt nie śmiał się upomnieć, tylko kobiety bez słowa myły okna. Tak było w Bełżcu od jesieni czterdziestego drugiego do wiosny czterdziestego trzeciego. Ponieważ trzeba było zrobić miejsce, bo Wschód miał należeć do nich.

Ale miejsce zostało dla nas, a nie dla ss. Weszliśmy do cudzych domów i w szafach rozkładaliśmy nasze rzeczy. Mówiliśmy: „To są niczyje domy, niczyje szafy" i układaliśmy nasze rzeczy. Patrzyliśmy przez cudze okna, myśląc, że to jest nasz widok. Nie mieliśmy pojęcia, co skrywa. A skrywał miliony cudzych spojrzeń, które zostały zwęglone i niewidzialny popiół spadł na nasze dni.

No to co w końcu z tą krainą, której bramą był i jest Lublin? Co tam takiego było, że ciągnęło? Jaka obietnica? Pustki? Z tym krajobrazem, w który cywilizacja wsiąka jak woda w piasek? Bo co? Miałeś nadzieję, że w końcu znajdziesz się sam i staniesz naprzeciw przedwiecznego jak pierwszy człowiek? Tak? Wyruszając przez Lublin, dalej i dalej na sam skraj ziem? Któregoś dnia aż na skraj Altan els? Tak? Tak. Tam któregoś sierpniowego poranka usłyszałem absolutną ciszę. Słońce dopiero wstało i te nieliczne rzeczy, które znajdowały się wokół: namiot, stara rosyjska furgonetka, źdźbła suchej trawy rzucały czarne cienie. Jak okiem sięgnąć, nie było niczego tylko piasek, te suche źdźbła, wyjeżdżony szlak i ślad wczorajszego ogniska. I ta cisza, jakiej nigdy nie słyszałem z życiu. Wszystko było ogromne, potężne, widoczne na dziesiątki kilometrów, ale nie wydawało żadnego dźwięku. Jakby było przygotowane, ale nie zaczęło jeszcze działać. Jakby dopiero miało ruszyć. A ja zjawiłem się tutaj z innego świata ze swoim niepokojem, ze swoim wyobrażeniem, że czas jest linearny i musimy wciąż podążać z punktu A do punktu B, bo inaczej utracimy sens. A tutaj nic. Wszystko istnieje, ale czas ma postać powietrza, które krąży wokół ziemi, nadkrusza krawędzie skał i przenosi piaski z miejsca na miejsce. Na wschodnim skraju Altan els. Bo niewykluczone, że prowadził mnie odległy lęk przed tym, co ludzkie. Że kazał raz po raz przedsiębrać wyprawy tam, gdzie to ludzkie przycicha i nie jest podszyte grozą. Z Lubartowskiej na skraj Altan els gdzie pod ziemią, wśród wiekowych warstwic piasku, można znaleźć jedynie kości zwierząt. Żadnych popiołów, żadnej zwózki ciał.

Wyjeżdżałem z Okopowej. Zostałbym dłużej, ale wyjeżdżałem. Wilgotnawo tam było, ciemnawo, listopadowo. Pachniało węglowym dymem. W każdej bramie urzędował adwokat. Miasto pieniaczy sądowych, można by pomyśleć. Ale potem się dopatrzyłem, że zaraz obok dwie prokuratury oraz urząd skarbowy, więc po prostu obrona konieczna. No więc adwokactwo, mieszczaństwo i ten szary cień kamieni. Trochę jak w Peszcie, ale takie mniejsze, przykoślawione, niższe. Literacko to ulica Krokodyli. Widać Galicję rozcieńczoną Kongresówką, wszystko zanurzone w tym wiecznym zmierzchu listopada, w tym nieco bezbarwnym półśnie strefy rozpostartej między jesienią a przedwiośniem. Pogranicze kultur, języków, religii i pogody. Z okna miałem piękny widok na blaszane dachy i plątaninę staroświeckich anten telewizyjnych. No ale trzeba było się zbierać. Wyjeżdżałem przed świtem. Ruszały pierwsze autobusy. Jak zwykle chciałem bocznymi. Chciałem bez przeszkód patrzeć, jak wstaje dzień, jak z mroku wynurza się kraj. Najpierw na Bełżyce, potem na Kraśnik. W głąb ojczyzny. W głąb jej ciemnego ciała. I potem, gdy kształty dnieją, w tę szarawość, w te wysmużone dale, na które ktoś ponalepiał domy, płoty, ludzkie rzeczy, całą tę historię istnienia w listopadzie płaską jak wycinanka. Jak wylepianka. Bełżyce, Kraśnik, Zaklików, gdzie już zaczynało się podkarpackie, ale wolałem myśleć, że to wciąż lubelskie. Nie miałem nic przeciwko. Nie miałem nic przeciwko, żeby Lublin został stolicą całego kraju. Ale nie tak jak w czterdziestym czwartym, tylko naprawdę. Bardziej przypominał Polskę niż Warszawa. Z tymi jej wieżowcami z importu i fontannami, które miały na wieki zetrzeć hańbę prowincjonalizmu niedającą jej spać po nocach. Lublin był lepszy. Niczego nie udawał. Lodowaty wiatr ze wschodu o dziesiątej wieczór wymiatał ulice z ludzi. Tylko w sobotę Krakowskim szła młodzież. Nikogo starszego. Szli skuleni i mówili głośno. Klęli i mieli pospolite głosy. Dziewczyny tak samo jak faceci. Przyjechali ze swoich miasteczek i próbowali wypełnić niewypełnialną pustkę tego miasta. Dlatego Lublin bardziej przypominał Polskę z jej nieciągłością, przerwami w zabudowie, z jej zwielokrotnioną, nieoczywistą tożsamością. Na Wyszyńskiego pod czwórką widziałem czarny szyld: „Flagi narodowe, kościelne, unijne". Więc Lublin walczył. Próbował pozszywać to, co się rozłaziło w palcach. Lublin był bohaterski i pozbawiony ostentacji. Handlował na lodowatym asfalcie w ciemnej dolinie czasu i głosami młodych próbował wypełnić śmiertelną ciszę. Tak myślałem, zostawiając miasto za sobą. Wyobrażałem sobie, że powracam do niego w maju, o zielonym zmierzchu, w gasnącym świetle, w powietrzu pachnącym dzieciństwem, gdy zapadający mrok był obietnicą cudu i tajemnicy. Że powracam do Lublina niczym w najdalsze dni, gdy dana nam była łaska niewinności. Tak jak do tamtej wsi nad Bugiem, gdzie w blasku poranka, w wiejskiej izbie wirował złocisty pył. Albo jak na Altan els.

Wjechałem w to Podkarpackie i od razu zaczął się lód. Czterdzieści na godzinę i naprawdę nie dało się więcej. Ci, co próbowali, stali teraz z nosami w rowach i czekali na traktor. To tu, to tam. Wyprzedziła mnie straż na sygnale. Patrzyłem za nimi z podziwem. Była może ósma. Szary, poranny lud stał na przystankach. Faceci palili. Miałem zamknięte okna, ale czułem ten zapach w zimnym, szklistym powietrzu poranka. Tak, było po ósmej, bo w Radiu Maryja leciały godzinki. Ilekroć rano jadę gdzieś poprzez kraj, to słucham i śpiewam na cały głos:

> Zacznijcie, wargi nasze, chwalić pannę świętą,
> Zacznijcie opiewać cześć jej niepojętą,
> Przybądź nam, Miłościwa Pani, ku pomocy,
> A wyrwij nas z potężnych nieprzyjaciół mocy.

Śpiewam, by przywołać pamięć swoich babek i dziadków. Tak robiłem i teraz, na tej gołoledzi. Przypominałem sobie ich twarze. Były podobne do tych na przystankach. Ich domy były podobne do tych przy drodze. Zwyczajne, bez ostentacji, kiedy spuściło się z nich wzrok, po prostu przepadały. Ale zapamiętałem z dzieciństwa tę dziwną przemianę, tajemne przeistoczenie, gdy o poranku z ust dziadków zaczynały płynąć słowa pieśni. Zazwyczaj mówili ludową prozą, a raptem, nieoczekiwanie spływał na nich dar poezji. Ich twarze jaśniały, a wzrok sięgał poza codzienność, wysoko, daleko, gdzie okrucieństwo życia nie miało dostępu.

Tyś krzak Mojżeszów boskim ogniem gorejąca,
Tyś różdżka Aronowa śliczny kwiat rodząca,
Bramo rajska zamkniona, różo Gedeona,
Tyś niezwyciężonego plastr miodu Samsona.

Dlatego gdy jadę przez kraj, rano, daleko od domu, zawsze tego słucham. Wyobrażam sobie swoich dziadków kiedyś i tych wszystkich ludzi o szarej godzinie poranka, teraz, w domach, które mijam, wsłuchanych w pieśń, która zdaje się nie mieć końca. W murowanych, starych z drewna, z krzywymi kalenicami, pod eternitem, w nowszych, jak z jakiegoś obcego, odległego snu, z wygonami, zagonami, polami zaraz za ścianą, z tymi wstęgami roli albo już ugoru ciągnącymi się hen pod las, pod zagajnik, po tutejszy horyzont wyniebieszczony, wysiwiały od mgły. Wyobrażam sobie, jak siedzą przy swoich radiach i kołyszą się lekko w tył, w przód, a ich usta bezwiednie podążają za modlitwą. W tył i w przód. W głąb czasu, poza jego wyobrażalne granice nad Jeziora Gorzkie, nad Morze Trzcin, na pustynię Szur, na pustynię Sin, w cień Horebu i dalej aż na górę Nebo, z której otwierał się widok na Kanaan. W tył i w przód, szepcząc, powtarzając, śpiewając o Mojżeszu, Aronie, Gedeonie w połowie listopada minionego roku w Woli Rzeczyckiej, w Musikowie, Bąkowie, Chłopskiej Woli i w Podborku. Śpiewałem razem z nimi. W Stalowej Woli skończyła się gołoledź.

Nie ma już stodoły, a sad jest wycięty. Kiedyś osłaniał dom. Teraz wiatry rozpędzają się z trzech stron świata i uderzają w drewniane ściany. Zwłaszcza od wschodu, znad rzeki. Ciągną od równin na drugim brzegu, suną nad nurtem i wpadają na wyżynną równ po drugiej stronie. Wschodnia szczytowa ściana nie potrafi już ich powstrzymać. Wpadają do środka, do dwu izb, których używało się tylko wtedy, gdy przyjeżdżali goście. Nie ma już sadu, nie ma rozłożystych jabłoni, które brały na siebie impet powietrza i chroniły przed chłodem i upałem.

Podłogi się zapadły. Zimne powietrze zalega we wnętrzu. Wilgoć wchodzi w drewno i zamienia je w rudy proch. Nie ma stodoły i teraz otwiera się widok na południe, na pola, na topolowe zagajniki, w głąb krajobrazu. Kiedyś drewniany, kryty słomą budynek zamykał podwórze. Topole rzucały cień. Reszta zabudowań stała w czworoboku. Było jak na wyspie. Jak w chutorze na stepie. Zagroda od zagrody o pół kilometra. Wieczorem siedziało się przy jednej lampie. Więc było jak na okręcie zagubionym wśród nocy. Ale bezpiecznie i ciepło. Pachniała nafta i drzewny dym spod kuchni. I jedzenie. Siedzieliśmy blisko siebie i czuliśmy swój zapach. W reszcie domu, za wąskimi, dwuskrzydłowymi drzwiami, było chłodno i ciemno. Tylko ta izba była rozświetlona złotym, naftowym płomieniem. Z jednym oknem wychodzącym na podwórze i dalej, na bezmiar mroku.

Ale sad jest wycięty i nie chroni przed zimną ciemnością. Widzę to wyraźnie. Kółkiem myszy powiększam mapę, dopóki nie utraci ostrości. Patrzę z wysokości kilometra i widzę tamten czas i jednocześnie jego upływ. Wszystko jest jak wtedy, lecz wiele zniknęło. Siatka dróg pozostała. Tylko niektóre wyblakły, zarastają, a inne zrobiły się wyraźniejsze, wyasfaltowane. Trochę się oddalam i widzę, że ubyło domów. Przy drodze wiodącej na południe od gościńca – tak się mówiło: gościńca – ocalał może co drugi. W miejscu zagrody, która stała na początku po prawej, drobią się ciemne i jasne plamki ułożone w geometrycznym porządku. To pasieka, którą ktoś przywiózł i postawił tam, gdzie był dom. Chodziłem tą drogą, gdy miałem czternaście lat. Z domu dziadków do wujostwa. Teraz mogę zobaczyć, że było to trochę więcej niż kilometr. Ciotka była siostrą ojca. Spod jej domu roztaczał się dla odmiany szeroki widok na cztery strony świata. Najczęściej patrzyłem na wschód. Wydawało się, że ziemia lekko opada w stronę rzeki, a potem, już na drugim brzegu, znów się podnosi, zielona i bezludna. Jak step. Więc patrzyłem w tamtą stronę. Do rzeki szło się może z pół godziny. Miedzami do drohiczyńskiej szosy, a potem wyraźnie już pochyło piaszczystą drogą na sam brzeg. Bug był zawsze zielony. Nawet pod błękitnym niebem. W gorące dni pachniała rozgrzana wiklina. Zagradzała dostęp do wody i tylko tu, w miejscu, gdzie kończyła się droga, było coś w rodzaju maleńkiej, piaszczystej plaży. Podczas suszy zajeżdżaliśmy tam wozem i wiadrami nabieraliśmy wodę do trzystulitrowego zbiornika. Poiliśmy nią bydło, gdy wracało z pastwisk. Drugi brzeg miał postać piaszczystego urwiska. Czasami zjawiały się na nim krowy i konie, ale wyglądały, jakby przyszły znikąd.

Teraz patrzę na to wszystko z góry. Jest wczesna wiosna albo późna jesień, bo drzewa nie mają liści. Albo bezśnieżna zima. Widzę nagi śliwkowy sad u wujostwa. I cztery wysokie topole okalające obejście od północnego wschodu. Gdy wędrowałem po okolicy, miedzami wśród pól przez lekko falujący krajobraz, dzięki nim zawsze odnajdywałem drogę do domu. Każde gospodarstwo w okolicy miało swoje topole i każde w innym układzie oraz innej liczbie. Nie sposób było zbłądzić. Teraz też. Klikam i natychmiast odnajduję się w geometrycznym pejzażu. Prostokąty, romby i wieloboki pól pokreskowane są prostymi liniami odłożonych skib. Zielone i szare pasy działek porządkują płaską przestrzeń. Patrzę na to z góry, jakbym patrzył na przeszłość. Jakbym powrócił w tamte czasy w jakiejś innej postaci. Jakbym patrzył wskroś tych wszystkich dni, które upłynęły. Jakbym znowu tam był, gdzieś na początku lipca wśród suchego zapachu dojrzewających zbóż, wśród gorącej i pylistej woni gościńca, którym idę w jakichś sprawach. Może znów wysłali mnie po chleb, a może po prostu się wymknąłem i z rękami w kieszeniach dżinsów Odra idę w głąb wioskowego świata, gdzie domy były z pociemniałego od pogody drewna, dachy często jeszcze ze słomy, a zwierzęta żyły obok ludzi. Ciągnęło bydlęcym z półotwartych wrót obór i mieszało się z człowieczym z kuchennych izb, gdzie gotowano obiad. Gościniec dochodził do drohiczyńskiej drogi. Po lewej stał znieruchomiały od zawsze wiatrak. Wieczorem jego czarna i potężna sylwetka budziła grozę. Za dnia przypominał biednego stracha na wróble. Dziurawy i postrzępiony pozwalał, by wiatr wiał wskroś niego. Środek wsi był brukowany kocimi łbami. Być może się mylę, lecz cóż to za różnica.

Albo inaczej: pod koniec bezśnieżnego grudnia patrzyłem na to wszystko z drugiej strony rzeki. Z nadwodnej równiny, brązowoburej i nasiąkniętej. Od Drohiczyna jechałem żwirówkami. Szybko, miękko, trochę jak we śnie w tym płaskim niby-pejzażu, ale zza jednych widoków wynurzały się następne i następne, jakbym pokonywał wzniesienia. Stanąłem i obejrzałem prom. Leżał wyciągnięty na brzeg. Potem to tu, to tam natrafiałem na sowieckie bunkry linii Mołotowa. Były w całkiem dobrym stanie. Można było wejść i się bronić. Jakby czekały. Gdzieś po drodze widziałem jeden we wsi, w obejściu. Stał wielki i ciemny jak mokra ziemia. Wbity w spadzisty teren. Drób dreptał w jego cieniu. Kilka lat temu szukaliśmy z ojcem miejsca, gdzie Niemcy przerzucili most pontonowy. Ojciec nie mógł sobie przypomnieć. Nie pamiętał też, czy to było latem czterdziestego pierwszego, gdy szli na wschód, czy latem czterdziestego czwartego, gdy już pospiesznie wracali. Dopiero stary mężczyzna po tej stronie wskazał nam przybliżone miejsce. Ale i on nie potrafił powiedzieć, w którym roku to było.

Niektóre bunkry zarosły krzakami. Jechałem wzdłuż granicy światów. Wzdłuż granicy Wschodu i Zachodu. „Uznałem za rzecz naturalną, że Niemcy, w trosce o dobro ludzkości, mają obowiązek narzucać nasz model życia niższym rasom i narodom, które, zapewne z powodu swojej niższej inteligencji, nie bardzo rozumiały, do czego dążymy", pisał osiemnastoletni mechanik czołgowy Henry Metelmann z Hamburga.

Tego lata gdy szukaliśmy śladów mostu, ojciec opowiadał, że 22 czerwca rano wieś była pusta. Wymknęli się chyłkiem. Wszystko zabrali. Zostało trochę śmieci i śladów. Zniknęły maskowania, namioty, kuchnie polowe. Słychać było artylerię. „Nie byli źli", powiedział. Wieś zmartwiła się, że odeszli. Dawali jedzenie. Płacili, gdy coś brali. Panował porządek. Musieli bez kłopotu ściągnąć i zamaskować te wszystkie działa, pojazdy, pontony, łodzie. Nie strzelali bez potrzeby. Z drugiego brzegu Sowieci wypatrywali i nasłuchiwali. No więc wieś żałowała, gdy poszli z cywilizacyjną misją na Wschód. Najpierw przez wodę, potem przez płaskie łąki i pod ogień z pierwszych bunkrów. Jeżeli oniemiali Sowieci w ogóle strzelali, bo równie oniemiały i osłupiały był Stalin w Moskwie, a bez jego rozkazu nikt przecież nie ważył się strzelić.

Patrzyłem przez rzekę na krainę dzieciństwa. Widziałem białe mury dawnego prawosławnego monastyru Chrystusa Zbawiciela w rusko-bizantyjskim stylu. Trochę dalej na północ wieżyczkę dawnej unickiej cerkwi, a teraz kościoła katolickiego. Pamiętałem jego drewniany, kadzidlany i woskowy zapach. Patrzyłem w stronę minionych dni. Wyobrażałem sobie żołnierzy o świcie, w porannych mgłach niczym uzbrojone duchy. Opuszczali pontony i łodzie na zieloną wodę. W niektórych miejscach do dwóch trzecich nurtu można było dotrzeć wpław, potem zaczynały się wiry i niskie urwisko drugiego brzegu. Wielokrotnie przeprawiałem się tak jak oni. 22 czerwca trwała jeszcze szkoła, więc trochę później. Na początku lipca, gdy upał wypełniał nawet miejsca, w których zalegał cień. Zjeżdżaliśmy długą prostą drogą na brzeg, by napełnić wodą trzystulitrową beczkę, bo brakowało w studniach. Zjeżdżaliśmy tą samą drogą co Wehrmacht, ale powstrzymywała nas rzeka z legendą swoich śmiercionośnych wirów. Zostawaliśmy po zachodniej stronie. Lecz marzenie, by wybrać się dalej, nie opuściło mnie nigdy. Niemal tak jak dwudziestoletniego spadochroniarza Martina Pöppela: „Nie ma na świecie kraju, który miałby dla mnie tak magnetyczną siłę przyciągania jak bolszewicka Rosja".

W połowie lat siedemdziesiątych pękł rurociąg Przyjaźń. Rzeką płynęła czarna maź. Osadzała się na brzegu, na przybrzeżnych wiklinach. Któregoś dnia ktoś wszystko podpalił. Płonęły zarośla, płonęła rzeka. Wyglądało to jak wojna, ale bez żołnierzy. Wiedziałem, że ropa była z Rosji, ze Związku Radzieckiego. Że to na wschodzie. Daleko, ale zarazem blisko. Wyobrażałem sobie Moskwę jako coś odległego, szarego, wielkiego i nudnego. Była nierealna, ale żyliśmy w jej cieniu. Musiało minąć wiele lat, bym mógł się domyślić, co czuł Martin Pöppel. Musiał upaść kraj, który go wiódł na pokuszenie. Musiała powstać jakaś próżnia, którą trzeba było wypełnić wyobrażeniem i doświadczeniem.

Porzuciłem żwirówkę i wróciłem na asfalt. Za wsią dogoniłem dwóch chłopców na rowerach. Jeden wiózł gwiazdę betlejemską na kiju. Była z szarej tektury, jeszcze niepozłocona. Miała kolor ziemi i łąk. Wiał wiatr i jechali z trudem. W głąb pejzażu, który wydawał się bardzo stary i ledwo naruszony ludzkim życiem. Obraz był prosty i piękny. Pochyleni, pod wiatr, jechali wskroś pustki, by gdzieś pozłocić tę gwiazdę. Wydobyć ją z burej materialności, uwolnić z podmokłego, przedwiecznego krajobrazu i choć trochę naznaczyć nadprzyrodzonością. Na starych i czarnych od smaru rowerach jechali po złoto, kadzidło i mirrę. Dwa tygodnie przed świętem Trzech Króli. Mieli tyle lat co ja, gdy przyjeżdżałem w te strony, by na zawsze je zapamiętać. Teraz powracałem, by cokolwiek zrozumieć z własnego życia. Wyprzedziłem ich i po chwili znowu skręciłem w nasiąkniętą żwirówkę. Prowadziła do wsi i tam się kończyła. Ile było domów? Niewiele, naprawdę niewiele. Mógłbym teraz kliknąć, przybliżyć i policzyć, ale wolę zostać w tamtym czasie dzień po Bożym Narodzeniu, gdy normalne życie jeszcze się nie zaczęło, nie wyszło z ciepłych domów, tylko ci dwaj chłopcy z gwiazdą i potem, za wsią, trzech facetów wycinających nadbrzeżne wierzby. Przerwali na mój widok i patrzyli w ślad za autem. Ujechałem, jak daleko się dało. Piaszczysty wądół przepadł w sośninie. Wysiadłem i poszedłem nad rzekę. Była szarobłękitna, a nie zielona. Płynęła wolno pod niskim niebem i zostawiała wieś za sobą. Zawsze miałem słabość do miejsc, z których można tylko wracać, do miejsc, które leżą na końcu. Zawsze. Instynktownie ich szukałem. Na brzegu leżała łódź. Zbierała się w niej deszczówka. Patrzyłem na drugą stronę i wydawało mi się, że widzę wieżyczkę kościoła pachnącego starą żywicą i woskiem. Obok niego Niemcy schodzili, by pokonać nurt pełen wirów. Po lewej było wzgórze usypane w zamierzchłej przeszłości. Siadywałem na nim z wiejskimi chłopakami i patrzyłem na drugą stronę, na miejsce, w którym stałem teraz. Wyobrażałem sobie, że kiedyś wybiorę się za rzekę, a potem jeszcze dalej i dalej. Może zmyślam, ale przecież nie mogło być inaczej. Piliśmy ukradkiem tanie wino i patrzyliśmy na równinę, która przypominała step z drobnymi figurkami krów, owiec i koni. Teraz widziałem, że ten step był podmokły i w rzeczywistości przypominał bagna.

No bo jak to jest? Że z czasem oddalamy się od miejsca własnych narodzin i to ma być ucieczka, zdrada, emigracja? I wszystko, co robimy, jest próbą powrotu? Że życie to wygnanie? Jak u jakichś bośniackich bogomiłów? I jak u Breakoutu, że „rzeka dzieciństwa"? Jak ten mój Bug, nad który muszę czasami powrócić, żeby choć na chwilę wymknąć się wygnaniu i przechytrzyć samotność? Jak to jest? Że im szersze zataczamy kręgi, tym wyraźniejszy jest środek tego krążenia i tym silniejsze przyciąganie?

Przywieźli mnie pewnie w sześćdziesiątym pierwszym albo drugim. Pewnie autobusem. Zawiniętego w tłumok, w podługowaty tobół, tak jak się wtedy woziło dzieci. Dziadek pewnie zaprządł konia i wyjechał dwa kilometry na przystanek we wsi. Więc wyobrażam sobie, że ostry zapach końskiego potu, gdy mościliśmy się na wozie, był pierwszą wonią tamtych dni i stron, która do mnie dotarła. W ogóle woń zaprzęgu, bo przecież była w tym skóra uprzęży, deskowanie wozu, w którym woziło się siano, snopy, wymłócone zboże i gnój wiosną (chociaż na specjalnej podłodze zwanej gnojowicą), smar z piast, rozgrzana guma kół, kurz, derka, którą zarzucało się na zgrzany koński grzbiet... To wszystko musiałem poczuć podczas tej pierwszej podróży do domu stojącego w sadzie.

Potem, gdy stałem już na nogach, zapachów musiało być więcej, bo dom był mroczny i trochę wilgotny. Sad zasłaniał słońce, okna były małe, zmierzch zapadał wcześniej niż na świecie, a na elektryczność przyszło jeszcze czekać długie lata. Jesienią, zimą i wiosną żyło się wokół pieca w kuchni. Tylko latem babka wynosiła się z gotowaniem do murowańca po wschodniej stronie obejścia. Więc to się musiało mieszać i wzmacniać, te wonie ludzkie, kuchenne, zwierzęce, bo przecież bydło było o dziesięć kroków, w oborze, za ścianą w śpichlorku wisiała uprząż, zapasowe albo zużyte podchomącia, z parapetu, gdy przygrzało słońce, czuć było elektryczne ogniwa, które zasilały radio. Kanciaste, kartonowe, ale górę, z której wychodziły przewody, zalane miały czarną, bitumiczną masą jak lepik. I w słońcu pachniało to niczym rozgrzana smołowana szosa. Ta chemia elektryczności wchodziła w przedziwne związki z pelargoniami i wiśniami puszczającymi sok w pięciolitrowym słoju pod zeszklonym od upału cukrem. Ale to musiało być już latem. I nafta, zawsze nafta, niezmienna naftowa aura rozchodząca się promieniście spod sufitu od lampy przykrytej kloszem płaskim jak talerz i jak talerz biało emaliowanym.

Nie sądzę, by te wszystkie zapachy zmieniły się od czasu, kiedy odeszli Niemcy. No, może ta elektrochemia przybyła, przybyło zapachów jedzenia, więcej tłuszczu, trochę mięsa, bo cokolwiek by mówić, to nadejście komunizmu oznaczało odejście albo cofnięcie się głodu. Może mydło było jakieś, może już trochę nawet pachnące. Tak sobie teraz to wyobrażam. Że w tym tobołku wniesiono mnie w powietrze jeszcze prawie wojenne.

Wojsko odeszło, rozwiał się smród prochu, rozpłynęły się czarne obłoki dieslowskich spalin i wieś pachniała po staremu. Zrobiło się cicho. Pies szczekał, krowa ryczała, o zmierzchu słychać było, jak wiadra w studniach obijają się o cembrowiny. Było cicho. Poszli sobie i teraz hałasowali na Wschodzie, dalej i dalej, aż całkiem umilkli.

Treblinka znajdowała się o jakieś trzydzieści kilometrów w linii prostej. W dół Bugu. Rok po odejściu wojska ze wsi do obozu przyszedł pierwszy transport. Gdy się o trzydzieści kilometrów dalej pali dziesiątki tysięcy ludzkich ciał, to powinno być czuć. Z Bełżca do Rawy Ruskiej jest dwadzieścia pięć kilometrów, a ludzie opowiadali, że wiatr przynosił do miasteczka resztki spalonych włosów. Ale tutaj nie pamiętam, by wieczorami przy naftówce ktoś wspominał Treblinkę. Może te trzydzieści kilometrów sprawiało, że to było gdzie indziej. Inne trzydzieści kilometrów niż dziś, gdy tak sobie wsiadam i jadę to tu, to tam: Granne, Arbasy, Tonkiele, Wólka Zamkowa, jakbym patrolował brzeg rzeki i wyglądał nie tyle dzieciństwa, ile faszystowskiej nawały. No ale nie pamiętam, by ktoś o tym wspominał podczas tych wieczornych siedzeń z ciotkami, stryjenkami, stryjecznymi babkami. O wszystkim się mówiło, o życiu, o śmierci, o duchach, ale nie o duchach Żydów, które nad wsią niósł wiatr. Nie pamiętam nawet słowa „Żyd". Mogłem go nie znać. Trzydzieści kilometrów od miejsca, gdzie spalili siedemset albo osiemset tysięcy żydowskich ciał. Ponieważ pamięć wsiąkła w piach albo rozwiała się w powietrzu? Albo w ogóle jej nie było? Bo mieliśmy swoje duchy, które zjawiały się wśród nas na skutek zwyczajnej śmierci? I zawsze pojedynczo. Nigdy setkami i tysiącami, od których zawodziło nocne niebo nad wsią.

A jakby to było tu, w lasach między Tończą, Teofilówką a Krzemieniem? Powiecie: ale kolei brak. A jakby była? Do linii łączącej Małkinię z Sokołowem tylko piętnaście kilometrów. Co to jest piętnaście kilometrów bocznicy dla Niemca? I jakby stamtąd unosił się ten czarny dym i potem niesiony wiatrem osiadałby na słomianych strzechach, impregnując je ludzkim tłuszczem? I jakby z tych dołów nocą wstawała czerwona łuna? I czuć by było woń śmierci i to by weszło i w te strzechy, i w te ściany, i przez ściany do domów, weszło w rzeczy i w szafy, w ubrania i w pościel, świeżą, gotową dla gości? I jakbym w swoim beciku też to musiał poczuć, pierwszego dnia, gdy dziadek przyjechał po nas furmanką, i furmankę też by było tym czuć, i konia, i wszystko? Jak w Poniatowie i Wólce Okrąglik. I jakby oni wszyscy: dziadek, babka, ciotki, wujenki, stryjenki, cała wieś musieli patrzeć na wolno sunące wagony i nasłuchiwać odgłosów, których nigdy wcześniej nie słyszeli, i gdy zawiał wiatr, musieli czuć tę woń ni to ludzką, ni to zwierzęcą, ten smród brudu i śmierci, i nawet oni przyzwyczajeni do chlewów, obór, zdychania, padliny nie wiedzieliby, co z tym zapachem zrobić? Bo przecież ciągnął niby jeszcze od żywych, ale już nieistniejących. Rzeka płynie, a ja od Bużysk patrzę na wieś po drugiej stronie. Pomiędzy nagimi drzewami widzę wieżyczkę kościoła. Ledwo pamiętam jego wnętrze, ale było jasne i przytulne, po wiejsku barokowe. Po ikonostasie nie został ślad. Nie pamiętam też przymusu. Czasami w niedzielę omijałem bramę i szedłem nad rzekę, na wzgórze, by patrzeć na drugą stronę. Parafia była pod wezwaniem Przemienienia Pańskiego, więc to nadrzeczne wzniesienie mogło być lokalną górą Tabor. Gehenna leżała trzydzieści kilometrów na północny zachód. A gdyby tu? Przychodziłbym z wiejskimi chłopakami na pola popiołów, na zasypane doły, na zatarte ślady. Pod pomnik z kamienia. Naiwny szczyl z miasta ze znajomością szkolnej historii. Chłopaki wiedziałyby więcej. Od ojców, od dziadków, z rozmów dorosłych przy wódce. Mówilibyśmy o złocie. Złoto rozpalałoby naszą wyobraźnię tak samo jak seks. Skarby. Złoto jest wieczne, więc czulibyśmy je pod stopami. Poprzez popioły. Mogę sobie to wyobrazić. Tę wyspę skarbów. I naszą rozmowę przy tanim winie. Że ten to to, że tamten tamto, że zaraz po wojnie to się znajdowało, że wystarczyło pokopać, że nikt nie pilnował, że leżało prawie na wierzchu, grzebnąć i już, przesiać popiół i ziemię i zaraz się błyszczało. A nie strach? Jaki strach? Ani tu trupa nie było, ani kości, nic. Strach na cmentarzu jest, a nie na takiej pogorzeli, że siać trzeba, żeby w ogóle coś. Tak byśmy rozmawiali. Że jeden to, drugi tamto stąd ma. Dach z blachy, chlew z cegły i jeszcze pochowane na zaś. Tak byśmy rozmawiali, złoto nocą świeciłoby z ziemi. Może byśmy nawet przyszli szarą godziną pokopać nieśmiało tu czy tam. Chłopcy zawsze szukają skarbów. A jeszcze w miejscu, gdzie na pewno są... No ale to było trzydzieści kilometrów dalej, więc zamiast schodzić do Gehenny, przesiadywaliśmy na górze Tabor i zamiast za złotem tęskniliśmy za Białostockiem. Przynajmniej ja. No ale teraz patrzę na drugi brzeg i wyobrażam sobie, że jednak, że idą przez las, niby ostrożnie, ale niosą szpadle, łopaty jak na jakiś późny pogrzeb, sita do siania prochów, wódkę na odwagę, bo chociaż spalone i żydowskie, to jednak kość się trafi, pusty oczodół wyjrzy, więc niby nie trupy, ale jednak trupy. Wyobrażam sobie, jak gdzieś na boku po dwóch, po trzech rozważają: iść nie iść, jak kobiety mówią: „Ani mi się waż", a inne, że tak, bo przecież wszyscy chodzą, i wieczorami szeptem, żeby dzieci nie słyszały, przy wątłym płomyku albo już w łóżku, w ciemnościach, które tylko blask złota rozświeca. Bo przecież niczyje leży w pokładach popiołów, które są jak przedwieczny minerał, jak geologia: wapń, krzem, potas, pierwiastki, a nie żadne życie. Więc niczyje, zostawione na przepadek, bo ziemia wchłonie głębiej i głębiej, i na wieki wieków, i nikomu nic z tego. Tak. Bo ich już nie ma tak bardzo, jakby nigdy nie było. Dym i minerał. I jak w alchemii złoto wydestylowane z bytu. Więc trzeba iść, idźmy, bracia nędzni, bracia z chałup pod strzechą nasiąkniętą tłuszczem, bracia, idźmy, bo się należy za nędzę, za rabi garb, idźmy nawet w noc, bo blask podziemny nam poświeci. Tak sobie wyobrażam, stojąc w chłodnym i srebrzystym świetle wczesnej zimy. Jak na kolanach przegrzebują warstwy rękami, w które ziemia wżarła się na zawsze. Nawykli do wykopków, do wilgotnego gruntu, do zgiętego grzbietu. Stoję na drugim brzegu, nad metalicznym nurtem i myślę o nich, jak idą po niczyje, bo nie może być czyjeś, należące, skoro kogoś nie ma. I to nawet nie, że umarł, ale po prostu go nie ma, bo ciało zmieniło się w dym i pył, czyli w nic. I nawet jak była dusza, to przecież inna i nie nasza. Tak musieli myśleć, żeby odegnać strach. A może tylko słuchali instynktu. Więc przymykam powieki i widzę, jak rozkopują i grzebią, czujni, niewinni i zachłanni. Bardziej pomysłowi kupują za samogon trotyl od Ruskich i detonacjami rwą pokłady popiołów, by potem cierpliwie je przesiewać, aż pojawi się błysk, blask kruszcu albo kamienia. Może dom byłby murowany i pod blachą? Więc od razu inne dzieciństwo. Inne odgłosy, inne zapachy, wszystko inaczej. Szepty po kątach. Półsłówka. Czarne cienie pamięci. Zawiść. Strach, że przyjdą nocą, żeby odebrać. Bo kiedy złoto raz zabłyśnie, nie gaśnie już nigdy. Świeci przez ściany, przez podłogi, przez drewno i przez mur, świeci na całą wieś i na przyszłość, bo jest nie do zapomnienia i świeci do śmierci. Wyobrażam sobie, że byłbym wtedy z bogatszego domu i sam byłbym inny dzięki żydowskiemu złotu, i żyłbym jak z połkniętą trucizną, nie wiedząc, kiedy zadziała.

Wyobrażam sobie to wszystko. W krainie dzieciństwa, w krainie niewinności. Na wschodzie, na prawo od Wisły. W przedpieklu. Na wysypisku człowieczych resztek. W ciemności kontynentu. Nie można się wydostać z tych ziem jak przekładaniec z mięsa, krwi, kości. Nasiąkniętych DNA. Można sobie wyobrazić biotechnologiczne wskrzeszenie. Jak wstają. Polacy, Ukraińcy, Żydzi, Białorusini wstają, Rosjanie, Kałmucy, Turkmeni wstają. Miliony. Zastrzelonych, zasypanych, spalonych, zarżniętych, uduszonych, utopionych, zamarzniętych, zagłodzonych. Przyszły bóg ich klonuje. Dziesiątki milionów. Całe państwo, cały naród umarłych. Podnoszą się i żyją jeszcze raz. Zajmują terytorium. Zaczynają od nowa. Wyobrażam sobie to, gdy jadę do Hrebennego, na samą granicę, a przy drodze kulą się z zimna sprzedawcy ziemniaków i jabłek. Tak samo gdy jadę do Koterki, do końca drogi numer 640, do stającej w lesie cerkwi pod wezwaniem Ikony Matki Boskiej Wszystkich Strapionych Radości, i choć zatrzymuje mnie straż graniczna i każe wracać, to w końcu pozwalają obejrzeć błękitną, drewnianą świątynię. Bo nie mogę się powstrzymać, żeby nie dotrzeć jak najdalej. Tak było nad Świsłoczą, gdzie snułem się cały dzień wśród piaszczystych wzgórz pomiędzy Łapiczami, Ozieranami, Rudakami i Chomontowcami. We wsiach były czerwone kocie łby, które powoli zarastały trawą. Nic nie jeździło. Nie było aut. Obejścia też zarastały. Ktoś czasami siedział na ławce i patrzył. Jak pięćdziesiąt lat temu, sto, jak zawsze. Ale od dawna nic się nie działo. Nie nadchodzili obcy, nie nadciągała pożoga ani mord. Mieli umrzeć w spokoju. Razem z zapadającymi się domami i razem ze wsią. Za domami, nad rzeką widziałem słupy graniczne wbite w mokradła. Ze wzgórza widać było białoruski kołchoz. Wszystko ścichłe, ale czujne, czy nie idą jacyś Bułak-Bałachowicze, czy Kowpak nie idzie, Einsatzgruppe B, czy carscy nie idą, styczniowi, czy nie idzie ktokolwiek. Żeby jednak umrzeć w spokoju. Na tej ławce, z oczami skierowanymi w przeszłość. No i dobijam do tych brzegów Wschodu. Tutaj, za Krynkami, albo w Oszu na Jedwabnym Szlaku. Ponieważ nie mogę uwolnić się od myśli, że wciąż trwa wędrówka ludów, że wciąż przetaczają się tędy najazdy, że ziemia drży i drży powietrze. I że nigdy nie nadciągnie spokój, ponieważ w żyłach tych ziem, w jej podziemnych rzekach krąży narkotyk, który podsyca szaleństwo, i dostaje się zawrotu głowy od ogromu przestrzeni i od złudzenia, że można ją opanować i przemienić. Czyngis-chan, Tamerlan, Piotr, Stalin, Hitler, kapitalizm, globalizm nadciągają jak meteorologia.

W Murgobie schodziliśmy pylistymi zaułkami wśród glinianych domów w stronę rzeki. Pod szarą ścianą w cieniu siedziała stara kobieta. Na głowie miała białą chustkę, a na nogach płytkie kalosze wsunięte na filcowe buty. Obok kręciło się dwóch małych chłopców. Pozdrowiliśmy ją po rosyjsku. Była emerytowaną nauczycielką. Miała dzieci w Biszkeku, w Moskwie, w Duszanbe. Miała też niezliczoną liczbę wnuków. Coś między dwudziestką a trzydziestką. Jej brązowa twarz pozostawała nieruchoma, gdy ona mówiła. Gdzieś z głębi, z oddali patrzyły na nas czarne oczy. Mówiła, że ma mało pieniędzy, trzydzieści dolarów emerytury, ale przynajmniej nie ma wojny. To się powtarzało. Ta wojna. Jej nieustanna obecność tylko na jakiś czas zawieszona. To było tak, jakby mówiła: „Dobrze, że wiatr ustał". Albo: „Dzięki Bogu już po zimie". Lecz pogoda nie ustala się raz na zawsze ani kołowrót pór roku nie zamiera. Dwaj mali chłopcy skupili się przy niej instynktownie jak stadko. Jeden przykucnął między jej kolanami, drugi stanął z tyłu i położył rękę na jej ramieniu. Mieli twarze ledwo o cień jaśniejsze. Wspominała kogoś z rodziny, kto zginął w drodze do Berlina, ale nie potrafiła powiedzieć gdzie. Berlin był nieskończenie daleko, ale przecież bliski przez wojnę i śmierć. Miała tam swoich zmarłych, więc prawie tak, jakby sama tam była. A my tutaj swoich ze zsyłek, więc to jednak było blisko i nie przyjechaliśmy całkiem w nieznane. Chłopcy milczeli. Patrzyli na obcych. Musieli znać opowieści o wojnie, o Berlinie, o krewnych, którzy nie wrócili. Tak jak i ja znałem. Odkąd zacząłem rozumieć słowa.

Przysypiałem w cieple i półmroku i słyszałem: Niemcy to, Ruscy tamto, partyzanci... W świetle pojedynczej naftowej lampy widziałem ich cienie. Słyszałem ich kroki za drewnianą ścianą w ciemności. Skradali się. Słowa babek i ciotek przybierały kształty. Zabrali, podpalili, poszli. Z zachodu na wschód, ze wschodu na zachód. Wszędzie zostawiali ślady. Jak ten nieistniejący most, którego szukaliśmy. Jak ten strach przed pokotem trupów w sośninie wciąż żywy po latach. Albo wspomnienie czerwonych, cuchnących bandaży, nad którymi unosiły się roje much. Kobieta z Murgobu mogłaby być moją babką albo ciotką. Siedziała w tej samej pozycji co one, w chustce, tak samo pogrążona w przeszłości, podświadomie oczekując jej powrotu.

Ponieważ ona powróci w jakimś przebraniu, którego zawczasu nie rozpoznamy. Niewykluczone, że już nadciąga od Dżungarii przez Kulmę na wysokości 4362 metrów. W każdym razie do Murgobu nadciąga tranzytem i zostawia po sobie tumany pyłu o poranku, by potoczyć się na zachód, do Duszanbe, do Samarkandy i dalej, w głąb kontynentu. Siodłowe osiemnastokołowce obwieszone zapasowymi oponami. Stara kobieta widzi je każdego poranka. Słyszy ich dudnienie na szosie, która biegnie w górze, nad jej domem. Przygląda się im jak moja babka, jak moje stryjenki i wujenki przyglądały się wojskom ciągnącym przez wieś, potem przez rzekę, dalej i dalej w świat, żeby go odmienić.

Dlatego teraz ja, wnuk, wyruszam na zwiad i jak podstarzały rendżers śpię na ziemi. Czasem wiatr porywa mi namiot i nocą znoszę do środka kamienie, jak gdzieś niedaleko Sajnszandu, ale wtedy do środka i tak lał się deszcz, więc trzeba było siedzieć do rana w kucki. Kierowca wjechał na wzgórze, bo bał się, że doliną popłynie woda. W ciemnościach nie mogłem dostrzec auta. Namiot był tajlandzki w maskujący wzór. Dałem za niego w Ułan Bator trzydzieści dolarów. Po omacku szukałem kamieni, żeby obciążyć podłogę. Robiłem takie rzeczy przez swoje babki i ciotki znad Bugu. Węszyłem na Wschodzie. Jakby mnie milcząco posłały. Niewiele piłem, żeby jak najwięcej zapamiętać, żeby niczego nie przeoczyć. Może raz kiedyś w Irkucku i raz w Ułan Bator. Zawsze na początku podróży. Żeby jakoś zacząć. Poza tym zachowywałem czujność. Jak zwiadowca. Musiałem unieść te wszystkie obrazy, by potem połączyć je z tymi dawnymi, żeby jedno przeświecało spod drugiego, aż nie będzie można rozróżnić. Tak jak w Biszkeku, gdy samolot ląduje o świcie, taksówkarze podają jakieś absurdalne sumy, ale w końcu któryś godzi się za normalne pieniądze, a reszta zostaje, żeby dalej rozwiązywać kirgiskie krzyżówki. I wszystko jest jak sen. Bo pięć godzin wcześniej był Stambuł, przesiadka i potem jak na dłoni widać było Złoty Róg, Bosfor, samolot kładł się na skrzydło, i Carogród wznosił się razem z horyzontem, razem z szarosrebrnymi meczetami, mostem Galata i rudą termitierą przedmieść ciągnących się nie jak miasto, ale jak małe państwo. A w Biszkeku wstawał świt i topole wzdłuż drogi lada moment miały rzucić długie cienie. Uchyliłem okno. Zapach był nieznany. Chłodny i suchy. W oddali widać było ośnieżone szczyty. Zastanawiałem się, czy to Tienszan, czy Ałtaj. Jechaliśmy pustą, wyboistą dwupasmówką. Niebo po lewej jaśniało jak acetylenowy płomień. W cienistym tunelu drogi zalegał półmrok. Ale światłość już gdzieś tam tężała za widnokręgiem. Zaczęły się domy. Zwyczajne zagrody. Ciąg płotów odgradzał obejścia. Bramy były blaszane. Poczułem ukłucie w sercu. Szukałem w powietrzu woni dymu. O tej porze kobiety powinny rozpalać w piecach. Białawe smużki pojawiały się nad dachami, ale trudno było zgadnąć, czy to drewno, suszony nawóz, czy coś innego. Pamiętałem, jak pachniało powietrze we wsi nad Bugiem czterdzieści lat temu, i pragnąłem, by pamięć odnalazła tutaj coś w rodzaju potwierdzenia swojego sensu. Że nie jest samotna i pozbawiona znaczenia. Zapach był chłodny, suchy i nieznany, a jednak łagodne ukłucie w sercu było dowodem, że minione nie umiera. I że stanowi schronienie przed zagładą przyszłości. O poranku w Biszkeku poczułem ukłucie w sercu, jakby wpadł tam okruch, odprysk nieśmiertelności. Tak. W Biszkeku.

Na początku to jest takie uczucie, jakby geografia robiła sobie z ciebie jaja.

Leci się jakieś sześć czy siedem tysięcy kilometrów, czyli tyle, ile do Indii albo do Kongo, i na końcu jest coś w rodzaju hipertroficznego Węgrowa albo rozdętych Siemiatycz. Tak było w Irkucku, gdy wyszedłem na pierwszy spacer. Na Gagarina, na Marksa, na Lenina nie mogłem uwolnić się od przejmującego poczucia, że to wszystko znam. Te neoklasyczne fasady, napisy cyrylicą, kolumny, tympanony, cały ten przepych na pokaz, a zaraz obok dziury, kałuże i potłuczone flaszki. Znałem to, znałem jeszcze z dzieciństwa. Jakbym tu już był. Ale to tylko odzywała się moja podświadoma Rosja sprzed kilkudziesięciu lat, odzywała się jej najstarsza obecność: jakieś czasopisma dla dzieci? Coś w rodzaju komiksu? Jakaś rysunkowa postać, ludzik złożony z geometryczno-technicznych form, mały robot? Jeszcze na długo przed piątą klasą i pierwszą lekcją rosyjskiego. Ta „Murziłka" czy coś podobnego to jest najwcześniejsze wspomnienie rosyjskości. Po prostu wiedziałem, że to jest rosyjskie, radzieckie czy po prostu „ruskie", jak z lękiem i odrazą mówiła moja mama, która pamiętała, jak Sowieci rabowali jej wieś, i pamiętała matrosów w podkoszulkach w niebieskie paski cumujących swoją kanonierkę na Bugu.

Ale skąd się wzięła w domu ta rysunkowa opowieść? Może ojciec przyniósł z fabryki, bo rozdawali za darmo? W sześćdziesiątym siódmym albo ósmym mogli rozdawać, tak jak rozdawali milicyjny tygodnik „W Służbie Narodu".

I teraz ten Irkuck i Angara ujęta w betonowe nabrzeża. Nad samą wodą rosło zielsko, a w zastoiskach zbierała się tłusta woda. Dziewczyny przechadzały się z butelkami piwa i potem chichotały i sikały w krzakach. To miasto budowali polscy zesłańcy w XIX wieku: sklepy, hotele, restauracje i tak dalej. Kompletnie mnie to nie obchodziło. Skóra mi cierpła na myśl, że spotkam jakiegoś zesłańca. Włóczyłem się zaułkami i myślałem nad własnym zesłaniem, nad Rosją, która weszła w moje życie, nim w ogóle zdałem sobie sprawę z jej istnienia. Musiała mnie otaczać jak tundra i tajga razem wzięte. Po „Murziłce" był chyba telewizor i trupie transmisje ze zjazdów KPZR, czy skąd oni tam nadawali występy tych swoich zombie:

Kosygina, Breżniewa, Gromyki. Wtedy był tylko jeden program, więc żadnej ucieczki. W czarno-białym telewizorze wyglądali jak gadające kamienie, jak ględzące minerały i dokładnie tyle było w nich życia, ile w połówce cegły. Już tylko za to, za dziecięcą udrękę, za zrabowany kreskówkom i westernom czas powinni smażyć się w piekle. I teraz przyjechałem tutaj, żeby się przekonać, jakaż to przestrzeń ich spłodziła. Z tym piwem przechadzali się właściwie wszyscy trochę młodsi. Taki styl: leniwy spacer z napoczętą flaszką. Albo pogwarka gdzieś w cieniu. Dzień w dzień termometry pokazywały trzydzieści pięć stopni. Jak idiota w plecaku miałem sweter. Oraz jednorazowe strzykawki, igły i przeciwbólowy olfen w ampułkach. No więc upał i nerwowy cień topól. Tylko topole rosły w mieście. Miały zakurzone liście. Wtedy, w dzieciństwie, podejrzewałem, że coś jest nie w porządku z tym telewizyjnym bełkotem. Czułem, że to nie fair, że starzy, martwi i obcy nie powinni zabierać całego czasu. Dzieciaki mogą nie rozumieć, ale wyczuwają szwindel. Ponury, ciężki i na chama – taki był ten cały Związek Radziecki w oczach dziecka. Nie wiadomo, skąd brały się czerwone emaliowane gwiazdy ze złocistą twarzą Lenina pośrodku. Też chyba ktoś rozdawał, puszczał w obieg pomiędzy nas, kolekcjonerów odznak, błyskotek, metalowych przypinek, ale nie miały żadnej wartości. Nic nie można było za nie dostać. Raz czy dwa miałem coś takiego, ale wstyd to było zabrać do szkoły i w ogóle pokazać. Co oni sobie myśleli, ci wytwórcy i dystrybutorzy tego badziewia? Że niby co? Przebiją amerykańską flagę, znaczek mercedesa albo chociażby krzyż harcerski, o niemieckim żelaznym już nie wspominając? Tak, Rosja miała kiepskie wejście, odkąd sięgnę pamięcią, zaprzepaszczała pokolenie za pokoleniem, podtykając nam pod nos Breżniewa, blaszane gwiazdy i te rozpaczliwe filmy, w których ludzie byli jacyś tacy niedomyci, obciachowo ubrani i nudni, morderczo, desperacko nudni.

No więc te pierwsze spotkania to właśnie nuda. Zero seksapilu. Nawet Holandia z Belgią były ciekawsze. Jednocześnie doświadczałem niezwykłego dysonansu, bo ta barchanowa nuda była jednak wytworem czegoś wielkiego, nieokreślonego i zarazem nadobecnego. Rosja to, Rosja śmo, Ruscy tamto, Ruscy owamto. To się słyszało nieustannie w tak zwanym potocznym dyskursie. Nikt normalny nie mówił „Związek Radziecki" – chyba że w jakimś kawale albo szyderstwie. Ta nudna i bezforemna Rosja stała za plecami, rozprzestrzeniała się, rozlewała i osaczała. W domu nie mówiło się o Rosji, nie formułowało na jej temat żadnych sądów, nie wytaczano argumentów. Absolutna cisza w rodzinnym eterze. A jednocześnie Rosja była wszędzie, w radiu, w czarno-białym telewizorze, w gazetach, w atmosferze. Dla nas, dzieciaków, najczęściej i najdobitniej istniała w nieśmiertelnych dowcipach o Polaku, Niemcu i Rusku. Tego nierozgarniętego Ruska z kawałów znaliśmy najlepiej i bardzo długo ten jedyny Rusek całkowicie nam wystarczał.

Dlatego w końcu pojechałem do Rosji.

25 lipca wsiadłem do samolotu i poleciałem na Szeremietiewo 2. W głównej hali na tym dolnym poziomie, gdzie jest bar z jedzeniem i babami w czepcach i z warząchwiami w rękach, w kącie przy kiblach siedział ochroniarz cały na czarno. Siedział i charał na podłogę. Zbierał i wypluwał sobie między nogi. Proszę się odwalić – nie jestem antyrosyjski. Tak po prostu było pięć minut po lądowaniu, gdy szukałem drogi na Szeremietiewo 1. Żeby uwolnić się od Ruska z dziecięcych kawałów, poleciałem z własnej, nieprzymuszonej woli i za własne pieniądze. Parę lat temu moja niegdysiejsza tłumaczka Tania mówiła: „Powinieneś przyjechać do Rosji zwłaszcza teraz, gdy w Rosji wychodzą twoje książki…". Odpowiadałem: „No nie, nie mam czasu, wiesz, jadę na Słowację albo do Albanii, wiesz, świat jest taki duży…". „No ale do Rosji powinieneś przyjechać, w ogóle do Rosji powinno się jeździć…" „Co ty z tą Rosją, Tania, wyluzuj, na Słowację jadę, na Podlasie, nie chce mi się do Rosji…" „Jak to ci się może nie chcieć do Rosji?!…" „No ni chuja mi się nie chce, Tania…" Rzeczywiście

mi się nie chciało. Patrzyłem na mapę i widziałem, że jazda do Rosji kompletnie nie ma sensu. Moskwa i Petersburg nie wchodziły w grę. Żaden ze mnie markiz de Custine i nie wyrobiłbym się w wielkim świecie. A cała reszta to była zielono-żółta otchłań kartografii. Zaledwie kilka miejsc przychodziło mi do głowy: Woroneż w hołdzie dla Andrieja Płatonowa, Hulajpole w hołdzie dla Nestora Machny (spokojnie, wiem, że to Ukraina, niemniej wtedy jeszcze niewyemancypowana) i to właściwie wszystko. Cała reszta nic mi w gruncie rzeczy nie mówiła. Trudno mieć osobisty stosunek do kraju, który ma cztery tysiące kilometrów wszerz i dziewięć wzdłuż. Zresztą nikt naprawdę nie wie, ile ma, a i sam kraj nie może się zdecydować.

No ale w końcu pojechałem. Szeremietiewo 1 wyglądało jak dworzec autobusowy w Lublinie. Toboły, ciasno i duszno. W ogóle nie było miejsca. Jakaś taka nagła i niewytłumaczalna oszczędność przestrzeni. Przez całe życie spotkałem może ze trzech Rosjan, a tutaj musiałem się od razu ocierać o cały tłum. Piwo kosztowało z piętnaście złotych i trzeba było uważać, żeby ci nie wylali. A potem, jak już zaczęli wpuszczać, to kazali biegiem. Biegiem buty, paski, elektroniczny kipisz toreb i torebek. No, zwyczajnie pokrzykiwali i pohukiwali. Człowiek się rozbiera przy obcych, boso, gacie lecą, rewizja, a oni „*Skorieje! Skorieje!*". Wcale nie miałem dobrych skojarzeń. Miałem jak najgorsze. Takie było to powitanie na rosyjskiej ziemi.

A potem w głąb i w głąb, na wschód i na wschód. Zaczęła się ta słynna nuda przestrzeni. Żadnych atrakcji, bo samolot był nowy, airbus, wszystko się błyszczało. Lecieliśmy pod prąd czasu i zaraz zrobiła się noc. Ale po lewej, na północy, w zupełnej czerni gdzieś nad niewidzialnym horyzontem ciągnęła się świetlista rysa. Jakby niebo tam pękło i gdzieś z głębi świata wydobywał się złocisty blask. Siedziałem po drugiej stronie i musiałem wykręcać szyję. To była zorza polarna. Zasypiałem, budziłem się, próbowałem wyobrażać sobie, nad czym lecimy, ale to był próżny trud. Po prostu wyobraźnia nie dostarczała żadnych obrazów. Jakiś las się czasami przywidywał, czasami jakiś muzealny industrial, dymiące kominy, drewniane chałupy, lokomotywy z czerwoną gwiazdą oraz piesze albo konne oddziały, o których trudno było orzec, czy to armia, rewolucjoniści, czy też zwykła bandyterka. Pięć banalnych obrazów na krzyż. Pozostawiony samemu sobie umysł nie wpadał w ekscytację, nie jak w innych podróżach. Zwyczajnie nic nie przychodziło do głowy. Miałem ze sobą *Wykop* Płatonowa. Czytałem dwie strony i wpadałem w depresję: „Na wykoszonym pustkowiu pachniało zmarłą trawą i wilgocią obnażonych przestrzeni, przez co czuć było wyraźniej powszechny smutek istnienia i melancholię daremności". Posądzając samego siebie o tendencyjność, próbowałem dalej: „Wkrótce pogodzona powszechnym zmęczeniem brygada usnęła, tak jak chodziła – nie zdejmując dziennych koszul i spodni, by nie zadawać sobie trudu rozpinania guzików i zachować wszystkie siły dla produkcji". Nie dawałem za wygraną i przewracałem strony: „Noc przykryła cały wsiowy wymiar, a śnieg uczynił powietrze tak nieprzepuszczalnym i gęstym, że piersiom brakowało tchu; mimo to jednak kobiety wrzeszczały wszędzie i – przywykając do nieszczęścia – podtrzymywały nieustanne wycie". Czytałbym dalej, ale zaczęło świtać. W dole nad rozlewiskami snuły się mgły. Facet, który siedział obok i przez sześć godzin nie powiedział słowa, odwrócił się w moją stronę i niemal w religijnym uniesieniu wyszeptał: *„Eto Bajkał..."*.

No ni chuchu to nie był on. Lądowaliśmy w Bracku, sześćset kilometrów na północ. Pod nami szaro połyskiwała Angara, a właściwie gigantyczny zalew powstały po wybudowaniu zapory. Tak więc nie Bajkał, ale jedno z *dirty thirty*, czyli trzydziestu najbardziej zatrutych miejsc na świecie. Ryby nie mogły oderwać się od dna – tyle miały w sobie ołowiu i rtęci. Nigdy się nie dowiem, dlaczego tam wylądowaliśmy. Przez megafon powiedzieli, że musieliśmy i że nie wiadomo, kiedy polecimy dalej. Lotnisko leżało w lesie. Była szósta rano. Siąpił deszcz. Schodzili się ludzie. Jakby szli do fabryki. Tak wyglądali. Jak o szóstej rano przed FSO trzydzieści lat temu. Zbyt wcześnie zbudzeni, zanadto zmęczeni. Przypominali mi dzieciństwo, nic nie poradzę. Przypominali właśnie szóstą rano, szare światło świtu, cały ten proletariacki heroizm, całe to piękno mas ruszających o poranku, by zbawiać, a w każdym razie utrzymywać przy życiu świat. W duszy na zawsze pozostałem proletariuszem i dlatego w Bracku w porze pierwszej szychty moje serce biło tak mocno. Samo lotnisko wyglądało jak fabryczna hala: stary beton i brudne szkło. Do zbitego z desek baru stała kolejka jak do fabrycznej kantyny. Kawa, piwo i jakieś coś w plastikowych, przezroczystych pojemnikach. Chodziłem w kółko i rozmyślałem nad Rosją, nad jej wiekuistym obrazem w moim umyśle. Byłem w niej ledwo dziesięć godzin, a czułem się tak, jakbym chodził po niej w kółko od dziesięcioleci. Miała smak i zapach Fabryki Samochodów Osobowych o świcie. Nie musiałem w ogóle wysilać wyobraźni, by zgadnąć, co mnie spotka. Wszystko było po prostu większe. Większe przestrzenie, większy syf, większy smutek i większe pretensje. Czułem się trochę jak w domu, który raptem spuchł do monstrualnych rozmiarów. Ci wszyscy ludzie gdzieś lecieli, ale nie było w nich ani krzty odświętności, którą zazwyczaj przynosi długa podróż. Owijali taśmą klejącą walizki. Specjalny biznes się z tego zrobił i w takim kantorku brali za oblepienie dużej sto rubli, a za mniejszą siedemdziesiąt. Strach wysłać bagaż, strach lecieć samemu.

Potem, pod koniec podróży, gdy mówiłem różnym ludziom, dokąd pojechałem, to ich pierwszą reakcją było, że strach i czy się nie bałem, i że oni by tam nigdy, za żadne skarby. Na mój rozum jakaś nierozwiązywalna sprzeczność w tym tkwiła. Mieli wielki kraj, ale bali się po nim jeździć. Byli z niego dumni, bez przerwy się nim chwalili, ale mieli stracha na samą myśl o nim.

No to teraz przypomnij sobie pierwszą rosyjską książkę, którą przeczytałeś. Na pewno żadna lektura szkolna. Żaden Timur i jego drużyna, żaden samotny biały żagiel. Nic. Nie czytało się rosyjskich książek, nie chodziło się na rosyjskie filmy. To była wiedza niejako prenatalna. W życiu nie byłem w kinie na rosyjskim filmie. To znaczy raz, już w pierwszej połowie lat osiemdziesiątych na *Dworcu dla dwojga*. Chodziło się na to, bo wieść niosła, że pokazali tam, jak wygląda prawdziwa zona, jakiś kawałek gułagu było widać, a niektórzy byli już po lekturze Sołżenicyna. No więc jeden jedyny film i w pamięci została mi finałowa scena, gdy bohater, zek, całkiem opadły z sił gra na harmonii, żeby tam usłyszano go na strażniczej wieży. Żeby wiedzieli, że się nie spóźnił z przepustki, że nie zawiódł zaufania naczalstwa. W mroźną zimową noc.

Ale dziesięć lat wcześniej to nic, zupełna pustka. Tylko telewizja. Na przykład *Świat się śmieje* – przez dwa, trzy dni był tematem rozmów w szkole, a potem przepadł, sromotnie przegrawszy z Louisem de Funès. No i wojenne. Dziwne to było kino. Wydawało się, że wojna jest sprawą całkowicie rosyjską. Że to Rosja ją wymyśliła, stoczyła i w końcu wygrała. Jakieś niemieckie cienie, faszystowskie zjawy przemykały przez ekran, by na koniec przepaść w ogniu. Czysta propaganda – tak to odbieraliśmy. Byliśmy kolejnym straconym dla rosyjskiej sprawy pokoleniem. Trzeba było czasu, czasu i samotności przed czarno-białym telewizorem, by dostrzec wielkość sceny, w której Bondarczuk pije z esesmanami wódkę, a potem, po powrocie do baraku, odważa skrawki czarnego chleba. Tak więc ta cała wojna wyglądała na ruską. My też robiliśmy o niej filmy, ale były jakieś takie nieduże, skromne, ledwo, ledwo. Jakbyśmy szli z tyłu, za nimi, Ruskimi, i filmowali tylko resztki. No, w ogóle było tak, jakby nas na tę wojnę zabrali z łaski. I jak już poszliśmy, to trzeba było jeździć na ruskim sprzęcie i strzelać z ruskiej broni, z tych wszystkich tetetek, diegtiariewów, pepesz, mosinów i czego tam jeszcze. Chyba dlatego nie wierzyliśmy za bardzo w tę wojnę. Tak jak kompletnie nie wierzyliśmy w ruską technikę. To była propaganda razem z ich rewolucją i całą resztą. Szwindel oraz nicość. Prawdziwą wojnę pamiętały nasze babki i matki i czasami, gdy zjeżdżała się rodzina, można było posłuchać. Żadnego heroizmu, batalistyki ani militarnego szwungu. Rabunek, strach, wzgarda, smród, nieśmiertelne siedem zegarków na jednej ręce sołdata i słynna kura z pierzem. Kompletny dysonans poznawczy, ale wierzyło się raczej babkom i ciotkom niż Mosfilmowi.

No dobrze, skoro nie możesz przypomnieć sobie pierwszej książki, to przypomnij sobie chociaż pierwszego Rosjanina. OK: było ich kilku, ponieważ zawsze chodzili w grupie. Niedaleko Dworca Wschodniego, na skrzyżowaniu Targowej i Kijowskiej, koło wiaduktu kolejowego był sklep z kryształami, w którym robili ostatnie zakupy przed odjazdem. Karafki, salaterki, cały ten mieszczański obciach, do którego tęskniły ich proletariackie serca. Tam ich widywałem. Po trzech, po czterech. W burych jesionkach, w futrzanych czapach, z szesnastoma złotymi zębami na górze i na dole. W tamtym rejonie miasta zawsze widywało się wielu wieśniaków, ponieważ oprócz kolejowego był jeszcze dworzec autobusowy, na który zjeżdżała północno-wschodnia, nadbużańsko-podlaska Polska. Lecz ci w papachach wyróżniali się nawet wśród tego kmiecego tłumu. Nie sposób było ich przeoczyć. Rumiani, zadowoleni z siebie, rozchełstani, rozświetlali złotym blaskiem lumpiarski kwartał. Wszyscy byli podobni do Chruszczowa, chociaż wtedy, na początku lat siedemdziesiątych, jego gwiazda dawno już zagasła. Nie można było oderwać od nich oczu. Coś z nimi było nie tak. Przy całej pospolitości stroju wyglądali jak przebierańcy. Wlekli za sobą jakąś smętną egzotykę, która śmieszyła, ale nie pociągała. Oni jednak czuli się dobrze. To było widać. Czuli się jak u siebie w tych porozpinanych jesionkach, różowi, idący zamaszyście całą szerokością chodnika, z pakunkami. Tak ich zapamiętałem. Moich pierwszych żywych Rosjan, chociaż mogli to być Ukraińcy albo Białorusini. Ale wtedy nie miało to żadnego znaczenia.

Na Wschodnim widywałem pociągi do Moskwy. Ciemnozielone, masywne wagony z mrocznymi oknami. Tak, albo było ciemno, albo miały pozaciągane firanki. Nikt nie wchodził ani nie wychodził. Pociąg pod specjalnym nadzorem i to się czuło, nawet gdy się miało dziesięć, dwanaście lat. Nieruchomość i cisza. Wagony w blasze bocznych ścian miały poziome przetłoczenia. Czasami gdzieś mignęła twarz umundurowanej prowadnicy czy prowadnika. Patrzyli ukradkiem zza firanek.

Widziałem to kilka razy. Całkowita obcość. Nie chciało się wsiadać. Wyobraźnia prawdopodobnie wyświetlała jakieś obrazy, ale były niewyraźne, bez znaczenia, bez żadnej mocy. Chłód i obojętność. Może dlatego, że wszystko odbywało się w zimie?

Te jesionki, futrzane czapy i skrzypiący śnieg na peronach, pierwsza połowa lat siedemdziesiątych.

No więc trzeba się było wybrać latem, żeby to wszystko sprawdzić. Z Ułan Ude do Czyty, z Czyty do Zabajkalska i potem znowu z Czyty, ale do Irkucka. I wszędzie, wszędzie ten nierzeczywisty upał. Za oknami smętna ledwo, ledwo roślinność, a z nieba leje się subtropik. Na górnych kuszetkach, zanim pociąg ruszył, można było tylko nieruchomo leżeć. Przy najmniejszym ruchu spływałem potem. Potem, w drodze, dmuchało chłodem. Prowadnik rozdawał zafoliowaną pościel. Na folii było napisane, że wolno otwierać tylko w jego obecności, a my jak dzieci od razu trzask, trzask i sobie popodścielaliśmy. Potem zdjął nas strach, że jednak zrobiliśmy coś złego. Zwyczajnie baliśmy się tej wszechobecnej władzy, tych okrągłych czap, pagonów, dystynkcji, jakichś blaszek poprzyczepianych, poprzyszywanych do koszul. Diabli wiedzą: skoro wolno im wszystko, to za rozprucie folii ze spranym prześcieradłem mogą cię wysadzić na najbliższej stacji. W jakiejś Szepitiwce z pięcioma chałupami pod eternitem i zagonem kartofli. Ale nic nam nie zrobili. O. zawinął sobie poszewkę na głowie i wyglądał jak Matka Teresa, bo poszewka była biała w niebieskie pasy. Z Ułan Ude wyruszyliśmy rankiem, w Czycie byliśmy po południu. Miałem piętnaście albo szesnaście lat, gdy przeczytałem poemat Blaise'a Cendrarsa o kolei transsyberyjskiej. Jak każdy wrażliwy szesnastoletni czytelnik chciałem natychmiast wsiadać i pędzić na zatracenie. Taka była moc Cendrarsowskich obrazów. Dziś już wszystko zapomniałem. Jechałem do Czyty jako podstarzały facet. Patrzyłem przez okno i nieodmiennie przypominał mi się Wiktor Jerofiejew: „Przyroda rosyjska jest żałośliwa. Na każdym zakręcie pachnie smutkiem". Syberyjska była jeszcze bardziej. Bagna i brzózki. Rzeki wśród bagien i pagórki. Tysiąc kilometrów, dwa tysiące, i brzózki to oddalają się od torów, to przybliżają. Jest trochę świerków i łany fioletowych kwiatków na bagnach. O zmierzchu wszystko znika. Budzisz się rano, otwierasz oczy i wydaje się, że cała podróż była halucynacją albo sprytną sztuczką Rosyjskich Dróg Żelaznych, ponieważ za oknem wciąż są same brzózki i bagna, i pagórki.

Tak, ale do Czyty jechaliśmy tak zwanym ekspresem, czyli na siedząco i w dzień, więc było widać, że nie ma w tym żadnego podstępu. Pietrowsk Zabajkalski, Chochotuj, Bada, Chiłok, Charagun, Mogzon, Sochondo... Prawie cały czas wzdłuż rzeki. Na pustkowiach pracowali kosiarze. Na głowach mieli białe zawoje dla ochrony przed meszkami. Kosili bagienną trawę. Nadzy do pasa i w tych turbanach. Z nieba lał się duszny, syberyjski żar. Od przysiółka do przysiółka było piętnaście, dwadzieścia kilometrów. Szare drewno, eternit i sztachetowe płoty, dwadzieścia kilometrów zielonego i znowu szare drewno, dwuspadowe eternitowe dachy i te sztachety chroniące kartofle. Dwie godziny, trzy godziny, pięć godzin, osiem. Z lewej mignęła zona. Też żerdzie i sztachety, tyle że omotane kłębami drutu kolczastego i jakaś wieżyczka jak psia buda trzy metry nad ziemią. No więc stąd przyjeżdżały te pociągi na Wschodni w latach siedemdziesiątych. Z Charagunu na przykład. Pokonywały osiem tysięcy kilometrów i stawały nocą na Wschodnim, by... no właśnie – co? Przywieźć trzech facetów w papachach, którzy chcą sobie nakupić kryształów w sklepie obok wiaduktu? Za droga impreza, mimo wszystko za droga. Nikt nie czekał, nikt nie wsiadał. No więc pewnie na pokuszenie te wagony były wysyłane. Żebym zatęsknił, żebym poczuł zapach tej przestrzeni, do której miały się wyrywać dusze i serca mieszkańców tych, pożal się Boże, kraików na zachód od Bugu. Tymczasem ja miałem w domu ruską łódkę na baterię. Zrobiona była z plastiku i gdy się ją puściło na głębszą kałużę, pływała w kółko. W lewo albo w prawo. Pamiętam ją dobrze, ponieważ to była pierwsza ruska rzecz, którą miałem na własność. Terkotała i zataczała kółka. Dobrze ją pamiętam. Była szara, ale miała też coś różowego, jak z mięsa. Ledwo wydobyte kształty, ledwo uformowane. Kadłub jeszcze jako tako, bo jednak musiał pływać, ciąć wodę i nie wywracać się do góry dnem, ale nadbudówka to już była inżynieria specjalnej troski. Klocek z ledwo zaznaczonymi, ledwo ulepionymi kształtami nie wiadomo czego. Jakby robili to po ciemku. Miało pływać, więc pływało. Reszta nie miała znaczenia. Była niepotrzebna. Idealiści.

Niedaleko za zoną, ale po prawej, minęliśmy lotnisko. Srebrne migi albo su na tle nieskończonej zieloności wyglądały dziwnie. Jakby bawiło się nimi ogromne dziecko, a potem znudzone gdzieś sobie poszło. W trawie to tu, to mam leżały zapasowe zbiorniki paliwa. Dobrze jest jechać koleją, bo zapamiętuje się tylko jeden obraz, ale za to na zawsze. Długie porośnięte trawą nasypy wskazywały na to, że część lotniska znajduje się pod ziemią. Jednak całość sprawiała wrażenie obozu partyzanckiego. Mogli wszystko zostawić, porzucić i zacząć od nowa w innym miejscu. Trwało to może z pięć sekund i zielona skóra Syberii znów się zrosła. Siedziałem tyłem do kierunku jazdy. Z trwogą pomyślałem o podróży transsyberyjską w pełnym wymiarze. Tylko wszechmocny rosyjski piar był w stanie przedstawić to jako coś pociągającego. Bezdenna rosyjska dusza i jej kolejowa emanacja. To działało, bo tu i ówdzie szedł hyr, że trzeba, że wielkie przeżycie i prawie mistyka. Po sześciu godzinach chciało mi się tylko ziewać. Jakbym jechał elektrycznym do Nasielska i ten Nasielsk oddalał się i oddalał. Tylko te nazwy coś w sobie miały: Charagun, Mogzon, Sochondo, Charagun,

Mogzon, Sochondo, Charagun, Mogzon, Sochondo... Tak to brzmiało. Z głębi, z oddali, sprzed czasów Jermaka i cywilizacyjnej misji jego następców. Mogzon, Sochondo, Charagun – sztachety, azbest, piasek, sztachety, azbest, piasek, sztachety, azbest, piasek, czasami heroiczny błękit okiennic. To była klęska ludzkiej materii. Próbowali tym pociągnąć, przypolitorować ten bezlitosny bezkres, ale się nie udało, bo nie było czym. Za cienka warstwa, za słaba i wyłaziło. Bure okruchy rozsypane wzdłuż srebrnej nitki torów. Trochę cierpła mi skóra, ponieważ próbowałem dociec sensu tego bytowania na skraju cywilizacji, na skraju świata właściwie – bo tam, za ścianami tych przypłaszczonych domów, nie było już nic, tylko ta spazmatyczna zieleń po najdalsze krańce, pół na pół pomieszana z ideą rosyjskości. Tak jak parę dni później w Ałchanaju, gdzie w środku lasu pijany facet o złotych zębach nacierał na E. i dopytywał: „*Skaży, a takoj les u was jest, no skaży! A takije gory! No skaży!*". Potem chwycił w objęcia drobnego, przypadkowego Buriata i wykrzykiwał: „*Smotri, my tut wsie żywiem kak bratja!*". Buriat próbował się wyswobodzić, ale nie miał szans z tłustym wielkoludem dopadającym obcych na leśnej ścieżce, by zademonstrować im swoją dumę z tej żałośliwej przyrody, z tej histerycznej wegetacji między jednym zlodowaceniem a drugim. Rozumiałem złotozębnego, ale cierpła mi skóra.

W każdym razie po sześciu godzinach ziewałem i wglądałem tej Czyty chociażby dla samej nazwy. Zapamiętałem ją z dzieciństwa, z jakichś rewolucyjnych filmów oglądanych w czarno-białym telewizorze. Teraz to sobie przypominam. Rewolucyjne były lepsze od wojennych. Na przykład *Białe słońce pustyni*. Gdzieś w Turkmenii to się działo. Pamiętam, że główny bohater chodził, mimo tego pustynnego słońca, w czarnej, skórzanej, czekistowskiej kurtce. Strzelał z nagana, z ruskiego kolta. Zapamiętałem dźwięk pocisków rykoszetujących o cysterny stojące na bocznicy. Dla dziecięcego umysłu rewolucja w żaden sposób nie łączyła się z Rosją współczesną, z jej obezwładniającą nudą. Taczanki, stepy, konnica, Kozacy to był gorszy, ale jednak western. W istocie podróbka westernu, lecz dało się jej użyć, dało się oglądać w sytuacji deficytu oryginałów. Zupełnie jak z dzisiejszymi dresami Najka albo Adidasa. No i ta Czyta z taką równinną, stepową strzelaniną mi się kojarzyła. I z legendarnym rekwizytem tamtych czasów, czyli mauserem 96, z tą długą lufą i pudełkowym magazynkiem przed kabłąkiem spustowym. Drewnianą kaburę dało się montować jako kolbę i strzelać z tego cudactwa jak z karabinu. Sześcio-, siedmiogodzinna nuda przywoływała obrazy rewolucji. Zawsze ilekroć dopadał mnie splin w tej podróży, a dopadał bez przerwy, zamykałem oczy i zjawiały się obrazy rewolucji.

Zaraz naprzeciwko dworca stała wielka cerkiew. Niedawno ją musieli zbudować, bo ściany były nieskazitelnie bladobłękitne, kopuły lśniły nowiutkim złotem, a całość otaczało kute ogrodzenie. Bardzo wielka była ta cerkiew. Bił od niej żar. Żar bił od betonowego placu, od samochodów, rozwleczonych śmieci, asfaltu i przechodniów. Czyta była jak piec. Wlekliśmy się w poszukiwaniu hotelu. Kobiety chodziły prawie gołe. Szpilki, jakaś przepaska biodrowa, kawałek materiału w górze – taki większy biustonosz – i nad tym wszystkim spiętrzona ondulacja blond. Szły po rozpalonym betonie jak po nicejskiej promenadzie. We wszystkie strony na tysiąc kilometrów nagi step, a one odrzucały włosy, jakby czekały na śródziemnomorskie powiewy. Spoceni, z plecakami wyglądaliśmy jak jacyś burłacy. Wszyscy się za nami oglądali. Główny plac zrobiono specjalnie pod defilady. Z osiem czołgów mogło jechać obok siebie. Ale teraz chodziły po nim te półnagie kobiety. Z cokołu patrzył na miasto osrany przez ptaki Lenin. Ludzie robili sobie pod nim zdjęcia. Nie wyglądali na turystów. Stawali i pstrykali ten ósmy cud świata, tego swojego geniusza. W jego cieniu było chyba jeszcze goręcej niż na słońcu. Nie mieliśmy sił i wybraliśmy hotel Zabajkale przy samym placu. Był chyba najdroższy w mieście. W pokoju znalazłem foliową torbę na pranie, a w prospekcie, że piorą bardzo chętnie. Zapakowałem, co tam miałem, i zaniosłem do etażowej, żeby nie tak pierdut za drzwi jak jakiś burżuazyjny arogant. Poszedłem, żeby było po ludzku i żeby poćwiczyć język. Dziewczyna była wymalowana i miała nieruchomą twarz ruskiej funkcyjnej. Ale gdy zacząłem tłumaczyć, że chcę te gacie i resztę do hotelowej pralni, etażowa najpierw się przestraszyła, potem posmutniała, a potem zrobiło jej się przykro i tłumaczyła, że jest napisane, ale to nieprawda. Nic się nie pierze. Wróciłem jak niepyszny. Po pięciu minutach ktoś zapukał: dziewczyna z przepraszającym i pięknym uśmiechem przyniosła miskę i proszek.

Wieczorami stałem w oknie i patrzyłem na plac. Nie bardzo chciało nam się wychodzić, nie bardzo było dokąd. Nerwowy, martwy dreszcz przebiegał to miasto. Nie bałem się w Irkucku, nie bałem w Ułan Ude, nigdzie się nie bałem, tylko w Czycie. Centrum było imperialne, topornie monumentalne i wiał przez nie gorący wiatr. W półmroku toczyło się jakieś życie, dzieciarnia, trochę starszych, dudniąca muzyka zza jakichś drzwi, śmiechy, brzęk, kilka skuterów z parami na siodełkach, ale wszystko tonęło w cieniu tych klasycyzujących frontonów, posępnych elewacji i defiladowych przestrzeni. Całą kilkusetmetrową pierzeję placu zajmowało dowództwo Syberyjskiego Okręgu Wojskowego. To oni w razie czego mieli powstrzymać Chiny. W ich cieniu żyło miasto. Żyło jakby ukradkiem, gotowe zamrzeć w pół gestu.

Chłopcy z desantu, z niebieskich beretów, mieli swoje słynne święto, włóczyli się watahami w pasiastych podkoszulkach i ryczeli: „*Sława! Sława! Sława!*". Pławili się w fontannie na placu. Obok w pogotowiu stały karetki i radiowozy. Miasto należało do nich. Ale nawet oni, władcy i posiadacze, ginęli w architektonicznych otchłaniach. Byli mali i dziecinni w tych biało-niebieskich poprzecznych paseczkach. Upał też był przeciwko nim i już wczesnym popołudniem słaniali się i podtrzymywali. Dzień kończył się o jedenastej wieczorem i wtedy robiło się najgoręcej.

Pierwszego żywego ruskiego żołnierza widziałem w połowie lat siedemdziesiątych na warszawskiej Pradze. Miałem wtedy dziewczynę na Targowej. Kilkanaście metrów od jej bramy były drzwi w murze. Właśnie nie brama, nie wejście, tylko niepozorne, niemal niewidoczne drzwi we wnęce muru. W drzwiach był judasz. I z tych drzwi od czasu do czasu wychodził sołdat albo dwóch. Drzwi się natychmiast zamykały, a oni znajdowali się raptem w środku praskiego tłumu. Wysocy, szczupli, twarze ginęły w cieniu okrągłych czap, ale można było dostrzec, że są nieruchome, kompletnie pozbawione wyrazu. Wyprasowani, wyprostowani i martwi. Tak wyglądali, gdy zagarniała ich praska, plebejska ciżba. Na tle tego szemrańswa i cinkciarstwa, tych bazarowych elegancji, tego spryciarstwa, tej upostaciowanej lumpenanarchii, tego żywiołu, który nade wszystko pogardzał jakąkolwiek władzą, przypominali nakręcane figury. Było w nich coś złowrogiego, a zarazem komicznego. Byli znakiem obecności obcej armii, ale nie znać było w nich żadnej potęgi. Mieli młode, prawie chłopięce twarze. Patrzyli ukradkowo albo nie patrzyli wcale. W tych wielkich czapach, czasem w furażerkach, w saperkach takich jak na wojennych filmach. Widywałem ich tylko na tym kilkudziesięciometrowym kawałku chodnika blisko zielonych więziennych drzwi. Sztywni, wytresowani, z wypranymi mózgami szli wśród podbitego ludu, lękając się go, pogardzając nim i kompletnie go nie rozumiejąc. Widziałem ich drewniane sylwetki na rogu Wileńskiej i Targowej i doświadczałem nawet czegoś w rodzaju współczucia, bo wydawali mi się podobni do kalek. Czasem to byli Azjaci. Wtedy trudno było zgadnąć, co czują i myślą, patrząc na skrzyżowanie Świerczewskiego i Targowej. Kirgiscy, tadżyccy, kazachscy szeregowi. Smukli i smagli. Może uważali nas za gorszych Rosjan, których trzeba pilnować. Albo co gorsza bronić, bo są słabi. Przebyli tysiące kilometrów, by ujrzeć po drugiej stronie ulicy cerkiew Świętej Równej Apostołom Marii Magdaleny w kijowskim stylu. Robotnicy szli ławą na szychtę do FSO. W kaszkietach, w niezgrabnych marynarkach, ciężkim krokiem. Więc mogliśmy być dla nich gorszymi Rosjanami. Patrzyli na podbity kraj nieruchomo i bez zdziwienia, sami nawykli do własnych podbojów i cudzego jarzma. Ich złowrogość była efektem odczłowieczenia, a komizm wynikał z resztek człowieczeństwa. Ale w żaden sposób nie przypominali ruskich sołdatów z opowieści babek i ciotek. Tamci byli żywiołem. Okrutnym, bezmyślnym i zwycięskim, ale jednak żywiołem i przypominali ludzi. Ci z Targowej wyglądali jak złowrogie narzędzia. Teraz to wiem. Ale wtedy byli po prostu jeszcze jednym widomym znakiem ruskiego, radzieckiego, sowieckiego nieudacznictwa. W swojej szesnastoletniej naiwności po prostu ich lekceważyłem. Należeli do tego nierzeczywistego świata co Breżniew, samochód zaporożec zwany żoporożcem i radziecka muzyka rockowa z zespołem Wiesołyje Rebiata na czele. To był błąd taktyczny, to lekceważenie, ale strategicznie się opłacał, ponieważ oni tam, na Wschodzie, nade wszystko pragnęli być traktowani poważnie.

W każdym razie ci w Czycie przypominali sołdatów z opowieści babek i ciotek. Darli się, obejmowali i zataczali. Półnagie czytyjskie piękności rzucały im spojrzenia spod długich rzęs. Cywilni mężczyźni schodzili im z drogi. Armia powinna budzić trwogę i podziw. Tak było od niepamiętnych czasów i tak było w Czycie. Wyglądało na to, że te przysadziste chłopaki o rumianych, okrągłych twarzach mogą tutaj wszystko. Dlatego wieczorami oglądałem Czytę z okna hotelu. Wyobrażałem sobie, jak wjeżdżają na czołgach i transporterach do chińskiego miasta, powiedzmy do Manzhouli, bo bogate, błyszczące i, zdaje się, wybudowane im na złość. Jadą i szyją z kałachów po złocistych, szklanych fasadach, grzeją seriami z wielkokalibrowych władimirowów, puszczają z głośników Musorgskiego, a kruche, wielkookie Chinki uciekają z niemym krzykiem w nieoświetlone przecznice. Chiński kapitalizm i chińska dominacja stają w płomieniach niczym papierowy tygrys. Potem zsiadają ze swych maszyn i z resztek rozpalają ogniska, by długo w noc śpiewać swoje pieśni, za które tak ukochał ich cały świat.

Taką miałem wizję w hotelu Zabajkale, patrząc na defiladowy plac oraz iluminowane, hipertroficzne fasady dyrekcji kolei oraz dowództwa wojsk.

Zabajkalsk wyglądał jak zrujnowany. Wszystko było szare i zakurzone. Sprawiał wrażenie, jakby wybudowano go już jako zniszczony i znękany. Tylko dworzec wyglądał jako tako. Razem z nami z pociągu wysiadło kilkudziesięciu Chińczyków z bagażami. Pod okiem rosyjskich strażników granicznych pokonali stalową kładkę ponad torami i prawie natychmiast znikli. Nigdy wcześniej nie widziałem, by tak wielu ludzi z taką ilością pakunków tak szybko wsiadło do kilku autobusów i furgonetek i po chwili przepadło bez śladu. Pojechali w stronę przejścia granicznego. My poszliśmy szukać hotelu. Był tylko jeden w mieście, nazywał się Rossija i należał do kolei.

Nikt obcy nie przyjeżdżał do Zabajkalska. Nasze twarze, buty i plecaki budziły powszechną ciekawość. Kto wie – może byliśmy w ogóle pierwszymi nie-Rosjanami i nie-Chińczykami, którzy tu zawitali? Kobieta w recepcji wzięła nasze paszporty i przez godzinę naradzała się z koleżankami w hotelowym kantorku.

W końcu okazało się, że możemy zostać, ale tylko na jedną noc i w dodatku nie wolno nam nikomu powiedzieć, gdzie się zatrzymaliśmy.

W hotelowym barze na śniadaniu spotkaliśmy Walerija. Jadł, popijał piwem i patrzył melancholijnie w nicość. Przyjechał tutaj z Pekinu i czekał, aż jego wspólnik dojedzie autem z oddalonej o siedem tysięcy kilometrów Moskwy. Uśmiechał się zza okularów i twierdził, że to, co uprawiamy, jest „turystyką ekstremalną". Potem dodał: „Tutaj są tylko śmieci, brud, piasek i wiatr". Ta fraza po rosyjsku brzmiała jak najlepsza poezja. W dodatku doskonale opisywała zabajkalską rzeczywistość. Kurz, pokruszony asfalt, szarość sypiących się murów, nędza i upadek materii. Cerkiew przy głównej ulicy przypominała barak ledwo pociągnięty niebieską farbą. Gliniarze w radiowozach mieli tłuste, nalane twarze i patrzyli na nas ze zdziwieniem i pogardą. Tak, nigdy nie chciałem pojechać do Moskwy. Zawsze chciałem pojechać na krańce imperium, gdzie przybyszowi trudniej zamydlić oczy. Wśród dziur, kałuż i śmieci kroczyły dziewczyny na niebotycznych obcasach. Wydawało się, że im nędzniejsze było otoczenie, tym ich stroje stawały się bardziej jaskrawe, wyzywające i skąpe. Poza tym syberyjskie lato jest krótkie i trzeba się spieszyć.

Kierowca, którego wynajęliśmy, był niski, grubawy i wąsaty. Miał starego nissana terrano z kierownicą po prawej stronie. We wschodniej Syberii i na Dalekim Wschodzie jeżdżą wyłącznie auta sprowadzane przez Władywostok z Japonii i trochę rosyjskich. Przez trzy tygodnie nie widziałem ani jednego niemieckiego, francuskiego czy włoskiego. Nic, tylko dziesiątki nieznanych w Europie japońskich modeli toyoty i hondy plus zabytkowe wołgi, żiguli i UAZ-y. Za równowartość stu euro mieliśmy przejechać około dwustu kilometrów, tu i ówdzie się zatrzymując. Kierowca był rozmowny i niczemu się nie dziwił. Zaraz za miastem zaczął się step. Zielone wzgórza ciągnęły się po horyzont. Żwirowa droga wspinała się na kolejne grzbiety i po drugiej stronie znowu otwierała się trawiasta nieskończoność. To było piękne i nie miałbym nic przeciwko temu, by tak wyglądała wieczność. Jechaliśmy zobaczyć miejsce, w którym Rosja przetrzymywała swojego najważniejszego więźnia.

Krasnokamieńsk okazał kompletną dziurą. Miasto wybudowano w cieniu kopalni uranu. Było szare i zakurzone. Zbudowane w tym samym czasie domy zaczęły się już rozpadać. Na niczym nie dało się zaczepić wzroku. Smutek, upał i beton. Na obiad pojechaliśmy do stołówki numer 6 – podobno najlepszej, bo jadali w niej miejscy urzędnicy. Stanęliśmy w kolejce i znowu wszyscy się nam przyglądali. Dostaliśmy aluminiowe sztućce, smażone mięso, ziemniaki, surówkę i kompot. Nie było to ani złe, ani dobre, po prostu nie miało smaku.

Nasz kierowca sam nam powiedział, że właśnie tutaj siedzi Chodorkowski. Zaproponował, że pokaże nam obóz. Przejechaliśmy bez zatrzymywania w odległości kilkuset metrów. Kilka nędznych baraków, dużo drutu kolczastego i zardzewiałe wieżyczki na rogach. Wokół rosło wybujałe zielsko. Wyglądało to równie beznadziejnie jak cały Krasnokamieńsk. Pytaliśmy, za co właściwie siedzi Chodorkowski, ale nasz przewodnik wzruszał tylko ramionami i odpowiadał: „Putin go posadził". To, widać, wystarczało za wyczerpującą odpowiedź. Zwolnił i ostrzegł, by nie robić zdjęć zbyt ostentacyjnie. Potem, już znowu w stepie, opowiadał nam o swoim synu, który walczył w Czeczenii, a teraz próbuje dostać pracę w FSB. Mówił o tym tak naturalnie, jakby chodziło o pracę na stacji benzynowej. Przemoc władzy wniknęła w codzienne życie tak głęboko, że stała się niezauważalna.

Zatoczyliśmy łuk i podążaliśmy w stronę chińskiej granicy. To było idealne miejsce zesłania, izolacji i zapomnienia. Miasto skończyło się jak nożem uciął. W promieniu kilkudziesięciu kilometrów trudno było znaleźć kryjówkę nie tylko dla człowieka, ale nawet dla psa. Nic nie rosło poza trawą. Step to nagość. Wędrowcowi towarzyszy jedynie jego własny cień. Ukryć się można tylko pod ziemią. Wyobrażałem sobie, jak zbieg miesiącami, latami, dziesięcioleciami drąży tunel, by w końcu stwierdzić, że do odzyskania wolności potrzebna jest co najmniej wieczność. Sama idea ucieczki traciła tutaj sens, a nieograniczona przestrzeń zamieniała się w więzienie.

Wzdłuż granicy ciągnął się płot z drutu kolczastego. Zapewne była tam też jakaś elektronika, ale nasz kierowca nie chciał ryzykować i trzymaliśmy się od zasieków w przyzwoitej odległości. Kluczyliśmy plątaniną polnych dróg wyjeżdżonych w stepie. Po rosyjskiej stronie na brzegu Argunu wieśniacy zbierali siano. Potem rzeka skręciła na chińskie terytorium i został tylko ten stalowy płot w pustym stepie. Nie widzieliśmy żołnierzy, ale co kilka kilometrów stały wysokie wieże strażnicze. Zapytałem naszego przewodnika, czy Chińczycy próbują nielegalnie przekraczać granicę. Odpowiedział filozoficznie: „Chińczycy jak to Chińczycy...". Filozofia była jego specjalnością, bo zapytany o toczącą się właśnie wojnę w Gruzji wypowiadał z westchnieniem sentencję: „Lepiej, gdy na świecie jest pokój". A potem dodawał, że tak naprawdę, to nie ma się czym przejmować, rzecz się dzieje o jakieś sześć tysięcy kilometrów stąd. Pocieszał nas, mówiąc, że i do Polski z Kaukazu jest kawał drogi.

Chcieliśmy zobaczyć Chiny, ale nie mieliśmy chińskich wiz. Nie mieliśmy też rosyjskiej wizy wielokrotnej i musieliśmy zadowolić się widokiem chińskiego pogranicza. Jednak nasz przewodnik nie zawiódł. Porzucił polną drogę i wyjechał na wzgórze, z którego roztaczała się rozległa panorama. Tuż za granicą wznosiło się miasto. Po prostu nagle wyrastało ze stepu. Z zielonej nicości strzelały w niebo wieżowce, chińska odmiana drapaczy chmur z lśniącymi kopułami i wieżyczkami na szczytach. Jedne były już gotowe, inne dopiero się budowały. Na przedmieściu stała ogromna, nowa, błękitna cerkiew o pozłacanych, cebulastych wieżach. Naprawdę była wielka. Zaraz obok pysznił się ni to pałac, ni to zamek w disneyowskim stylu, a kawałek dalej powstawał dwudziestoparopiętrowy kolos zwieńczony czymś w rodzaju neoklasycystycznej kopuły. Miasto nazywało się Manzhouli. A powinno Fatamorgana. Wybudowano je w kilka lat, by kusić i mamić Rosję. Ale najważniejszym przesłaniem miasta Manzhouli było: „Rosjo, nie masz szans".

Niektórzy Rosjanie przeczuwali niebezpieczeństwo. Na przykład nasza gospodyni nad Bajkałem, gdzie zatrzymaliśmy się na kilka dni, twierdziła, że Chińczycy nad Syberią zrzucają z samolotów kleszcze zarażone zapaleniem opon mózgowych. Była z wykształcenia felczerką i zapewne wiedziała, co mówi.

Wróciliśmy do Zabajkalska. Z jego smętnych opłotków widać było chińskie wieżowce. Tego wieczoru chcieliśmy napić się wina. Szukaliśmy czegoś porządnego w zabajkalskich sklepikach. Wszędzie był wzmacniany spirytusem słodki portwein. Jak naiwne dzieci pytaliśmy o czerwone wytrawne, a sprzedawcy melancholijnie rozkładali ręce. W końcu ktoś wskazał nam nowo otwarty sklep. Prowadziła go para Ormian: piękna, wytworna kobieta i uśmiechnięty, elegancki mężczyzna. W tym rozpaczliwym mieście ich wygląd, maniery i uśmiechy sprawiały nierzeczywiste wrażenie. Na półkach stało kilkanaście rodzajów czerwonego wina. Od mołdawskiego po chilijskie. Otworzyli swój sklep zaledwie wczoraj i byli dobrej myśli. Porozmawialiśmy chwilę. Nie okazywali zdziwienia naszą ekscentryczną obecnością w Zabajkalsku. Pochwalili nasz pomysł udania się do Buriacji, ponieważ tam „jest lepiej z ekologią i można naprawdę odpocząć".

Wieczorem oglądaliśmy telewizję. W chińskiej była olimpiada. W rosyjskiej poza olimpiadą i ogólnotelewizyjnym śmieciem – wojna. To znaczy „katastrofa humanitarna w Osetii Południowej". Pod tym hasłem nadawano doniesienia na wszystkich kanałach. Na górze ekranu wciąż zjawiał się pasek z tym napisem. W kółko pokazywano te same trzy albo cztery zdjęcia ze zrozpaczonymi starymi ludźmi na tle ruin. Rosyjscy żołnierze nieśli im pomoc. Wcześniej próbowaliśmy znaleźć w mieście internet. Nikt nic nie wiedział, aż w końcu ktoś pokazał nam parterowy barak. Ale to było coś w rodzaju biura ochrony. Na stole stał komputer, a wokół siedziało paru ponurych typów w czarnych uniformach i wysokich sznurowanych butach. Nawet nie próbowaliśmy. Esemesowaliśmy do przyjaciół w Polsce. Dostawaliśmy strzępy informacji. Piliśmy czerwone wino w kraju, który prowadził wojnę. Jednak z perspektywy Zabajkalska i chińskiej granicy ta wojna była nierealna. Tak jak sama Gruzja – plamka, okruch przylepiony do wielkiego i nieforemnego cielska Rosji. Ten kraj był za duży, by istnieć w zwyczajny sposób. Wszystko odbywało się gdzie indziej, nieskończenie daleko, na innej planecie. Czy w ogóle można być obywatelem Rosji w podobny sposób, jak się jest obywatelem Polski, Francji, Węgier czy nawet Europy? Czy można czuć odpowiedzialność albo w ogóle związek z tym, co wyrabia twój kraj – kraj o długości dziewięciu tysięcy kilometrów?

Z perspektywy Zabajkalska wydawało się, że Rosja może zrobić właściwie wszystko, a w jej mieszkańcach wzbudzi to znikome zainteresowanie – albo nie wzbudzi żadnego.

Następnego dnia rano ruszyliśmy w stronę Buriacji. Wiózł nas Oleg swoją wołgą. W środku cuchnęło benzyną. Oleg opowiadał o służbie w armii. O tym, jak w latach osiemdziesiątych jego jednostka pancerna podczas przemarszów i manewrów skracała sobie drogę przez terytorium Mongolii. Wcale nas to nie dziwiło. Na mapie Chin wydanej przez rosyjskie ministerstwo transportu w roku 2008, którą kupiliśmy w Ułan Ude, granica między Rosją a Mongolią nie istnieje. Rosja po prostu od razu graniczy z Chinami. W miejscowości Mirnaja oderwało nam się koło. Oleg z zimną krwią opanował auto i wylądowaliśmy na poboczu. Mirnaja wyglądała jak po przejściu frontu. Wielkie mieszkalne bloki pośród stepu przypominały szkielety. Wiał przez nie wiatr. Wokół ciągnęły się betonowe rumowiska i rdzewiały jakieś konstrukcje. W przydrożnym barze zjawił się Witalij. Był sympatyczny, przyjacielski, na piersi nosił masywny srebrny łańcuch z wielkim krzyżem. Powiedział, że to było kiedyś wojskowe miasto pograniczne, ale wojsko odeszło i wszystko popadło w ruinę. Gdy powiedzieliśmy mu, skąd jesteśmy, zapytał, czy w Polsce dużo jest takich miejsc. Odpowiedzieliśmy, że raczej nie ma, ale chyba nam nie uwierzył. Powiedział, że w telewizji pokazywali podobne miejsca w Polsce. Było przyjemnie i nie chcieliśmy się sprzeczać. Po dwóch godzinach zjawił się Oleg z naprawionym autem. Ruszyliśmy na zachód.

Na Altan els było cicho. Zupełnie. Leżałem w śpiworze, nasłuchiwałem i nic nie mogłem usłyszeć. Ciemność i cisza. Trochę gwiazd w górze. Nigdy czegoś takiego nie słyszałem. Takiej dźwiękowej nicości. A jednocześnie przecież było wiadomo, że świat rozciąga się wokół, rozprzestrzenia bez żadnych przeszkód. Trzydzieści kilometrów piachu do rosyjskiej granicy. Altan els. Wydma za wydmą. Wspinasz się z nadzieją, że coś będzie widać, ale one są idealnie tej samej wysokości, więc widzisz tylko kilka następnych. Tak było za dnia. Nadjechaliśmy drogą ze wschodu. Po prawej układały się te wydmy, po lewej płaska po horyzont równina porosła suchą trawą. Pustynia zaczynała się jak od linijki i tym odkreśleniem biegła szeroka na samochód gruntówka. Od czasu do czasu wsparte o wydmy stały zimowe stajnie dla bydła i owiec. Z poczerniałych desek, płaskie, najwyżej na wysokość człowieka. Na dachach trochę szarego siana. W stosach cegły suszonego nawozu na opał. Ale jeszcze nikogo nie było. Mieli dopiero przyjść z ogołoconych letnich pastwisk. W ogóle nikogo nie było. Dopiero na początku nocy kilkaset metrów od nas zatrzymała się furgonetka taka sama jak nasza. Wyszedł księżyc i widziałem jej szary grzbiet. Thulga od razu do nich poszedł, żeby sobie nareszcie pogadać po mongolsku.

O świcie ruszyłem na wydmy, żeby posłuchać. Na przykład dźwięku osypujących się ziarenek piasku, gdy jakiś owad drapał się w górę swojego owadziego bezkresu. I nic więcej poza uderzeniami własnego serca, gdy się przystanęło. Tamci odjechali. Przed świtem Thulga przyszedł po coś na ból zębów, bo kierowca tamtych spuchł i nie spał całą noc. Gdy słońce podniosło się trochę, zaczął wiać wiatr. Próbowałem coś wypatrzyć, ale nie było nic. Robiłem zdjęcia, żeby potem sobie to przypomnieć, żeby mieć dowód. Nic. Piasek, trawa, powietrze, niewyraźny kontur gór kilkanaście albo kilkadziesiąt kilometrów dalej w tym suchym jak pieprz powietrzu.

Naprawdę było sucho. Jechaliśmy już tydzień, czasami się myłem, ale właściwie niepotrzebnie. Jakieś takie przyzwyczajenia czepiają się człowieka. No ale jak była rzeka, to się myło. Może na zapas, że potem nie będzie? A wystarczyło co kilka godzin wysiąść z auta i gdy Thulga pił w przydrożnej, drewnianej budzie swój biały, słony czaj, po prostu ruszyć drogą przed siebie. Suchy wiatr robił swoje. Kilometr, dwa marszu pod bezchmurnym niebem zastępowały kąpiel. Wystarczyło skręcić w step, na wyjedzoną do gołego trawę, by poczuć owczą woń. Cały kraj pachniał zwierzętami. Wychodziły zza wzgórz. Stały pod mostami ukryte przed słońcem. Leżały stadami w poprzek drogi. Owce, kozy, wielbłądy. Nie było przy nich ludzi. Czasami jeździec w oddali. No więc nie trzeba się było myć. Bo niby dla kogo? Dla jaków? Wziąłem za dużo ubrań. Wziąłem bardzo mało, ale i tak za dużo.

Tylko w Ułan Bator trzeba się było przebierać. Przesiąkał człowiek po paru godzinach zawiesiną cywilizacji. Kurz pomieszany ze spalinami. Uliczni sprzedawcy kart telefonicznych i papierosów mieli na twarzach maseczki przeciwpyłowe z żółtawymi plamami wokół ust. Wiał wiatr, ale nie dawał rady tego rozpędzić. Był za słaby. Wystarczał na step, na pustynię, ale tutaj nie miał sił. Nagrzany, popękany beton. Trąbienie. Trudno było przejść. Jechali zderzak w zderzak tymi swoimi cywilizacyjnymi łupami. Obojętne spojrzenia, nieruchome twarze. Tak samo musieli wyglądać siedemset lat temu, gdy z wysokości siodeł patrzyli na struchlałych mieszkańców podbijanych ziem. Land cruisery, hiluxy, patrole, outlandery, santa fe, gallopery, sorento. Wszystkie z Japonii, z kierownicami z prawej. Nawet te kilka europejskich merców G i ML. Szary pył, obłoki gorąca wlokące się za autami, policyjne gwizdki. Jurty w kolorze betonu pomiędzy blokowiskami. Pijani zbieracze śmieci. Jeden leżał na ziemi. Drugi klęczał mu na piersi i walił go w twarz plastikową butelką pełną jakiegoś płynu. Zaraz przy Square of Freedom. Na pasie wyschniętej trawy pomiędzy jezdniami. Bez dwóch zdań: niezbyt dobrze czuli się w mieście. Za krótko mieszkali w murowanych domach.

Kilka dni później widzieliśmy stado sępów. Odleciały na nasz widok i pokazało się wzdęte truchło rudej krowy. Jeszcze nie było napoczęte. Ptakom się nie spieszyło. Krążyły nad nami cierpliwie. Ze stojącej o kilometr jurty przygalopował jeździec. Widać nie miał nic przeciwko sępom, ale obecność obcych przy jego napuchłym bydlęciu wzbudziła niepokój. Podniosłem rękę na powitanie. Nie odpowiedział. Miał twarz bez wyrazu. Zatrzymał konia, po chwili zawrócił i pokłusował z powrotem. Tak samo byłoby pewnie z martwym człowiekiem. Czemu nie. W tym czystym ponad wszelką miarę krajobrazie.

Pomyślałem, że mógłbym tak umrzeć. Odszedłbym w jakieś miejsce, z którego widać tylko lądową nieskończoność, i potem patrzył, jak nadchodzą zwierzęta. Wypatrywałbym cieni ptaków. A później bielałyby obrane do czysta kości, osuszałby je wiatr. Nigdy wcześniej nie widziałem tak dobrego miejsca na pogrzeb. Jedzie się setki kilometrów i wszędzie widać spokojne znaki śmierci. Całe szkielety albo tylko kości. W tej wietrznej suszy niektóre zachowały nawet resztki skóry. Leżą obrane ze wszystkiego, tak jakby otaczała je już wieczność. Taki był ten pejzaż: aż chciało się umierać. Po prostu. Powrócić ostatecznie do wnętrza przestrzeni, do królestwa minerałów. Żadne śmieci nie kalały tych pochówków. Tylko czasem błysnęła srebrzyście i krótko flaszka po wódce Czyngis-chan.

W środku dnia stawaliśmy, żeby coś zjeść. Mieliśmy zapas chińskich zup w plastikowych kubkach i zapas mongolskiej baraniny w puszkach. W Ułan kupiłem garnek, łyżki, plastikowe miski i kubki. Thulga rozkładał kuchenkę gazową. Czasem rozpalaliśmy ognisko z wyschniętych końskich i krowich gówien. Mieliśmy kawę i cukier. Thulga wolał herbatę. Powtarzał: „*Czaj, czaj*". Posługiwał się dwudziestoma, może trzydziestoma rosyjskimi słowami. Wystarczało. Po tygodniu czułem się tak, jakbym znał go od roku. Porozumiewaliśmy się za pomocą powtarzalnych czynności i gestów. Jedzenie, rozbijanie obozu, ogień, znowu jedzenie. Trzy razy dziennie robiłem mu herbatę. Zwijanie namiotów, wrzątek do chińszczyzny, podgrzewanie baraniny. Wieczorem sto gramów Czyngis-chana przed snem. Nigdy nie chciał więcej. Wszystko w kucki, przy ziemi. *Nu, pojechalim, astanawis, budiem kuszat* i tak dalej. Wieczorem szedł do furgonetki. My zostawaliśmy w śpiworach. Długo w noc rozmawiał przez telefon. Brzmiało to tak, jakby rozmawiał z kobietą. Miał koło czterdziestki, był szczupły i zawsze w szarobłękitnej bejsbolówce. Gdy się zamyślał, podciągał bezwiednie tiszert w marynarskie paski i głaskał się po brązowym brzuchu. Któregoś dnia zobaczyłem, że nie widzi na jedno oko. Prowadził i prawą powiekę miał zamkniętą. Ale nie miało to znaczenia, nawet gdy wjeżdżaliśmy do miasteczek, by uzupełnić zapasy. Dawał sobie radę. Podobnie jak wtedy, gdy rosyjski, a może jeszcze sowiecki UAZ odmawiał posłuszeństwa. Thulga po prostu stawał, dawał maszynie odpocząć jak zgonionemu zwierzęciu i znów ruszaliśmy. Nie więcej niż dwieście kilometrów każdego dnia.

Myślę, że to było przesądzone. Ta podróż. Musiałem tam pojechać, ponieważ obraz utopii realizowanej w bezkresie stepu i w znieruchomiałej historii miał nieodpartą siłę. W końcu przez pół życia słuchałem o azjatyckich hordach, które najechały nasz europejski kraj. To była wyprawa do jądra metafory. Gdzieś za Uralem zrobiło się ciemno. Lecieliśmy nad czarną przestrzenią. Nic, żadnych świateł. Każdy demon mógł się tam skryć, wykluć każdy upiór. Tak jak wtedy z podrzuconego marksistowskiego oraz europejskiego jaja. Przysypiałem i wyobrażałem sobie, jak w dole Chińczycy wędrują na zachód. Miliony Chińczyków, milion za milionem, uwiedzeni kapitalizmem, ośmieleni globalizmem, wpatrzeni w lucyferyczne łuny naszych miast, podążali milion za milionem, świecąc sobie, czym tam kto miał przez ten mrok w dole. Trudno: jak się ma tyle, to trzeba się dzielić. I oni po to szli, ramię w ramię, milion przy milionie, szczupli, gotowi skonsumować każdą ilość wszystkiego, chociaż żaden badziew nie wchodził raczej w grę, ponieważ tego to akurat dość mieli u siebie. Szli po coś więcej, po towary luksusowe, po europejskie wartości: *liberté, égalité, fraternité,* tradycję judeochrześcijańską, greckorzymską spuściznę, równouprawnienie wszystkich płci oraz postnowoczesny paradygmat. Takie miałem sny w chłodnym wnętrzu airbusa. W dole przesuwał się migotliwy chiński wąż bez końca. Tą samą drogą, którą przed stuleciami kłusowali jeźdźcy po łupy. Potem się zbudziłem i dostrzegłem ciemny cień samolotu ślizgający się po grzbietach złocistych wzgórz. Słońce dopiero wstało. Tak samo swoje cienie oglądali Temudżyńscy wojownicy wyruszający na zachód, gdy brzask podnosił się za ich plecami.

I potem, gdy po trzech dniach opuściliśmy już Ułan Bator, po pierwszym, drugim noclegu w stepie uzmysłowiłem sobie, że ta trawiasta równina była dla rewolucji czymś na kształt ziemi obiecanej. We wszystkich innych miejscach, w całej tej przestrzeni, którą czerwoni próbowali podpalić, wcześniej już coś było. Miasta, domy, ludzie, jakaś materia przeszłości. Tymczasem tutaj od siedmiuset lat trwała nieustająca teraźniejszość. Od czasu do czasu to tu, to tam stało coś drewnianego albo murowanego, ale większość, niemal wszystko było w ruchu. Na tysiąctugrikowym banknocie wyobrażony jest z jednej strony Temudżyn, a z drugiej jego wędrowny pałac. Na ogromnej czterokołowej platformie rozbita jest ogromna jurta. Ciągnie ją zaprzęg złożony chyba z trzydziestu wołów. Z tyłu stąpają wielbłądy i wloką następne splendory. Władza się przemieszcza. Nie musi zostawiać materialnych znaków, ponieważ jest ideą, która wypełnia przestrzeń. Od oceanu do oceanu. Władca odchodzi i w miejscu, gdzie obozował, natychmiast odrasta trawa i znów jest tak, jak było przed stu, przed tysiącem lat. To mi imponowało w tym kraju: teraźniejszość, która sięgała najdalszej przeszłości. To musiało również imponować komunistom. Mogło im się wydawać, że biorą udział w czymś w rodzaju stepowego Genesis. Dawnej władzy już nie było. Zmieniła się we wszechobecną legendę. Została nieskończoność stepu, którą można było wypełnić nową ideą z taką samą łatwością, z jaką wiatr wypełnia przestrzeń. Albo jak dym, gdy się podpala trawy na suchej równinie. Jednak pierwsi mongolscy rewolucjoniści Suche Batora wyruszali na spotkanie dziejowej konieczności pod żółto-czerwonym sztandarem. Żółć oznaczała buddyzm, a czerwień komunizm. Z kolei Ungern von Sternberg dążył do stworzenia panazjatyckiego buddyjskiego imperium na zgliszczach i kościach Żydów, komunistów i całej tej cywilizacji zarażonej syfilisem materializmu. Za pochodem jego wojsk ciągnęły stada wilków. Legenda głosi, że nocami gnał z ich zaprzęgiem po wzgórzach wokół Urgi, czyli ówczesnego Ułan Bator. Koszary jego oddziału w Daurii przypominały „ruiny pomazane krwią". To byłoby całkiem naturalne, że płomień rewolucji rozprzestrzenia się od środka kontynentu ku jego obrzeżom. Leżałem na wznak gdzieś między Bulganem a Mörönem, patrzyłem w gwiazdy i wyobrażałem sobie mapę, wyobrażałem sobie ten płomień. Gdzieś na samym końcu ciemności błyskał okruch światła i terkotał motocykl.

Mieliśmy za cienkie śpiwory i w nocy marzliśmy. W dzień było czasem plus trzydzieści, nad ranem koło zera. Zwijałem się w kłębek, kuliłem i nasłuchiwałem. Nic. Po prostu nic. Jakbyśmy byli sami na świecie. I żadnego lęku. Gdzieś była Rosja, gdzieś były Chiny. Leżałem w mroku, w samym środku nocy, wewnątrz bezkresnej przestrzeni. Była bezpieczna, tylko trochę chłodna. Wyobrażałem sobie czarny horyzont. Można było wstać, wyjść i ruszyć w jego stronę, i aż do świtu niczego by się nie napotkało. Trochę kamieni, kości zwierząt, żadnych przeszkód. Rozsuwało się zamek namiotu albo otwierało drzwi jurty i zaraz za progiem zaczynało się coś w rodzaju nieskończoności. Żadnych ścian, żadnych murów, żadnych zakłóceń widnokręgu. Wszystko, co pionowe, było wytworem natury. Czasami chłód wyganiał mnie o brzasku. Wdrapywałem się na najbliższe wzgórze i czekałem na słońce. Tak było gdzieś za przełęczą Höh chötöl nad rzeką Delger mörön. Czyste, ostre światło poranka sprawiało, że to, co było o dziesiątki kilometrów dalej, wydawało się tuż. Jednak poza pejzażem nie było tam nic. W zielonych dolinach leżał cień. Złoty wąż rzeki wypełzał zza widnokręgu. Nic więcej. O tej porze tak było wszędzie.

Na zachód, cały czas na zachód. Jak dawni jeźdźcy. Na wybojach brzęczały garnki i talerze. Thulga palił bez przerwy i dym mieszał się z wonią benzyny. Czasami pytaliśmy o drogę pasterzy. Szlaki krzyżowały się, rozwidlały, rozplatały i splatały. W samotnej jurcie zjedliśmy obiad. Kobieta spędziła muchy z mięsa, pstryknięciami usunęła musze jajeczka, porąbała połeć tasakiem i w pół godziny przyrządziła zupę. To było dobre. Tłusta baranina z makaronem i marchewką. Na stole stała butelka maggi z Polski. Thulga powiedział, że to restauracja, więc zostawiliśmy pieniądze i pojechaliśmy dalej w chłodnym, wietrznym upale. Czasem na drodze leżały stada wielbłądów. Wstawały niechętnie i odchodziły kilkadziesiąt wielbłądzich kroków w bok. Minęliśmy traktor. Rodzina ładowała na przyczepę złożoną jurtę i resztę dobytku, by przenieść się na nowe pastwiska. Spotkaliśmy dwóch łowców tabarganów na motocyklu. Tabargan to inaczej bobak, taki pustynny gryzoń. Mieli małokalibrowy karabinek. Thulga zawiązał mi oczy, kazał uklęknąć i udawał przed obiektywem buddyjskiego taliba. Potem ja pozowałem z tą bronią. Myślałem, że rozpadnie mi się w rękach. Myśliwi przyglądali się temu z nieruchomymi twarzami. Ze strumieni nabieraliśmy wody do plastikowych butelek. Thulga liczył kartusze z gazem. Ja liczyłem chińskie zupy i konserwy. Suchego gówna nie zawsze wystarczało na opał. Czasami żeby ruszyć, pchaliśmy auto. Dosiadł się policjant z synem i blaszaną beczką. Jechali z nami półtora dnia. To był jedyny glina, jakiego spotkaliśmy po drodze. Na pożegnanie podarował nam wyrzeźbionego z drewna siedzącego wielbłąda. Nad słonym jeziorem Uws nadjechali dwaj konni. Zdjęli swoje dele i z uśmiechem zaproponowali, byśmy zrobili sobie w nich zdjęcia. Długie do kolan szaty były ciężkie od owczego tłuszczu, dymu i tych wszystkich rzeczy, których trzeba w życiu dotknąć. Były żółte, jedwabne. Potem gdzieś zza horyzontu zjawił się trzeci. Miał na sobie tylko gatki, cwałował bez strzemion, był pijany i szczęśliwy. Wjechał do płytkiej, słonej wody i spadł z konia. To uszczęśliwiło go jeszcze bardziej. Wdrapał się na siodło i coś do nas krzycząc, pognał z powrotem w stronę widnokręgu. Jezioro było na osiemdziesiąt kilometrów długie i na tyle samo szerokie. Sięgało do rosyjskiej granicy. Thulga dużo słodził, musiałem o tym pamiętać i w jakimś drewnianym sklepiku, gdzie mieściły się trzy osoby, kupiłem mu dwadzieścia deko cukru w rożku zwiniętym z gazety. Czasem w oddali podnosił się obłok kurzu. Nadjeżdżało auto i musieliśmy zamknąć okna. Raz w jakiejś osadzie przebiegły nam drogę trzy żylaste świnie. Któregoś dnia po południu nadciągnęła piaskowa zawieja. To było przy samotnej przydrożnej knajpie z desek. Zrobiło się tak ciemno, że nie widzieliśmy swoich twarzy. W białej, mlecznej herbacie pływał tłuszcz. Ale gdy się pomyślało, że to nie herbata, tylko zupa, robiło się bardzo dobre.

Ulaangom, cóż można napisać o Ulaangom... Że przyjechaliśmy po południu i wydawało nam się, że wciąż jesteśmy na przedmieściu, a upał nagle zrobił się ciężki i jakby metaliczny. Kurz miał smak benzyny. W środku miasta na słupie w plątaninie przewodów elektrycznych siedział wielki drapieżny ptak. Na placu między klasztorem a lotniskiem walały się rogate bydlęce czaszki. Było jedno połączenie tygodniowo ze stolicą. Z głębi stepu nadjeżdżali konni i od razu znajdowali się w centrum. Wiatr niósł piasek. Trzeba się było przyzwyczaić, że to przedmieście to prawdziwe miasto. Niedaleko głównego placu dwie kobiety stawiały ceglany mur. Wyglądały jak z socrealistycznego filmu. Cegły leżały jednak krzywo, a zaprawa ściekała burymi kluskami. Nie potrafili budować miast. Nie potrafili w nich żyć. Widać było gołym okiem, że gdy stają wśród murowanego, tracą siłę. Ktoś robił im krzywdę, wznosząc te betonowe osady i namawiając, by się do nich przenieśli. Choć to prawda, że na stepie ginęli od chorób i głodu, gdy podczas zimowych klęsk padały miliony sztuk bydła. Gdyby to nie Sowieci wybudowali im te pokraczne miasta, zrobiliby to Chińczycy. Wtedy staliby się mniejszością we własnym kraju, tak jak wkrótce staną się u siebie mniejszością Tybetańczycy. Tu wszystko wygląda inaczej. Nawet komunizm. Po kilku godzinach w kurzu i na wietrze pachnącym benzyną chce mi się pić. W chłodnym i schludnym sklepie znajduję kilka rodzajów czyngis-chana. Sprzedawczyni mówi po rosyjsku. Pyta, czy podoba mi się miasto. Kłamię, że tak, i wychodzę. Ale w gruncie rzeczy nie jest to kłamstwo. Ulaangom mi się podoba. Wkrótce wszyscy tu zjadą. Step wokół opustoszeje. Już teraz nie mogą żyć bez tych wszystkich sklepów. Przywożą setki pustych flaszek w przyczepach motocyklowych. Porzucą swoje zwierzęta i przyjadą naśladować podróbkę miejskiej cywilizacji. Tak jak my udajemy wymyślonych Europejczyków pozszywanych niczym Frankenstein z jakichś resztek. Nawet ich prezydent powiedział, że aby przetrwać, muszą porzucić dotychczasowe życie. Następnego dnia rano skończyły się nam pieniądze i poszliśmy do banku wymienić trochę dolarów. Do dwóch okienek stały kolejki. Urzędniczki w firmowych żakietach ostrożnie stukały w klawiatury. Pomiędzy nimi przechadzał się szef i udzielał wskazówek. Był młody, wielki i pewny siebie. Nosił białą koszulę, krawat i czarny garnitur. Wnętrze było nowoczesne i tandetne. Opuszczona dziurawa jurta miała w sobie więcej życia i wdzięku. W rogu stała palma z plastiku. Klientami byli w większości pasterze w wyświechtanych, zatłuszczonych delach i wysokich butach. Pachnieli dymem, bydlętami i człowieczeństwem. Mieli brązowe, pomarszczone twarze. Kobiety i mężczyźni. Ściskali w dłoniach pliki banknotów ze swoim dawnym wodzem, który podbił pół świata, i z końmi na stepie. Tłoczyli się onieśmieleni przed urzędnikiem, który pocił się w swoim smutnym garniturze i patrzył na nich, jakby ich nie widział. Stałem na końcu i martwiłem się, czy moje dolary nie są zbyt zniszczone, bo zużytych i starych nie przyjmowali. Pomyślałem, że taki będzie koniec. Przyjdziemy z naszych stepów i będziemy stali na jakichś burych płytkach przed biurkiem z dykty i chińskim komputerem i będziemy srali w gacie ze strachu, czy nasza kasa albo zdolność kredytowa są wystarczająco dobre. Ale lubiłem Ulaangom. Mieli tam wszystko. Ten bank, hotel z szarej cegły, ten kurz o smaku niskooktanowej benzyny i w planach pomnik Jumdżagijna Cedenbala na głównym placu. Cedenbal przez pięćdziesiąt lat rządził krajem. Projekt monumentu przedstawiono na ulicznym billboardzie. Mieli wszystko. Wszystkie epoki minione i przyszłe zgromadzone w jednym miejscu jak w jakimś parku tematycznym. Wjeżdżali konno do centrum. Przyglądały im się ogromne dzikie ptaki. Sowiecka Rosja podarowała im rozpaczliwą wizję miasta, szczepienia ochronne i alfabet. W rewanżu za najazd Batu-chana sprzed ośmiuset lat, kiedy to Mongołowie pokonali i ujarzmili zwaśnione księstwa ruskie. Zdania są podzielone, ale zdaje się, że Rusi się to na dłuższą metę opłaciło, ponieważ stała się częścią światowego imperium i mogła zobaczyć, jak się porządnie prowadzi wojny, zbiera podatki oraz administruje bezkresem. To wszystko miało się jej przydać w przyszłości razem z ideą imperium i wyobrażeniem o nieograniczonej władzy chana. Cena szczepień, domów zniszczonych już w trakcie budowy oraz cyrylicy wydawała się niewygórowana.

Tak więc Ulaangom… Dwa dni postoju, żeby zakosztować miejskiego życia i trochę się przeprać w melancholijnej łazience, bo w końcu zafleiłem sobie spodnie baranim tłuszczem. Popijałem ciepłe piwo na przemian z ciepłą wódką, pociłem się i wyglądałem przez okno. To był parter, więc niewiele było widać: bury mur, trochę rdzawego żelaza, płot z surowych desek i szary filc jurt. Dobre miejsce, żeby rozmyślać o nieskończoności. Coś jak Swidrygajłowska łaźnia z pająkami. Pić, rozmyślać i tracić siły. Było coś takiego w tym kraju, że chciało się w nim umrzeć, poddać się i patrzeć, jak nadlatują ptaki albo nadciąga delirium. Może pozory traciły w nim sens. Pokój miał trzy kroki na trzy. Obok umywalki wisiał na ścianie druciany wieszak na ubrania. Stół był okrągły. Thuldze też opłaciliśmy nocleg, ale on gdzieś przepadł i widywaliśmy go od czasu do czasu, jak krąży po mieście i załatwia jakieś swoje interesy tysiąc kilometrów od domu. Poszliśmy na policję, żeby spytać, czy przejście graniczne niedaleko ałtajskiego Cagaannuur jest otwarte, ale nic nie wiedzieli. Uśmiechali się życzliwie i mówili tylko po mongolsku. Mieli najporządniejszy budynek w mieście. Dwupiętrową czerwoną fasadę dzieliły regularne pilastry z białej cegły. Był 1 września i dzieci szły do szkoły. Z jurt zwieziono je do internatów. Teraz sobie przypominam, że prawie nie było drzew i stąd ten pełen udręki upał i kurz pół na pół z powietrzem. Sprawdziłem dzisiaj pogodę w Ulaangom: minus czterdzieści cztery i lekkie zachmurzenie, wiatr z południa, cztery kilometry na godzinę, widoczność pięćdziesiąt kilometrów. Bardzo bym chciał teraz tam być.

W końcu jednak wyruszyliśmy dalej. Z nowym zapasem chińskich zup, baranich konserw, cebuli, chleba, herbaty i korniszonów z Polski, które stały w każdym sklepie. I w każdej jurcie, bo w słoikach firmy Urbanek trzymano kwiaty na domowych ołtarzykach. W Ulaangom mieli nawet chilijskie wino, więc załadowaliśmy parę butelek. I czyngis-chana dla Thulgi. Na zachód, cały czas na zachód, tak żeby o świcie widzieć przed sobą własny długi cień. Tak jak oni kiedyś. Tak jak w *Tajnej historii Mongołów*, którą nie wiadomo kto napisał, ale która przetrwała do naszych czasów, by opowiedzieć, jak naprawdę było z Temudżynem, jego braćmi, a potem synami, którzy zapanowali nad światem. Tylko że nie powinna się nazywać *Tajna historia*, tylko *W drodze*. Jadą bez przerwy, bez przerwy się przemieszczają, wyruszają i przybywają, ścigają, dopadają, powracają, nie zsiadając z siodła, posilają się suszonym mięsem i kumysem i znowu puszczają się w kłus, w galop przez to powietrze z widzialnością na pięćdziesiąt, na sto kilometrów, przez tę przestrzeń, która nie stawia oporu i dlatego wydaje się, że można dotrzeć na kraniec świata i wielu rzeczywiście przed siedmiuset lat dotarło. „Jeszcze tej nocy powiadomili zaufanych ludzi, którzy znajdowali się w pobliżu. Aby się nie obciążać, porzucili wszystkie swoje rzeczy i ruszyli w ucieczce jeszcze tej samej nocy. Posuwali się północną stroną Ma'u Ündür. Na północnej stronie Ma'u Ündür Czyngis-chan jechał w ten sposób, że Dżelmiego z plemienia Uriangkaj umieścił poza sobą w tylnej straży – ponieważ mu ufał – a do przodu wystawił patrole. Kontynuując w ten sposób marsz, dotarł następnego dnia, kiedy już południowe słońce zaczęło już skłaniać ku zachodowi, do Kałakałdżit- elet. Tutaj zatrzymał się dla odpoczynku i posilenia się. W czasie postoju dla odpoczynku i posiłku, kiedy dwaj koniuchowie Ałczidaja, Czigidej i Jadir, pojechali każdy w swoją stronę, żeby popaść konie na trawie, zobaczyli kurz wznoszony przez nieprzyjaciela, który posuwał się za nimi południową stroną Ma'u Ündür wzdłuż Huła'n Burukat. Przygnali tedy swoje konie ze słowami: – Nieprzyjaciel nadchodzi!".

Niedaleko za miastem droga zaczęła się wspinać na przełęcz Ulaan dawaa. To było prawie dwa tysiące metrów, więc grzał się silnik i co jakiś czas musieliśmy stawać. Wiał wiatr. Wjeżdżaliśmy na Ałtaj. Na postojach, nie czekając, aż silnik ostygnie, ruszałem przed siebie. Wyżej i wyżej. Wypatrywałem jakiegoś życia. Leżały tylko szkielety. W górze szybował ptak. Wyjeżdżony szlak splatał się i rozplatał, omijając skały i zapadliska. Z wysoka nasza furgonetka wyglądała jak jeszcze jeden głaz na zboczu. *Tajna historia* to głównie czasowniki i rzeczowniki. Opowieść, która z niczego się nie tłumaczy. Możliwe, że przymiotnik był owocem wątpliwości i nieczystego sumienia. Pomyślałem, że dobrze by było przejść kiedyś ten kraj na piechotę. Żeby nic nie umknęło, żeby go dotknąć w skali jeden do jednego, jakby się szło przez mapę plastyczną naturalnej wielkości. Po prostu. Bo nie ma się co oszukiwać, że się go dotknie naprawdę. To zawsze będzie mapa, ale coraz większa, coraz bliższa skóry. Z ultralekkim namiotem, z puchowym śpiworem, w dobrych butach, ze śladowym bagażem. Jak pieszy jurodiwyj w krainie jeźdźców i szoferów. Tak jak ryski urzędnik pocztowy Konstanty Rengarten sto lat temu. Wtedy na przedmieściach Urgi psy ogryzały ludzkie trupy, ale

Niemiec twierdził, że „niewiele miejscowości istnieje na świecie tak zajmujących dla podróżnika jak Urga". Wędrował bez namiotu, szukał schronienia w jurtach i poznawał życie. „Pierwszym widokiem, jaki ujrzałem, była otyła dama, która obnażywszy się, skrobała całe swoje ciało rogiem krowim osadzonym na kiju".

Szedłem więc w górę z malejącą plamką naszego UAZ-a za plecami i układałem plany powrotu. Właściwie układałem je od samego początku, gdy o szóstej rano jechaliśmy taksówką z lotniska. Wzgórza wokół niegdysiejszej Urgi były złocistobrązowe. Samo miasto wyglądało na wyludnione, a w poprzek ulic kładły się czarne cienie. Już wtedy planowałem powrót.

Lecz tego dnia dotarliśmy do Cagaannuur. Ale najpierw Thulga porzucił wyjeżdżony szlak i pojechaliśmy na skróty. Nad rzeką wśród wysokich trzcin odnaleźliśmy kilka ubogich jurt. To byli znajomi Thulgi. Przyjęli nas herbatą i suszonym serem. Gospodarz nalewał archi z pięciolitrowego plastiku po oleju silnikowym. Ten kumysowy destylat nie miał więcej niż piętnaście procent i smakował lekko skisłą serwatką. Siedzieliśmy na wytartych czerwonych dywanikach. Pod ścianami rosła trawa. Cały ceremoniał, nalewanie, upijanie po łyku, dolewanie, podawanie następnemu, miał setki lat. Wszystko tu było starsze, niż wyglądało, niż można było sobie wyobrazić. Patrzyłem na ich smagłe twarze, na szczupłe ciała ubrane w chińską tandetę. Byli uprzejmi i powściągliwi. Tak samo pozbawieni rezerwy, jak i ostentacji. Mógł tu zajechać szach perski albo król belgijski i nie mieliby problemów z tym, jak się zachować. Po prostu wciąż jeszcze wiedzieli, kim są. A my nie byliśmy dla nich wcale zwiastunami zmian, z tą bezcelową wyprawą, bladą skórą, z butami Salomona, aparatami Pentaxa, z tym kompletnym brakiem uzasadnienia dla własnej tutaj obecności, z całym tym kaprysem. Przyjęli nas tak, jakbyśmy byli dziećmi tej samej przestrzeni, mieszkańcami tej samej opowieści, która trwa od niepamiętnych czasów.

Potem pojechali za nami swoim UAZ-em, żeby sprawdzić, czy damy radę przeprawić się przez wezbraną po deszczu rzekę. I jeszcze przed zmierzchem byliśmy w Cagaannuur.

Rozbijaliśmy namioty na lodowatym wietrze i w półmroku. W dole tliły się żółtawe światła kazachskich lepianek. Przejście było już zamknięte i mieli je otworzyć rano. Piliśmy na stojąco herbatę i lękaliśmy się chłodu nocy. Zaczynał się wrzesień. Graniczna przełęcz leżała na wysokości dwóch i pół tysiąca metrów. Pojedyncze kulki gradu uderzały o tropik. Włożyliśmy na siebie wszystko, co mieliśmy w plecakach. Robiło się ciemno i nie mieliśmy już nic do roboty. Wtedy o kilka metrów w mroku przesunęła się jasna plama. To było zwierzę. „*Eto argali*", powiedział szeptem Thulga.

Wielki krętorogi samiec dzikiej owcy szedł spokojnie przez środek naszego obozu. „*Eto choraszo?*", zapytałem. „*Da, oczeń choraszo*", odpowiedział Thulga z radosnym napięciem w głosie. Po chwili dobry zwierzęcy duch zniknął w ciemności.

Wstałem o świcie, gdy tylko trochę światła przeniknęło do namiotu. Wstałem, ale nie byłem pewien, czy w ogóle spałem. Wyszedłem w lodowaty poranek. Niebo było szare i ciągnęły po nim szybkie chmury. No więc nie byłem pewien, czy spałem, czy całą noc rozmyślałem o kraju, który mieliśmy dzisiaj zostawić. A może śniły mi się własne myśli. Nie wiem. Poszedłem w górę nagiego zbocza. Byłem sam. Grzbiet za grzbietem, szczyt za szczytem, na wschód jak okiem sięgnąć absolutnie sam. Zza ostatniej grani przeświecało matowe srebro wstającego dnia. Ten kraj wchłaniał i myśli, i spojrzenia. Nie zostawało nic. Nagi szkielet. Ptaki zataczające w górze powolne kręgi. Wszystko wsiąkało w tę przestrzeń bez śladu. Przepadało każde życie, stając się jednocześnie czymś większym, czymś, czego nie potrafiłem nazwać, ale wiedziałem, że jest. W każdym razie wtedy. W Cagaannuur tego dnia, gdy opuszczaliśmy kraj, a w południe na opustoszałym przejściu, gdzie było biało od gradu. W Cagaannuur, skąd do rosyjskiego posterunku w Taszancie było czterdzieści kilometrów niczyjej ziemi.

Gdy z Mongolii wjechaliśmy do Rosji, od razu zrobił się asfalt. Zresztą ta granica była dość dziwna. Staliśmy cztery godziny pod żelazną bramą. Brama oddzielała posterunek od pustkowia. Od niczego. Od nagich kamienistych wzgórz bez końca. Czasami podchodził żołnierz, otwierał i wpuszczał. Jakaś taka warownia. Ale to pewnie tak miało być, że się panuje nad tą nicością. Czysta idea zrobiona z drutów, żelaznych rurek, siatki, i ten młody żołnierz czasami podchodził, otwierał i wpuszczał samochód albo dwa. Pięć aut przez cztery godziny. Jakaś terenówka z bezczelnym Mongołem z Ułan Bator, który się wepchnął na początek. Zajeżdżone na amen koreańskie furgonetki Santana pełne Kazachów i dywanów. Drewniany sraczyk. Kobiety w długich sukniach kucały obok. Wiało lodowatym. Wsiadałem i wysiadałem. Pierwszy raz od lat zachciało mi się palić. Zazdrościłem kierowcy tego zaciągania się na zimnym wietrze, w tej nadmiernej przestrzeni z horrendum płotów i bram.

Tam w głębi coś niby się działo, jakieś wyładunki, kipisz, ściąganie z dachów pak, tych zrolowanych dywanów i noszenie tego przez szklane drzwi do środka. Dzieciarnia też nosiła, brzdące pięcioletnie i strasznie zadowolone z tego targania. Ale to wszystko było neurotyczne i urywane. Zaczynało się i zamierało. I w tym majestacie, w tej nieruchomości pejzażu wyglądało dziwnie.

W końcu wjechaliśmy i my i od razu zrobiło się nerwowo. Trzeba było chwytać bagaże i się tłoczyć. Za nami już nikogo, ale jakiś przymus, żeby się poddać presji. To „*skorieje*" wisiało w powietrzu. Nasz kierowca, maleńki Kazach, który ledwo sięgał do pedałów, musiał mieć jakiś układ z mundurowymi, bo przepychał swoich pasażerów przez rozpirzony towar innych furgonetek, przez pobojowisko czemodanów i tobołów. Dzieciarnia fikała wśród środkowoazjatyckich larów i penatów radosne koziołki. Zapędzili nas w ciasny korytarz z prześwietlaczem, takim jak na lotnisku, i kazali przepuścić bagaże. Było tak ciasno, że nie dało się obrócić. Na zewnątrz miliony pustych hektarów, a tutaj jak w łodzi podwodnej. Pomyślałem idiotycznie, że zaraz skonfiskują mi nóż, który miałem w plecaku, że cały kraj po tamtej stronie jest jak wielki samolot albo okręt i że boją się obcych, więc odbierają noże, zapalniczki, aparaty fotograficzne, książki wydrukowane łacinką, notesy, wszystko. A potem przyszło mi do głowy, gdy już było po tej rozpaczliwej kontroli i wychodziliśmy z powrotem w chłód, że w takim wielkim kraju to jednak wszyscy jakoś są obcy. Bo przecież nie da się tego zamieszkać po ludzku, oswoić, być stąd. Albo musieli mieć na to jakiś sposób nieznany innym ludziom.

Poszliśmy w stronę budek, gdzie siedzieli ci od paszportów. Wsunąłem dłoń przez uchylone okienko. W środku było gorąco.

No i zaczął się prawdziwy asfalt z białą przerywaną linią pośrodku. To był Trakt Czujski. Jechaliśmy do Kosz-Agacza, ponieważ spodobała nam się nazwa. Jechały z nami Ałtajki. Były handlarkami. Bały się, że Mongołowie wybudują asfaltowe drogi przez swój kraj, że nadciągną Chińczycy i wszystko się skończy. Ale na razie szosa była pusta. Trochę jakiegoś żelastwa leżało tu i ówdzie na poboczu. Zniknęły zwierzęta. Nazwa „Kosz-Agacz" była piękna, a poza tym chciałem spędzić parę dni przy granicy. Chciałem zobaczyć, jak kończy się ten kraj, który znałem od dzieciństwa. W którego cieniu żyłem. Wznosił się na horyzoncie jak postawiony na sztorc kawał lądu, jak ułamek kontynentu zatknięty niczym nagrobek. Szary, zimny i odległy. Znałem go od dzieciństwa, lecz nigdy wcześniej nie przeszło mi przez myśl, by się tam wybrać, by zrobić chociaż krok w jego stronę. Tak bardzo był obecny. Jego niewidzialne istnienie przesycało powietrze. Teraz to pamiętam. Nie było ucieczki. O czymkolwiek by się pomyślało, tamto i tak było większe. Można sobie było rozmyślać o Francji, Europie, Ameryce, ale ucieczka od przeznaczenia wydawała się niemożliwa, bo przecież nie dało się wydobyć z uścisku geografii, nie dało się zmienić miejsca narodzin. Tym bardziej że i Francja, i Europa miały ten geograficzny potrzask w dupie. To był dla nich Wschód, a Wschód po prostu zasługiwał na to, co dostawał. Chciałem zostać parę dni w Kosz-Agaczu, ponieważ interesowało mnie własne dzieciństwo. Dopiero teraz mogłem sobie wszystko obejrzeć dokładnie. Drugi koniec mapy czterdzieści lat później. Mały kierowca wysadził nas w środku osady pod zrujnowanym budynkiem. „*Eto gostinica*", powiedział i odjechał. Wyszedł Siergiej i powiedział, że bierze trzysta rubli za noc. Był szczupły, niewysoki, ciemnowłosy. Uśmiechał się nieśmiało. Zaraz potem okazało się, że to nie ruina, tylko rozbudowa. Wyryty był rów pod fundament, zwieziony żwir i stała betoniarka na korbę. Co przypominał ten budynek? Stary statek na lądzie, gdy po horyzont nie widać żadnych wód. Przez szerokość piętra ciągnęła się oszklona weranda. Weszliśmy po zewnętrznych żelaznych schodach. W środku panowała schludność i ubóstwo. Rzeczy i sprzęty bez wyrazu stały i leżały na swoich miejscach. Gazowa kuchenka, zlew, cerata, coś tam obtłuczone, wyszczerbione, ale wciąż cicho i heroicznie użyteczne. Łazienka z przyżółconym brodzikiem i różową muszlą przykrytą niebieską deską z cienkiego plastiku. Po to tu dojechałem, na skraj mapy, żeby patrzeć na te rzeczy. Żeby odnaleźć detale, szczegóły tego niezmierzonego cielska zaległego między oceanami. Okno pokoju wychodziło na podwórka. Domy były parterowe, więc widok rozciągał się aż po białe góry na horyzoncie. Paręnaście obejść dalej stał meczet z pomalowanych na zielono desek. Jego minaret ledwo wystawał ponad dachy chałup. Obity srebrną blachą przypominał cerkiewną kopułę. Wieś niemal cała była z drewna. Hotel nazywał się Tranzit. Siergiej pokazał nam knajpę. Też należała do niego i nazywała się tak samo jak hotel. Baraczek otynkowany gliną stał na skrzyżowaniu dróg. Rano i w południe jadłem gryczaną z gulaszem. W środku było jak w naszym hotelu: ascetycznie, staro i czysto. Tak, to przypominało dzieciństwo, ponieważ ubóstwo uruchamiało wyobraźnię. Drewno, cerata, biały fajans, porowate aluminium. Wszystkiego było mało, dlatego tak łatwo uciekało się w marzenia. Materia nie stawiała oporu umysłowi i można było zrobić tę rewolucję. Po prostu nic do stracenia. Aluminiową łyżką jadłem gulasz wołowy z kaszą gryczaną, a potem wychodziłem na zewnątrz, żeby popatrzeć, jak z głębi państwa nadjeżdżają samochody. UAZ-y i koreańskie santany. Czasami autobus z wystającym jak u ciężarówki nosem. Czasem japończyk z kierownicą odwrotnie. Nie było tego wiele. Zaraz znikały bez śladu we wnętrzu kraju. Do Nowosybirska było osiemset osiemdziesiąt siedem kilometrów. Siedziałem i wyobrażałem sobie tę odległość. Kilometr po kilometrze, zakręt po zakręcie, jeden Kosz-Agacz po drugim. Jak w jakimś różańcu, jak w medytacji, od której pejzaż się rozkrusza, tleje przestrzeń i coś ma się wreszcie odsłonić. Jak w dzieciństwie, gdy z umysłu znikały wszystkie myśli i zostawało czyste, nagie zapatrzenie w głąb letniego dnia. No więc to nie była żadna rewolucja materialistyczna. Ona była antymaterialistyczna, to był zamach na widzialne oraz dotykalne. To miało zniknąć i już nigdy nie przeszkadzać, nie oddzielać od nicości. Od próżni, w której wyobraźnia może nieskończenie pęcznieć. Podszedł udręczony mieszkaniec. Nie musiał nic mówić. Dałem mu szaroburą dziesięciorublówkę. „Tu Czyklin wyszedł na wysoki ganek i zgasił lampę aktywisty; świeży śnieg rozjaśniał noc i bez nafty. – Dobrze wam teraz, towarzysze? – spytał Czyklin. – Dobrze – odpowiedziano z całego Orgobu. – Już niczego nie czujemy. Tylko proch w nas został. Woszczew leżał z boku i nijak nie mógł usnąć bez spokoju prawdy wewnątrz swojego życia. W końcu wstał ze śniegu i wszedł pomiędzy ludzi. – Witajcie! – powiedział uradowany do kołchoźników. – Jesteście teraz tacy jak ja. Bo ja też jestem niczym. – Witaj! – powiedział kołchoz, ciesząc się z jednego jeszcze człowieka". Siedziałem przy

Sowieckiej 78 i patrzyłem na niebieskie santany z wielkimi pasiastymi worami na dachach. Zatrzymywały się w środku osady i ludzie wychodzili zapalić, rozprostować kości. Potem odjeżdżali. Powietrze Ałtaju zamykało się za nimi, jakby ich nigdy nie było. Obżarty kaszą gryczaną oddawałem się medytacji. Tej wiosny spędziłem dwa tygodnie w Ameryce. Między Nowym Jorkiem a Chicago obiecywałem sobie, że to dopiero początek i że na pewno tu wrócę, by przejechać wzdłuż i wszerz ten szalony kraj, który zniewala i wabi wszystkie plemiona świata. Wystarczy przejechać się czwartą, piątą albo szóstą linią w czeluściach Manhattanu, by się o tym przekonać. A teraz siedziałem przy Sowieckiej 78 i patrzyłem, jak unosi się kurz. Manhattan oddalił się i powrócił na swoje miejsce. Siedziałem na skraju Trzeciego Rzymu i patrzyłem na chude bydło powracające z pastwisk. Powietrze pachniało suchym nawozem i niskooktanową benzyną. Wiedziałem, że nie wrócę na Manhattan. Nie wydam grosza ani nie poświęcę dnia, by się tam znaleźć. Byłem luzerem i kochałem schyłek. Podobała mi się klęska na kosmiczną skalę. Siedziałem pod knajpą Tranzit i patrzyłem, jak Trzeci Rzym przykłada ucho do stepu, nasłuchując Chin. Mrówczego, skrzętnego chrzęstu. W Czycie na dworcu widziałem poczekalnię dla Chińczyków. Siedzieli potulni wśród kraciastych tobołów. Pilnowała ich policja. Wyjść mogli tylko do pociągu. Jedli swoje zupki, pili swoją herbatę.

Ale ilu handlarzy może upilnować policja? Miliona? Dwóch milionów? Przecież nie miliarda. Mieli nadejść i wypełnić tę przestrzeń, wydawałoby się niewypełnialną. Nasycić ją ludzkim mięsem, żeby przestała przypominać kosmos albo wieczność. Mieli to zaludnić i zmienić w rojowisko wymiany i zysku. Starym mercedesem podjechał czterdziestoletni Czeczen. W aucie siedziały dwie kobiety. Wdał się w rozmowę z Siergiejem. Po pięciu minutach mówili już tylko o tym, że kiedyś było lepiej. Po piętnastu, gdy kobiety, nie wysiadając z auta, wypiły herbatę, ruszyli na południe w stronę mongolskiej granicy. Tak, kiedyś było lepiej i już nigdy nie będzie. Najpierw wtedy, gdy szli na wschód, a ziemia wydawała się bezkresna i niemal bezludna. Kozak Jermak mógł się czuć jak praojciec nadający imiona napotkanym miejscom. Stroganowowie dostali od Iwana Groźnego terytoria wielkości półtora Beneluksu i praktycznie bezludne. Tygodniami przez tysiące kilometrów można było wędrować i spływać rzekami, nie spotykając nikogo. Czterysta lat po Jermaku i Stroganowach rozkładam mapy północnego Wschodu i jest na nich w zasadzie tylko zieleń poprzecinana żyłkami błękitu. Atlas samochodowy, który sobie przywiozłem, nie obejmuje jednej czwartej kraju, ponieważ nie ma tam ani samochodów, ani dróg. Jednak już nigdy nie będzie tak jak kiedyś. Ponieważ gdy skończyli z przestrzenią, gdy już zamknęli kontur nieskończonych ziem, zaczęli majstrować z czasem. „Zdjąwszy z siebie pikowany waciak, Czyklin rozzuł jeszcze nogi i chodził po podłodze w skarpetkach, uspokojony i zadowolony z tego, że nikt nie odbierze teraz Nastii jej udziału w światowym życiu; że bieg rzek uchodzi w morskie odmęty i ci, którzy odpłynęli na tratwie, nie powrócą nigdy, aby męczyć młociarza Miszę; i że owi bezimienni ludzie, po których pozostały tylko łapcie i ołowiane kolczyki, nie będą musieli wiecznie smęcić się w ziemi, choć co prawda nie mogą z niej wstać. – Pruszewski – powiedział Czyklin. – Jestem – odrzekł inżynier; siedział w kącie, oparty tam plecami i obojętnie drzemał. – Pruszewski, powiedz, czy osiągnięcia wysokiej nauki będą w stanie wskrzesić z powrotem zmarłych? – Nie – powiedział Pruszewski. – Kłamiesz – powiedział z wyrzutem Żaczew, nie otwierając oczu. – Marksizm wszystko potrafi. Jakże w takim razie Lenin leży w Moskwie w całości? Czeka na naukę, bo chce zmartwychwstać".

Poszliśmy główną szosą, by zaraz za mostem porzucić ją i wejść między opłotki. Wszystko było z szarego drewna. Z desek wytrawionych pogodą. Znękane i wystawione na wiatry znad Ałtaju, Gobi, Takla Makan, z wnętrza suchych ziem. Jakby patyki powtykać przeciwko kosmosowi. Ale trwało i psy wypełzały spod furtek, by nas obszczekać. W zielonych bajorach leżał szary plastik. Droga wiła się pomiędzy ostatnimi domostwami. Czuć było zapach żywicy. Świeżo przetarte deski leżały na stosie i czekały na swoją kolej. Czekały, aż ta nieskończoność powoli zacznie je unicestwiać, gdy tylko uformują się w płot albo dom. W oddali za ostatnimi chałupami stała samotna jurta. To był jedyny sposób, żeby dać sobie radę z tą przestrzenią: przenosić się, poddawać, spływać z nią w otchłań, przelewać się przez groble równoleżników i południków. Te domy były tragiczne. Jakby sama natura je tu cisnęła, zaryła w ziemię, by potem wolno, nieubłaganie zetrzeć na szary pył. Nie było żadnej rewolucji, bo zanim się zaczęła, już została skradziona. Z nieba, z kosmosu i z wieczności ściągnięta na ziemię i ciśnięta w pył jak domy w Kosz-Agaczu. Dlatego Kosz-Agacz nie dostąpił zbawienia i tkwi jak tragiczna garść chrustu na przekór otchłaniom. Mój egzemplarz *Wykopu* przebył, lekko licząc, dwadzieścia tysięcy kilometrów. Skromne wydanie z 1990 roku z reprodukcją obrazu Hieronima Boscha na okładce. Jak na takie odległości, stepy i pustynie nawet nieźle się trzyma. Musiałem go tylko posklejać szarą taśmą techniczną, którą można naprawić pęknięte przewody w silniku i rozłażącą się karoserię. Czytałem go w samolotach, w pociągach, na dworcach, przy ognisku. Wyobrażałem sobie, że gdy zabiorę go w te strony, historia nabierze właściwego ciężaru. Stanie się jakimś rodzajem prawdy podobnym do rzeczywistych zdarzeń. Chciałem mieć Płatonowa przy sobie, gdy będę na to wszystko patrzył. Ponieważ wiedziałem, że jestem zbyt głupi, zbyt przywiązany do własnych i cudzych sądów. Gdyby nie on, nigdy bym się tutaj nie wybrał, ponieważ nie wiedziałem wcześniej, że chodziło o unieważnienie kosmosu. O zbawienie Kosz-Agacza. O zasypanie tej mogiły, którą był świat, ponieważ zmarli mieli powstać aż po najstarsze pokolenia, do Ewy i Adama, a żywi już nie umierać. Tak miało być. W to wierzył ślusarski syn spod Woroneża i potem oglądał klęskę największego zamierzenia w dziejach. Dlatego w końcu tu przyjechałem. Dlatego teraz, w Środę Popielcową, próbuję to opisać. Ten kataklizm, w którym ludzka energia przez chwilę, a może tylko w Płatonowowskiej wyobraźni, osiągnęła moc żywiołu z początków stworzenia i wszystko, łącznie z odwróceniem praw kosmosu i wskrzeszeniem, stało się możliwe. Gdy wyszliśmy już dość wysoko, zobaczyliśmy bezmiar Azji i Kosz-Agacza jak garść strużyn rozsypanych pod obojętnym, pięknym niebem. Był bez szans. Tak jak wszyscy. Popielec. Mój Boże, ta smętna, duchowa nędza kałmuckich i osetyjskich nieudaczników i oprychów. Ich pomysły dla świata, żeby go zelektryfikować i potem przy żarówkach szczuć biednych na bogatych, głupich na mądrych, brzydkich na ładnych, młodych na starych. Elektryczność i nienawiść. Co to miało wspólnego z rewolucją? Nic. To był tylko szaber na globalną skalę, z którego Kosz-Agacz dostał ochłap, strzęp zamiast nieśmiertelności. Zamiast wyzwolenia z kołowrotu narodzin i śmierci zakurzone skrzyżowanie dróg wiodących ku granicom, których pilnuje strach i rekruci w rozdeptanych butach. No więc gdyby nie *Wykop*, nigdy bym tu nie przyjechał i nie wspinał się na stoki Kurajskiego chriebietu, by popatrzeć z góry na człowiecze siedziby. Sto sześćdziesiąt stron opowieści o upadku przywodzącym na myśl jakieś drugie, rozpaczliwe Genesis. Gdy latem wylądowałem w Bracku, zobaczyłem, jak szary deszcz pada na stary beton, na rdzę, na spękane szkło. W jednej chwili, w przedziwnym, jasnym błysku pojąłem, że widzę ślady klęski. Lecz wcale nie tej, o której przywykliśmy rozprawiać z wyższością, satysfakcją i wzgardą, że oto ruski komunizm upadł, ten wynalazek dzikich i niedomytych rozpadł się w proch, i to dzięki nam, dzięki naszemu odwiecznemu pragnieniu wolności. Bo my załapaliśmy się tylko na resztki. Kiedy w Bracku deszcz padał na pokruszony beton, na zardzewiały metal i na poszarzałe szkło, pojąłem, że tutaj, w tym kraju, wszystko jest przesiąknięte klęską na skalę, o której nie mamy pojęcia. Wyobrażaliśmy sobie jakąś zabytkową, staroświecką rewolucję, w której jedni zabiorą drugim, zlikwidują własność oraz zbędną część społeczeństwa. Oglądaliśmy upadek, biorąc go za zwycięstwo. Tymczasem ci, którzy znali prawdziwy sens, wiedzieli, że szło o unieważnienie materii, o jej przekroczenie. Materializm był tchórzostwem. Chodziło przecież nie o jakieś dziecinne zniesienie własności, ale o zniesienie jej przedmiotu. Różnicująca, dzieląca ludzi materia miała odejść w przeszłość pomiędzy wszystkie minione zabobony. Nie wiem, dlaczego pojąłem to w Bracku, gdy samolot zatrzymał się na mokrym, spękanym betonie. A raczej zacząłem przeczuwać. Z Płatonowem w bocznej kieszeni spodni. I potem w Kosz-Agaczu, w Krasnokamieńsku, w Zabajkalsku, w Ongudaju, gdzie nie chcieli nas w żadnym hotelu, i w Nowosybirsku, gdzie przez trzy dni padał zimny, czarny deszcz. I teraz, w Popielec, gdy to wszystko piszę.

Po południu w niskim drewnianym sklepie dziewczyna zapytała nas o pieniądze. O monety z dalekiego świata. Siedziała przy kasie. Wiotka, blada, cicha. Niby zjawa na tej wietrznej prerii. Zbierała bilon. Metalowe krążki z literami w obcym alfabecie. Poszliśmy do hotelu Tranzit. O. przyniósł euro, a ja złotówki. Próbowaliśmy tłumaczyć walutowe zawiłości zjednoczonego kontynentu, ale ona obracała monety w palcach, jakby to były okruchy dalekich stron, w których zachowały się obrazy miast, domów, ludzi i zwierząt. O. powiedział, że mieszka w Berlinie. Uśmiechnęła się ni to do nas, ni to do swoich myśli i powiedziała trochę pytająco: *„Eto berlinskije diengi…"*. Niewykluczone, że widziała Berlin, tak jak w dzieciństwie widywało się dalekie kraje, na monochromatycznych, niepozornych znaczkach pocztowych. Były jak okna otwierające się na bezmiar nieznanego i pięknego. Kupiłem wódkę i wyszliśmy. Na wielkim wygonie wokół pomnika Lenina wiatr gonił kurz i dreptały kozy. Ludzie siedzieli gdzieś pochowani przed tymi podmuchami bezkresu. Tylko my się snuliśmy i kozy za nami. Jeszcze do tego sklepu, do tamtego, żeby sprawdzić realia. Wszystkiego było więcej niż w Mongolii. Pełne półki. Dobrobyt. Plastik, folia, aluminium, kolory. Wszystko cyrylicą i trzeba się było trochę domyślać, więc tajemniczo jak w Sezamie. Pod niskimi sufitami rozsiadłych chałup, pośród tego wytrawionego pogodą drewna, z tym pyłem znad Gobi w powietrzu. Przyroda, przyroda, trochę desek, belek, domy wynurzające się z tej przyrody dyskretnie i prawie naturalnie i raptem ten rozpirz barw, połysków i mamień. Jakby ktoś zaczerpnął garść i rzucił na pocieszenie. Opakowania. Jakoś tak pornograficznie to wyglądało. Taki bezwstyd wśród harmonijnych stepowych odcieni smużących się po horyzont. I zarazem rozpaczliwie, bo towar od towaru o dziesiątki, o setki kilometrów, a pomiędzy tylko ta pustka, kompletna antytowarowość, nicość nie do wypełnienia cynfolią, pozłotkiem, podażą i dystrybucją.

No ale miałem swoją wódkę i poszedłem ją pić. Smakowała łagodnie i lekko. Jak podszyta czystym powietrzem. Gdzieś z tyłu, za ścianą, za Kosz-Agaczem zachodziło słońce. Nad dachami z eternitu w oddali widziałem szczyty Ałtaju. W ostatnim blasku dnia były czarnozłote. W pokoju obok słyszałem męskie głosy. Z korytarza snuł się zapach smażonej ryby. Piłem wódkę, która smakowała jak zimne powietrze, i przypominała mi się przeszłość. Przypominał mi się nieustanny schyłek, w którym brałem udział. Sześćdziesiąte, siedemdziesiąte lata. Rzeczywistość wyglądała na zużytą, znękaną. Nawet komunizm dostaliśmy nadpsuty. Przysłali go tutaj, gdy już było wiadomo, że nigdy nie zadziała, że jest truchłem, które można jedynie podłączyć do prądu i wprawić w drgawki. Martwota wisiała w powietrzu. Jak nad jakimś wysypiskiem. Jeszcze nie wywietrzał odór palonych ciał, a już mieliśmy trupa wszechświatowej rewolucji. Ochłap. Tak jakby naszym powołaniem było oglądanie globalnych klęsk. Dlatego byłem w Kosz-Agaczu, w oknie z wieczornym widokiem na Ałtaj, z wódką. Syn swojego kraju.

Pojechać do Murgobu, tak myślałem, żeby zobaczyć, jak z Sinciangu jadą chińskie ciężarówki. Przejeżdżało kilka, może kilkanaście dziennie. Prócz zapasowych kół wiozły po kilka zapasowych opon przypiętych pasami do naczep. Zza przyciemnianych szyb ledwo było widać twarze kierowców. Ale trzeba mieć jakiś powód, żeby jechać. Wcześniej, w Kirgistanie, na szosie do Osza też było ich wiele. Wiozły stal zbrojeniową, cement, betonowe i stalowe elementy wiaduktów, mostów i estakad na budowę kirgiskich dróg. Tutaj jechały tylko kontenery i trzeba się było domyślać, co wiozą. A wiozły zapewne wszystko, co było ludziom potrzebne w tej części świata. Siedziałem na wzgórzu przed domem w Murgobie i patrzyłem, jak jadą. Wyobrażałem sobie, co mają w środku. Te wszystkie rzeczy wyprodukowane na Wschodzie w ilościach i odmianach przypominających nieskończoność. Patrzyłem, jak ciągną przez Murgob, w którym nie było prawie nic. Ciepła woda mineralna Dżalalabad i ciepłe piwo Baltika, bo bez przerwy brakowało prądu i nawet nie wiem, czy mieli lodówki. Ale nie przeszkadzało mi ciepłe piwo. I tak było chłodniejsze niż powietrze o ósmej rano. Wstawałem o świcie, piłem kawę, liczyłem ciężarówki i czekałem, aż zbudzi się reszta.

Murgob z sześcioma tysiącami mieszkańców był dziurą na skrzyżowaniu wyboistej żwirówki zwanej Pamir Highway i jej chińskiego odgałęzienia. Do miasta Chorog było trzysta kilometrów, do kirgiskiego Osza coś koło tego, do kitajskiej granicy setka, ale tam też były tylko nagie góry i Takla Makan. Po drodze przełęcze na ponad cztery tysiące i parę wsi – jeszcze większych dziur niż Murgob. Ale postanowiłem tu przyjechać, gdy tylko przeczytałem i wymówiłem głośno tę nazwę. Murgob. Jak Maghreb. Coś takiego. To wystarcza. Chociaż nigdy nie byłem ani nie chciałem znaleźć się w Maghrebie. Tak to działa. Polega na dźwiękach i wyobrażeniach. Czytasz, wymawiasz na głos i jedziesz. Po drodze coś tam jest, piękne rzeczy, krajobrazy, zielone pastwiska Kirgistanu z tabunami koni i białymi jurtami, jeziora, szmaragdowe rzeki, srebrne strumienie, Kotlina Fergańska jak rajski ogród pełen morelowych sadów, winnic i pól ryżowych, ale mijasz to wszystko niejako po drodze. Po drodze do Murgobu. Żeby siedzieć z kubkiem kawy na schodkach białego domu z płaskim dachem i błękitnymi drzwiami i patrzeć, jak budzi się osada. Nasłuchiwać wysilonego terkotu starego motocykla. A gdy umilknie, blaszanego, nieregularnego szczęku, nierozpoznawalnego, dopóki pamięć nie wydobędzie wspomnienia odgłosu, jaki wydaje pusta taczka na wybojach. Taczka? O świcie? W odległości kilometra i niewidzialna, skryta w labiryncie glinianych zaułków? Tak. W końcu zjawiła się w dole, w oddali, w jakimś prześwicie. Azjatycka taczka o dźwięku identycznym jak ten zapamiętany z dzieciństwa czy młodości z jakiejś pracy na budowie. Po to przyjeżdża się do Murgobu. Żeby odnajdywać podobieństwo dźwięków. Gdyby ktoś pytał.

Jednak nie piłem kawy od świtu. Nie było skąd wziąć wrzątku, bo wszyscy spali. Dopiero potem matka Eralego rozpalała w piecu saksaułowym chrustem. Więc nie piłem, tylko myszkowałem po obejściu, żeby popatrzyć na ich życie: przyjemna, obszerna wygódka z dwiema dziurami obok siebie, za ścianą łaźnia z ogrzewanym chrustem baniakiem na ciepłą wodę, dalej komórka z chlebowym piecem. Za glinianym domem, pomalowanym tylko od frontu, był jeszcze żelazny zbiornik na wodę, którą przywoził za pieniądze beczkowóz. W zimie mieli tylko niewielką beczkę wewnątrz domu. I to było wszystko. Jeszcze sznur ze schnącym praniem i kilka wątłych krzewów szczelnie ogrodzonych drutem kolczastym przed wałęsającym się bydłem i owcami. Podlewali i czekali aż osiągną dwa, trzy metry i dadzą trochę cienia. W całym Murgobie widziałem jedynie kilka domów, przy których rosło coś trochę wyższego od człowieka. Oni, cała rodzina, pięć czy sześć osób, mieszkali obok, w domku trzykroć mniejszym od naszego. Nic tam nie było poza piecem i posłaniami na podłodze. No ale płaciliśmy siedem dolarów za noc od głowy, więc nam się należało. Tak pewnie uważali. Tylko Erali przychodził wieczorem i kładł się przy wejściu na twardym tapczanie, który służył nam do siedzenia podczas posiłków. Kasłał w nocy. Myślę, że przychodził nas strzec.

Któregoś dnia poszliśmy na drugą stronę rzeki. Nazywała się Aksu. Płynęła wśród żwirowisk. Na tamtym brzegu nie było nic, tylko ten żwir, najpierw płaski jak stół, a potem zaczynały się szarożółte góry. Ale szliśmy po płaskim, bo brakowało nam tchu, gdy tylko zaczynaliśmy podchodzić. Serce biło mi szybciej. Jak okiem sięgnąć nie było cienia. Słońce sunęło po niebie sennie i bezlitośnie. Nie było drzew, nie było chmur. Powietrze wibrowało. To było tylko jakieś trzy i pół tysiąca metrów, ale powietrze już rzadsze i nie dawało ochrony. Wypatrzyłem kamienną wieżę w oddali. Poszliśmy w tamtą stronę. Żeby mieć jakiś cel na tym pustkowiu i żeby się schronić. Wieża była w tym samym kolorze, co reszta, więc równie dobrze mogła stać o kilometr albo i o pięć. Ale doszliśmy. Kanciasty budynek z cegły z powyrywanymi okiennicami i betonową podłogą, ale nigdzie nie było nasrane. Za to wszędzie leżały łuski. Dziesiątki, setki, pewnie tysiące łusek: 7,62 od AK 47, 5,45 od AK 74 i 7,62 × 54 pewnie od goriunowa. Rdza już je przeżarła. Gięły się w palcach i pękały. Wyglądało to tak, jakby stali w oknach i strzelali na wszystkie strony. Jakby ćwiczyli obronę oblężonej twierdzy. Może przygotowywali się do Afganistanu, który był przecież całkiem blisko. Nie tak jak Chiny, ale zawsze. Siedzieli w kamiennej wieży na pustyni i próbowali odpędzić wymyślonego wroga. Zostały tysiące łusek wypełnionych piaskiem. Wojsko zawsze zostawia po sobie jakiś syf. Stary beton, rude żelastwo i plamy ropy. Nicość tego dziwnego imperium, które podbijało pustkę, by pozostawić po sobie nicość. W piaszczystych zapadliskach leżały puszki po konserwach. Było ich tyle samo co łusek. Tysiące. Wyglądały jak przygnane wiatrem. Mogło tak być, bo korozja wyjadła z nich cały ciężar. Ważyły tyle co tektura. I nic więcej wokół. Za kilometr czy dwa z równiny podnosiły się góry niczym usypiska z gorącego popiołu. Nie miało wielkiego sensu chodzenie w tej pustce, ale jeszcze w kraju obiecałem sobie, że sprawdzę, jak to jest, gdy nie ma cienia i nie można się schronić. Tak sobie obiecywałem: obojętnie dokąd, byle w te strony i żeby było wysoko, sucho i gorąco. I żeby nic nie było.

Żadnych zabytków, żadnych starożytności, żeby nie oglądać i się nie zastanawiać. Żadnej Buchary, żadnej Samarkandy, żadnego sensu, tylko gołe życie w tym rozrzedzonym powietrzu. O to mi chodziło. O wyrazistość bytu. Żeby patrzeć na postimperialną rdzę i na to, jak z tej rdzy wysypuje się piasek. To mi wystarcza, jeśliby ktoś pytał, i po to można się wybrać pięć albo sześć tysięcy kilometrów.

Pod glinianymi murami leżały psy. Były raczej niczyje, więc nikt ich nigdzie nie wpuszczał. Wychudzone i skołtunione leżały w resztkach cienia. Słońce szło w górę i ten cień, najpierw obszerny, powoli zamieniał się w pasek, potem w kreskę i w końcu znikał. I one leżały coraz węziej, ciaśniej, podkulały łapy, żeby się zmieścić w chłodzie, który przecież i tak był gorący. My też przysiadaliśmy w tych psich miejscach po paru godzinach na płaskowyżu za rzeką. Musieliśmy przejść całą osadę. Siadaliśmy co jakiś czas, podciągając kolana pod brodę. Zaraz przylatywały muchy. Stary ził wiózł wysoką pod niebo kopę sakasaułowych krzewów. Poza tym nic nie jechało. Skończyły się chińskie ciężarówki. Do najbliższego miasta było trzysta kilometrów. Woda w butelkach miała smak ciepłego metalu.

Nie wiadomo, po co się wyjeżdża. Wszystko jest zbyt męczące, by nazwać to przyjemnością. Sraczka, udar słoneczny, choroba wysokościowa. W kieszeni stale masz papier i mokre chusteczki. Poruszasz się w nieznanej przestrzeni i zastanawiasz, czy zdążysz. Zastanawiasz się, jak daleko możesz odejść od miejsca, w którym jest coś na podobieństwo kibla. Wieczorem trzęsiesz się w śpiworze, jakbyś miał grypę, ale to od słońca. Serce bije szybkim, podskórnym rytmem i nie można spać, bo wjechałeś na te cztery tysiące metrów na łeb na szyję, bez przygotowania. Wszystko, co widzisz, cały ten nadprzyrodzony i przedwieczny Pamir, przesłonięte jest zmęczeniem, cielesnością. Własne, ale nieco obce ciało odgradza od cudowności świata. Tak. Oprócz bagażu dźwigasz ciepłe mięso. Im dalej od domu, tym cięższe. Trudno o nim zapomnieć. Przypomina, domaga się w dzień i w nocy. Można napić się koniaku Biszkek, ale tak wysoko słabiej działa i tylko powiększa bezsenność na kolorowych dywanach. Któregoś wieczoru, może po tym płaskowyżu za rzeką, poszedłem do łaźni. Byłem ledwo żywy. Łaźnia miała wielkość dwóch wychodków. Na cementowej podłodze stał baniak z ciepłą wodą i drugi z zimną. Na drewnianej ławie leżał czerpak i stało wiadro. Pomieszałem zimną i gorącą. Zacząłem się polewać. Ledwo żywe ciało i skórę spiekłą od soli, którą sama wydzielała w upale. Zaznałem w życiu wielu przyjemności, ale to była jedna z większych.

Wystarczyło pół wiadra wody przywiezionej za pieniądze Bóg wie skąd i trochę saksaułowych patyków zebranych na pustyni. W łaźni było okienko. Wychodziło na wschód, za rzekę, na góry. Nad górami wschodził księżyc. Była pełnia. Podnosił się srebrny i wielki, jakby wyruszał z Sinciangu, jakby wstawał z Chin. Nie wiem, po co się wyjeżdża. Żeby usłyszeć o poranku turkot blaszanej taczki? Żeby z okienka łaźni jak dwa sraczyki zobaczyć księżyc na Ujgurem? Że nie Buchara, nie Samarkanda, tylko to? Niewykluczone.

Tokmok. Kemin. Toruajgyr. Czołponata. Grigoriewka. Korumdu. Kuturgu. Tüp. Kyzyłsuu. Darchan. Tamga. Tosor. Bökönbajew. Karatałaa. Ottuk. Ortotokoj. Koczkor. Sarybułak. Karaünkür. Naryn. Dostuk. Kułanak. Uczkun. Aktałaa. Akkyja. Dödömöl. Kazarman. Ataj. Dżalalabad. Chanabad. Osz. Gülczö. Kyzyłkorgon. Akbosogo. Sarytasz. Bordöbö. Markansu. Karaköl. Murgob. Można zrobić z tego coś w rodzaju mantry. Czytać w koło: Tokmok, Kemin, Toruajgyr, Czołponata, Grigoriewka, Korumdu, Kuturgu, Tüp, Kyzyłsuu, Darchan… Z Murgobu zaczęliśmy wracać. Chyba trzeciego dnia.

W środku ni to wsi, ni to miasta stał hotel pod zieloną blachą. Dla ludzi Zachodu, którzy jechali Pamir Highway swoimi toyotami i land roverami. Na dachach mieli kanistry. Po pięć, po osiem dwudziestolitrowych zbiorników. Zawartość jednego była warta tyle, ile miesięczna emerytura w Murgobie. Hotel miał być zachodni, lecz przed wejściem, zgodnie z obyczajem, trzeba było zdjąć buty i dalej na bosaka. Kilkadziesiąt par walało się w bezładzie. Wyobrażałem sobie, jak wychodzę pijany i w ciemnościach bez skutku przymierzam kolejne. W jadalni francuscy, amerykańscy, izraelscy i niemieccy globtroterzy powtarzali bezradnie: „*Potatoes, beer, potatoes, beer…*". Kuchenne babuszki w białych czepcach patrzyły na nich spokojnie, nieruchomo, z oddali.

Zaczęliśmy wracać. Tak, po trzech dniach. Trudno było nawet przed sobą udawać, że mamy tu coś do roboty. Albo że wzorem zawodowych podróżników i reporterów poszukujemy prawdy. Nic mnie nie obchodziła prawda ani nawet Murgob. Czułem, jak ciepło i słoneczny blask sączą się przez coraz rzadsze powietrze. Patrzyłem na własny cień, który okrywał skrawek suchej ziemi. Nasłuchiwałem dźwięków, które znałem z innych czasów. Ciekawiło mnie, czy moje istnienie w Murgobie wzmaga się, czy też przygasa. Murgob wchodził przez skórę i odurzał, ale i ćmił jak ból rozprowadzony we krwi.

Choroba wysokościowa nie pozwalała nam spać. Budziłem się o świcie i szedłem oglądać kolory i kształty. Suchy brąz, sypki beż, pylista żółć. Adobe. Płaskie domy wyrastały z ziemi jak wytwór tektoniki. Wyglądały na stare jak świat. Potem wstawało słońce i czarne, ostre cienie padały na piasek. Znowu czekałem, aż zbudzi się gospodyni. Przy pożegnaniu byliśmy wzruszeni. Dotykaliśmy się. Patrzyliśmy sobie w oczy. Zostawiliśmy więcej pieniędzy, niż było w umowie. Trudno jest inaczej wyrazić wdzięczność ludziom, którzy z gościnności uczynili zawód.

Tak więc pojechaliśmy z powrotem. Może ze dwieście kilometrów było do Karaköl. Znowu po żwirze, pod górę i wzdłuż kolczastego płotu. Ciągnął się po prawej i gdzieś za nim, w głębi bezwodnych gór, były Chiny. Ciągnął się od Bałtyku po Pacyfik. Teraz rdzewiał jak tamte łuski i puszki. Kiedyś odgradzał imperium. Był niewiele wyższy niż ogrodzenie pastwiska. Tak myśleli wtedy: ogrodzić, żeby trzoda się nie rozłaziła, żeby obce nie przyszło i się nie pomieszało. To były proste idee. Zabrać jednym, rozdać drugim, ogrodzić, nieposłusznych zabić. Najlepiej zabić wszystkich i tylko paru zostawić, żeby wyhodować całkiem nowych. Jechaliśmy wzdłuż dawnych granic tej hodowli, tego pastwiska. Przyjeżdżałem, żeby się przekonać, jak wyglądało, dokąd sięgało i czy inni mieli lepiej, czy gorzej.

Karaköl z dala wyglądało jak port. Za ostatnimi domami błękitniały wody jeziora. Błękit był ostry i przejrzysty. Na przeciwległym brzegu w oddali wznosiły się ośnieżone góry. Nad płaskimi dachami domostw sterczały dziesiątki drewnianych słupów. Nie było ani jednego prostego. Pochylały się w jedną, drugą i trzecią, i stąd to wrażenie portowości. Że niby białe łodzie kołyszą się na falach i w górze widać czarne maszty w ruchu. Ale to była tylko sieć energetyczna. Potem gdy chodziłem po osadzie, zagadywałem mężczyzn, *kak z elektriczestwem,* i pokazywałem na druty. Kręcili głowami. Nie było. Prąd skończył się razem z upadkiem imperium. Została tylko ta konstrukcja z drewna i drutu, przypominająca fatamorganę portu. Błękit wód był prawdziwy. Jezioro miało trzysta osiemdziesiąt kilometrów kwadratowych powierzchni i dwieście trzydzieści metrów głębokości. Poza wsią Karaköl nie było nad nim żadnych osad. Alabastrowe góry odbijały się w niebieskim lustrze. W całej osadzie nie było ani jednej łodzi. Myślę, że nie było ani jednej łodzi na całym jeziorze. W słonej wodzie nie było ryb. Nikt nie przychodził na brzeg. Domy stały z dala, odwrócone ślepymi ścianami. Dwóch mężczyzn moczyło jacze skóry. Powiedzieli mi, że zrobią z nich końską uprząż. Jaki były na pastwiskach na drugim brzegu. Raz w tygodniu przywoziło się mleko od pasterzy. Gdy się zsiadło, miało mocny, ostry smak i było gęste jak grecki jogurt. Jedliśmy je łyżką i zagryzaliśmy płaskim, okrągłym chlebem wypiekanym w glinianych piecach stojących na podwórzach. Pomiędzy domami, na placykach i w zaułkach leżał szary piach. Za wsią rosła trawa, pojedyncze, nędzne źdźbła. Pomiędzy źdźbłami występował gorzka sól. Biały nalot, jakby ziemia się pociła. Chodziłem i chodziłem. Spotkałem kilka psów i jednego kota. Pogadywałem to tu, to tam. Dzieci były z jakami na pastwiskach i nie miał kto krzyczeć „Heloł!". Po południu ruszył lodowaty wiatr z północy. Wcześniej umiarkowany upał, a teraz zbierało się na śnieg. Trzeba się było ubrać we wszystko z plecaka. W sklepie nie było światła i zapadał zmierzch. Kobieta stała w mroku, a ja czułem, że jak już wszedłem, to powinien coś kupić. Co? Ryż? Herbatę? Cukier? *Owalnyje cigariety* bez filtra o nazwie Polet? Nie było prawie nic. Nie było nawet zapachu, który zazwyczaj wydzielał sklep. Nawet ten najbiedniejszy z podlaskiej czy mazowieckiej wsi z lat siedemdziesiątych ubiegłego wieku. Tam też było ubogo, ale błąkała się jakaś woń. Chleb, herbatniki, piwo. A tutaj nic. Jakby przez sklep wiał zimny, bezwonny wiatr znad Pamiru. Zląkłem się, że zapadnie ciemność, więc kupiłem dwie niebieskie paczki poletów i cukierki. Sprzedawczyni powiedziała z cichą dumą: *„Eto konfiety iz Ukrainy"*. Były beznadziejne. Wróciłem do kwatery i zwinąłem się na materacu. Nie mogłem spać i wsłuchiwałem się w bicie własnego serca. Biło szybko i płytko. Karaköl leżało na wysokości czterech tysięcy metrów. Za oknem terkotał mały agregat. Zaraz ucichł. Czułem, jak chłód przenika przez ściany. Kiedy zostało postanowione, że tu przyjadę? Nigdy przecież nie podjąłem takiej decyzji, a jednak leżałem teraz w ciemności i chłodzie Wschodu. Rok po roku, kraj po kraju. Coraz starszy. W oczekiwaniu, że objawi się coś w rodzaju sensu. Z lekką wzgardą dla tych od „*potatoes, beer, potatoes, beer...*". Jakby byli intruzami. Jakby ich obecność tutaj była jedynie arogancją, a moja przeznaczeniem. Chciałem być sam na sam z własnym losem. Leżałem zwinięty i nasłuchiwałem wiatru. Przewalał się monotonnie i masywnie przez grzbiet Pamiru. Ocierał lodowate cielsko o szczyt Kuch-i Garmo zwany niegdyś Pikiem Lenina.

Próbujesz doścignąć minione. Tak myślę, gdy jestem zmęczony, zrezygnowany i nad Pamirem wieje zimny wiatr. Nie mogę przejść obok żadnego Lenina, nie robiąc mu zdjęcia. I czuję coś na kształt radości, gdy natykam się na kolejnych. Obłażą, łuszczą się, kruszeją, ale pozostawiono ich w spokoju, żeby dogorywali. Pamiętam, jak wiele lat temu w gagauskiej wsi Baurci pewna kobieta, gdy mijaliśmy o zmierzchu popiersie wodza rewolucji, powiedziała: „*Samyj łuczszyj człowiek*". Mój rosyjski był wtedy gorszy niż dzisiaj. Nie chciałem też zrobić kobiecie przykrości. Jednak w myślach wygłosiłem jakąś podniosłą mowę o zbrodniach, wolności oraz demokracji. Dziś po prostu robię zdjęcia. Wspominam czerwone metalowe gwiazdki z jego profilem. Pamiętam. Z agrafkowym zapięciem z tyłu. Odrzucane pogardliwie niczym fałszywe monety albo puste orzechy. Tak jak cała komunistyczna rzeczywistość, która wydawała się falsyfikatem świata. Nasze życie było gdzie indziej. Gardziliśmy radzieckim kinem, radziecką literaturą, radzieckim sportem, „radzieckim" językiem. Nikt by nie wydał siedmiu złotych, by pójść na radziecki film. Nikt nigdy nie obejrzał się za radzieckim autem. Nikt nigdy dobrowolnie nie wypowiedział słowa po rosyjsku. Byliśmy wolni. Tak mi się zdawało. Nie dostrzegałem cienia, w którym żyłem? Możliwe. Jak się jest młodym, to się wydziela własne światło. Fosforyzuje się czymś jasnym i ciepłym i na jakiś czas to wystarcza. Wagarowało się ze szkoły, więc można było wagarować z wszechświatowego ustroju i paść duszę oraz ciało na zielonych łąkach wyobraźni. Tak było? Niewykluczone.

Dlatego teraz tutaj leżę i nie mogę spać. Wsłuchuję się w pamirski wiatr. W poszukiwaniu czasu, którym wzgardziłem. Dlatego tracę zdrowie i wydaję pieniądze, żeby sprawdzić, dokąd to wszystko sięgało, jak odmieniało ziemie i jaki pozostawiło ślad. Dlatego irytuje mnie obecność *„beerpotatoes"*. Swoimi terenówkami, które palą dwadzieścia pięć na setkę, rozjeżdżają mi dzieciństwo. Tratują mi młodość, której poszukuję w Murgobie i w Karaköl. Przysiadam się do starych kobiet i wypytuję o wnuki i o przeszłość. Są zdziwione, że mówię po rosyjsku. Biorą mnie za jednego z tamtych. Mówią, że kiedyś było lepiej, ale teraz też może być, bo przecież nie ma wojny. Są jak moje babki. W chustkach, w kucki na progu i z tą wojenną mądrością, która czyniła ich los znośnym, a może i szczęśliwym. Z mądrością, która pozwalała istnieć w fałszywym świecie komunizmu i nic nie stracić z prawdziwości życia.

Można przemyśleć wiele rzeczy, gdy się słucha północnego wiatru. Zimą musiało tu być rzeczywiście zimno. Okna miały pojedyncze szyby. Siedzieli w jednym pomieszczeniu i dokładali cegiełki jaczego nawozu do żelaznego piecyka. Kawałek po kawałku, okruch po okruchu, licząc, czy starczy do pierwszych ciepłych dni. Wsłuchani w łoskot czarnego powietrza. Wiele rzeczy można sobie przypomnieć, gdy się wsłuchuje w odgłosy własnego organizmu, a wygódka jest daleko w ciemnościach: zagroda bez dachu z dziurą w desce i wiaderkiem niegaszonego wapna. Babki się zjawiają, dziadkowie, ciotki. W zimowe wieczory widziałem zaledwie ich cienie. Pod sufitem wisiała lampa naftowa. Siedzieliśmy w kuchni. Reszta domu była nieogrzewana. Dwa pokoje czekały na gości, którzy czasem zjawiali się latem. Ale zimą było to siedzenie jak przy ognisku, blisko, żeby nie tracić światła, ciepła i bezpieczeństwa. Na łóżkach, na zydelku, z plecami wspartymi o rozgrzane kafle. Przez nagi sad szedł wiatr od cholerycznego cmentarza. Dom stał na odludziu. Trzeba było blisko siedzieć i mówić niezbyt głośno. Wojna niby się skończyła, ale nie było większych zdarzeń i ważniejszych wspomnień. Więc w tym siedzeniu i rozmowach było dziękczynienie za pokój, ale i nasłuchiwanie, czy przez ten wiatr i przez wysoki śnieg nie przebije się jakiś dźwięk, od którego ścierpnie skóra. Tak siedzieli po ludzku i jakoś po zwierzęcemu, blisko. W środku czarnej nocy i świata, tylko z tym płomykiem w szkle zachodzącym sadzą. Oglądałem to wszystko z oddali, z pościeli, senny i pewnie dlatego byli jak cienie. Trwożliwi, ale zarazem spokojni, bo najgorsze przeszło. I nawet jeśli ostatecznie nie mogli się pozbyć trwogi przed wojną i światem, to zasypiałem w końcu wsłuchany w ich powolną opowieść i bezpieczny.

Tak jak w Karaköl. Tysiące kilometrów od domu. Setki kilometrów od innych równie zapomnianych osad tego płaskowyżu. Wtulałem twarz w materac i odnajdywałem zapach kurzu i woń ciał, które wcześniej na nim spały. Przez szparę pod drzwiami sączyły się zapachy z głębi domu: rozgrzany tłuszcz, trochę dymu, ludzkie ciepło i smużka tytoniu. Wyobrażałem sobie, że na dworze jest zima, wysoki śnieg i ciemność, która ciągnie się tak daleko, że w końcu przelewa się i spływa po krzywiźnie ziemi. Ale ja mam ciepło i cicho, nie muszę wstawać i zaraz nadejdzie sen.

Mniej więcej wtedy, gdy się urodziłem, ludzie w powiecie Qu w Syczuanie jedli glinę. Mieszkaliśmy na parterze. Okno wychodziło na podwórze. Na drewniane komórki, w których trzymało się węgiel, na żeliwną pompę, na wychodek. Ale w mieszkaniu był kran i zlew. Musiało upłynąć kilka lat, zanim dostrzegłem te wszystkie rzeczy. Paliło się węglem w kuchni, która zajmowała róg pokoju. Ogień miał na początku gęsty, smolisty odcień. Dopiero potem czerwieniał na dobre, by w końcu zamienić się w pomarańczowy żar. Było ciasno, nisko i wilgotno. Tak, tylko jedno okno. Z widokiem na sraczyk, gołębnik i miejskie-przedmiejskie niebo z czarnymi spadzistymi dachami, ze ślepymi ścianami z czerwonej cegły, z wronami. Musiało być im ciasno, chociaż nigdy o tym nie mówili. Z ich wiejskich domów roztaczał się widok. A nawet jak nie, to wystarczyło wyjść za węgieł, za stajnię, za sad i już był. Ciągnął się. A tutaj tylko to podwórko, nieruchome zimą, wypełnione dzieciarnią w ciepłe dni. Albo wąska brama i zaraz ulica z brzękiem tramwajów, samochodami i ludźmi, którzy szli i szli bez przerwy i bez jakiegoś wyraźnego celu. Całkiem inaczej niż tam, skąd przyszli. No ale tak chcieli. Tamten otwarty pejzaż ich więził. Pragnęli odmienić swój los i odmienić mój. Żebym nie musiał patrzeć na pofalowaną równinę i topolowe zagajniki. Zbierać szyszek na rozpałkę pod kuchnią. Żebym nie musiał wdychać zapachu rozgrzanego oleju pomieszanego z sosnowym dymem. Żebym nie musiał tego wszystkiego co oni, tylko od razu dostał to, czego pragnęli i o co musieli walczyć. Z ugorów i piachów przeszłości, z krótkich dni wprost na cement, trotuary i pod latarnie przyszłości, które będą płonęły aż po kres sprawiedliwych dziejów, kres, który nie nastąpi nigdy, ponieważ nie tylko ucisk, ale i śmierć zostaną przezwyciężone. Dlatego siedzieliśmy w tej ciemnej norze, czekając, aż dzieje ruszą z kopyta. Z tym sraczykiem w podwórku, ale nie pamiętam chłodu, więc musiałem używać nocnika w czasach bliskich dniom, gdy w Syczuanie ludzie jedli glinę.

My jedliśmy piach. To pamiętam. Smak wilgotnego piachu wydobywanego z dołka na wydmie nad rzeką. Zimny, szorstki. Wydawało się, że ziarna za chwilę się rozpuszczą i zjawi się smak jedzenia. Ale to nie następowało i trzeba było wypluć burą kluskę, która tocząc się w dół wzniesienia, natychmiast obrastała ziarnkami kwarcu, turlała się jeszcze chwilę i nieruchomiała jak coś żywego, ale przestraszonego. Miałem cztery, pięć lat. Może byłem sam. Wyszedłem z obejścia, przekradłem się, grzęznąc po kostki, przez burą drogę. Po drugiej stronie były warzywniki, piasek stawał się jaśniejszy i zaczynała się wydma. Kopałem swój dołek i próbowałem jeść. Ale po kilkunastu minutach w dole, w obejściu, podnosił się krzyk: „Gdzie on jest? Gdzie poszedł? Mój Boże, do rzeki!". Bo rzeka była jak zły magnes: przyciągała tak mocno, że czasem na wieki i wieś żyła opowieściami, kto, kiedy i w którym miejscu wypłynął. Dzieci zaś ze swoją ciekawością i ufnością wydawały się wobec niej zupełnie bezbronne. Ktoś po mnie przybiegał, sprowadzał i pieczołowicie zamykał furtkę. Podwórko wypełniał zapach jedzenia. Najbardziej pachniało smażone. Właśnie olej. Cebula na oleju. Ryby. Ziemniaki. Smalec. Wieprzowina na smalcu. Bez niczego, tylko z solą. Kaszanka po świniobiciu pieczona w prostokątnych brytfannach. Ziemniaczane ciasto w tych samych blaszkach. Placki z białej mąki, do których, by szybciej wyrosły, zamiast drożdży dodawało się sody i kładło na pryskający olej. Mleko i chleb. Znowu ziemniaki, ale już dla świń, gotowane w żeliwnych saganach, a potem przyrządzane w parniku opalanym drewnem, i to właśnie ich zapach pomieszany z drzewnym dymem wisiał nad podwórzem, i to był zapach sytości, skoro mogły się tym żywić świnie. Tak. I wystarczyło zejść dwa stopnie w głąb piwnicy, do której wchodziło się wprost z podwórza, by poczuć delikatny, ale wyrazisty zapach twarogu. Lekko i kwaskowato kłuł w nozdrza. Ser wisiał w białej gazie i obciekał. Starsze gomółki leżały przykryte lnianą ściereczką. Jasna biel w ziemnym, wilgotnym półmroku była nierzeczywista. W garnku stała śmietana. Chłodna i gęsta. Pod belką na strychu wisiała słonina.

Ale to było już gdzie indziej i później. Sto kilometrów w górę rzeki, u wujostwa. W letnie dni na strychu pod eternitem panował suchy skwar. Z drewnianych ścian sączyła się żywica. Siedziałem w samotności, pociłem się i czytałem *Łaskawą ziemię* Pearl Buck. Wtedy jednak myślałem, że to po prostu jakaś chińska książka o chłopskiej udręce. Odkrawałem kawałki słoniny i przegryzałem chlebem. Słyszałem krzątaninę na dole. Kuchnia, garnki, skrzypienie drzwi, odgłos kroków na drewnianej podłodze. Potem wszystko ucichło. Dorośli szli do pracy w polu. Zostawałem sam na sam z chińską historią, która splatała się w jedno z pejzażem nadbużańskiej wsi, z cierpliwością dorosłych, z obrazem ich pochylonych pleców, gdy uparcie, rządek po rządku, pielili kartofle. Albo wiązali snopy pszenicy pod wysokim słońcem południa. Pochyleni i uparci. Spoceni. Ciemne plamy występowały na jasny materiał koszul. Grzbiety koni lśniły ciemnogniado, a wilgoć ciekła im bokami aż pod brzuchy. Gdy ciągnęły, ich krótkie, napięte stąpnięcia wprawiały ziemię w drżenie. To wszystko splotło się z chińską historią już na zawsze. Siedziałem wśród żywicznych ścian, czytałem, nasłuchiwałem odgłosów i czekałem, aż umilkną. Wtedy wiedziałem, że nie będę musiał iść do pracy, do siana, do zwózki, gdziekolwiek, zostawiony na słodką pastwę niejasnych myśli i uczuć.

Sucha, solona słonina i chleb. Chiny. Tak jadł mój dziadek. Odkrawał na deseczce strużynę przysmaku, kładł na okrawku chleba i powoli, z namaszczeniem żuł. Tak samo robił mój ojciec, mimo że od dawna żył już w mieście. Tak samo robiłem ja tamtego lata. Rozmyślałem o Chinach. Wujostwo w mojej wyobraźni zamieniało się w parę chińskich wieśniaków. Wstawali o świcie, sumiennie wykonywali konieczne czynności, mówili o rzeczach ważnych, czasami, gdy uznali, że pora jest odpowiednia, pozwalali sobie na żart albo opowiastkę. Praca, odpoczynek, jedzenie, sen. Może tak wyobrażałem sobie całe Chiny? Może tylko trochę bardziej surowo, upalnie, pyliście i bardziej milcząco? I los tamtej chińskiej pary – Wang Lunga i jego brzydkiej żony – wydawał mi się jednak cięższy, ponieważ trudzili się w przedrewolucyjnej, przedkomunistycznej epoce. Główny bohater nie przechowywał wśród kuchennych szpargałów partyjnej legitymacji i orderu. Jego wyzwolenie miało dopiero nadejść.

Na obiad były ziemniaki ze skwarkami, zsiadłe mleko i sałata z ogródka polana śmietaną i lekko osłodzona. Za kolację wystarczał duży kubek ciepłego mleka i gruba kromka ciężkiego chleba, który czerstwiał bardzo powoli i jeszcze po tygodniu jego miąższ zachowywał wilgotną kwaskowatość. Jedzenia nigdy nie brakowało. Obok słoniny na strychu wisiała kiełbasa. Wytapiała się w upale i schła. W każdej chwili można było odkroić kawałek, ale widać nie robiono tego zbyt często. Służyła raczej jako okazjonalna zakąska do wódki, którą wuj wyrabiał ze spirytusu, zaprawiając go miodem z własnej pasieki. W studni chłodziła się piętnastolitrowa bańka z podpiwkiem.

„Gdy nic już nie zostało do jedzenia, ludzie wzięli się do spożywania miękkiej glinki [...] Był to obraz piekła: zwarte szeregi wyglądających jak widma wieśniaków, spływających potem w słońcu, czekały przed głębokimi dołami na swoją kolej do zejścia na dno, by wygrzebać kilka garści porcelanowobiałej glinki. Niektórzy napełniali sobie usta glinką podczas kopania w dole, większość jednak dodawała wodę i mieszała z plewami, kwiatami i chwastami, a następnie piekła gliniane ciastka [...]. Zjedzona glinka zachowywała się jak cement, wysuszając żołądek i wchłaniając całą wilgoć z przewodu pokarmowego. Defekacja stawała się niemożliwa. [...] W Henanie, jak wspominał He Guanghua, tak wiele osób jadło miejscowy kamień zwany *yanglishi*, który mielono i robiono z niego placki, że dorośli pomagali sobie nawzajem w wyciąganiu kału patykami".

Dlatego musiałem w końcu tam pojechać. Ponieważ są historie, które domagają się dalszego ciągu. Nasza pamięć upomina się o swoje prawa. Jakby chciała dosięgnąć teraźniejszości. Więc znów stare Szeremietiewo i znów to poganianie, ten przepęd przez bramki, by potem zaraz znieruchomieć w szaroszklanym wnętrzu. Ludzie byli już inni. Bardziej imperialni. Zaczynała się Azja. Mieszkańcy tamtych krain, członkowie tamtych ludów. Rozcieńczali białą masę. Z twarzami, z których niewiele dało się wyczytać, i można było sobie wyobrażać miejsca, z których przybyli i do których odlatywali. Padał deszcz. Wszystko było drogie. Obok wolnocłowych z tą samą co wszędzie whisky, koniakami, kartonami papierosów stały zwykłe stragany z piwem Baltika, słodkim badziewiem i jakimiś świecidłami. Jak na podlaskim odpuście czterdzieści lat temu. Airbus miał błękitne fotele. Wystartowaliśmy i polecieliśmy w stronę nadciągającej nocy. Ale ja wyobrażałem sobie, że lecę pod prąd czasu. Odnaleźć to wszystko, co mnie ominęło.

Odnaleźć epicentrum zdarzeń, które, nim do mnie dotarły, wyczerpały się, przygasły, wygładziły niczym fala odległego, podmorskiego trzęsienia ziemi. Leciałem w przeszłość. Tak to sobie wyobrażałem. Jakbym był jej coś winien. Stewardesy miały eleganckie pomarańczowe uniformy. Za wino trzeba było jednak płacić. Wolałem wpatrywać się w ekran, na którym wyświetlali trasę, pozycję i sunącą na zachód krawędź nocy. To było najciekawsze: patrzeć na przestrzeń. Próbowałem oglądać filmy. Mieli z pięćdziesiąt, wszystkie amerykańskie. Lecieliśmy na wschód. Zaraz miał być Ural, Jekaterynburg, gdzie Jurowski zamordował carską rodzinę, a kule z mauserów 96 odbijały się od brylantów zaszytych w sukniach księżniczek. Tymczasem miałem do wyboru dziesięć kreskówek, piętnaście filmów akcji i tyle samo romansów. Dlatego wolałem patrzeć, jak cień odrzutowca przesuwa się nad bezkresem i miary czasu splatają się z miarami odległości, tworząc matematyczny wzór podróży. Tiumeń, Omsk, Nowosybirsk. W Nowosybirsku przed dwoma laty we wrześniu padał zimny, czarny deszcz. Cztery dni w tym deszczu, w mieście, w którym nie było nic wartego uwagi, w przypadkowym mieszkaniu wynajętym od zneurotyzowanej kobiety pragnącej wyjść za mąż za Niemca, ponieważ niemiecki naród wydał Bacha i Beethovena. Na ścianie wisiała makata, na której półnaga kobieta tuliła się do tygrysa. I barokowy zegar z plastiku. Więc gdy przestawało padać, wychodziłem na miasto, w którym nic nie było. Tylko betonowe bloki, szerokie arterie, przestarzała nowoczesność i zielony dworzec w kształcie lokomotywy, gdzie w poczekalni pełnej Azjatów kobieta na fortepianie i mężczyzna na skrzypcach, oboje w strojach wieczorowych, grali muzykę klasyczną. Nie mogłem oderwać wzroku od tego miasta. Nic w nim nie było, tylko koślawa, formowana w pośpiechu materia, którą układali, by jak najprędzej zapanować nad przestrzenią. Bloki, beton, żelazo, rdza, stara farba. Wieżowiec z błękitną fasadą. Kilka starych, cienistych uliczek. Ale głównie padało. Wyczekiwałem przejaśnień i wychodziłem, żeby sobie wyobrażać, że to jest wyspa, że zaraz się kończy i że dalej ciągnie się Syberia, Azja, bezkres niepostrzeżenie zamieniający się w nicość.

Dlatego teraz, w airbusie, wolałem patrzeć, jak na ekranie brzeg nocy sunie w moją stronę, niż oglądać hollywoodzkie kino. Irkuck, Ułan Ude, Czyta. Byłem w tych miastach. Zapadła ciemność. Odczytywałem nazwy i patrzyłem w czerń za oknem. Wyobrażałem sobie bezmiar, w którym się unoszą. Ale nie wystarczało mi, że widziałem Czytę. Musiałem zobaczyć Chiny.

Ponieważ byłem dzieckiem komunizmu, ponieważ mój wuj w szufladzie wśród wentyli, klapcążków i korkownic trzymał legitymację partyjną. Rosja była źródłem, ale to Chiny miały stać się falą, która zaleje świat. Dlatego musiałem tam pojechać, żeby zobaczyć, w co zmienia się komunizm, którego byłem dzieckiem. Po prostu jego koniec w moim kraju wydawał się zbyt błahy i banalny, by mogła z tego powstać jakaś opowieść. Musiałem się przekonać, że moja historia jest fragmentem czegoś większego.

Kurz. Z rzeczy podstawowych najpierw zobaczyłem kurz. Zaraz za lotniskiem wzdłuż wielopasmówki rosły topole i jakieś krzaki. I na wszystkim leżał szary kurz. Może to miasto go wydzielało, a może północne wiatry przyniosły go znad pustyni? Niewykluczone, że jedno i drugie. I jeszcze to szarawe światło padające zupełnie inaczej niż u nas. Bardziej dotkliwie. I gdy tak jechaliśmy, przypominał mi się Brack i przypominało mi się Ułan Ude właśnie z tymi topolami, z kurzem i wyzierającym spod ziemi betonem. Na poboczu przy swoich zielono-żółtych maszynach stało dwóch taksówkarzy. Jeden sikał. Jechaliśmy w strumieniu aut przez peryferie porośnięte chaszczami. Bez słowa. Kierowca skinął tylko, gdy pokazałem mu adres po chińsku. Uchylił okno i palił. Ogarnęło mnie dziwne uczucie, że oto zmieniłem rzeczywistość. Wyszedłem ze swojej, w której przebywałem od zawsze, i znalazłem się w innej. Była w niej znękana zieleń, samochody, dym z papierosa, kurz, ale te wszystkie rzeczy nabrały zupełnie nieznanego znaczenia. Ludzie tutaj schodzili tysiącami w głąb dołów, by jeść glinę, a potem był dym z papierosa, Starbucks na lotnisku i wrzaskliwi naganiacze kierujący kolejką taksówek. Piekło zmieniało się w codzienność i teraz jechałem w głąb tej przemiany. Razem ze swoją pamięcią smaków dzieciństwa i chińskich lektur z tamtego czasu. Po co? Żeby jednak przystać na jedność świata? Żeby ją odkryć? W szarym pekińskim poranku na autostradzie, z kierowcą o nieruchomej twarzy, wyjmującym już drugiego papierosa z czerwonej paczki?

Po kilkunastu minutach zaczęły pojawiać się budynki. Za drzewami, z dala od szosy. Masywne bloki. Potężne i nowe. Trudno było zgadnąć, czy już zamieszkane. Wśród nich, za nimi wyższe od nich dźwigi, bo to chyba jednak dopiero się zaczynało, dopiero się rozpędzało, dopiero miało nadejść. A potem zniknęły zarośla i jechaliśmy już po prostu przez miasto. Wielkie, coraz większe, coraz bardziej szklane, coraz bardziej pozłacane, coraz bardziej ze snu, z fantasmagorii, z pomieszania zmysłów. Bo było podobne, ale zarazem inne. Mieniło się i mamiło. Najbardziej tym wszechobecnym złotem, a potem tymi kształtami zwieńczeń, dachów wygiętych i ponasadzanych na trzydziestopiętrowe proste, kanciaste i szklane. Jakby mówili: „Coś tam od was wzięliśmy, ale zrobiliśmy nasze". Cały czas było prosto, kilkanaście kilometrów, i potem tylko jeden skręt w prawo, i miała już być ta ulica, ciągnąca się ze wschodu na zachód i przechodząca wskroś Tiananmen. Wyjąłem przewodnik i odnalazłem plan miasta. A właściwie tylko kawałek przewodnika. W domu odciąłem delikatnie jakąś jedną piątą z opisem Pekinu i kraju na północny zachód od miasta. Dorobiłem coś w rodzaju tylnej okładki. Niepotrzebne mi było całe tysiąc stron. Na mapie wszystko się zgadzało. Niepokoiła mnie tylko sama moja tutaj obecność. Musiałem wynajdywać te powody z Syczuanem, z narodzinami i Pearl Buck obłożoną w szary papier. Próbowałem się usprawiedliwiać, kreśląc w czasie i przestrzeni linię łączącą Grochów, Podlasie i Pekin.

Spaliśmy do popołudnia następnego dnia. W hotelu Forbidden City, w pokoju bez okna, dziesięć minut piechotą od placu. Bez snów, w ciszy i zaraz po przebudzeniu wyszliśmy. Padało i raz po raz trzeba się było kryć to pod drzewami, to w przejściach podziemnych. Było duszno. Zapadał zmierzch. W najludniejszym kraju świata. No więc było ciasno i właśnie duszno. Pod niskim niebem, z którego spadały błyskawice – gdzieś na przedmieścia, może dalej, za mur, na Wyżynę Mongolską. Ciasno od ludzi i od wilgoci, od deszczu i potu. Na zachodzie nisko czerwieniał wąski pasek nieba i nad tym chmury. Jakoś tak ciemno było na placu i trochę strach, że jak się te chmury domkną, to zapadnie całkowita ciemność i tylko trochę będą świecić auta, których nie było wcale tak dużo. Za wielki był ten plac, choć jednocześnie ciasny. Niby wokół nie wybudowali nic wysokiego, ale jakoś sama przestrzeń ciążyła i przygniatała. A może tylko przez ten portret na Bramie Niebiańskiego Spokoju. Miał z pięć na osiem, a może więcej. Różowawy, polśniewający światłocieniem, martwy, jak z wosku i z tą brodawką na brodzie. Ubrany w szarawą bluzę bez jednej zmarszczki, jakby mu ją uszyli z celuloidu. Patrzył niby na, ale tak naprawdę gdzieś ponad, tak sobie. Jakby nic się nie stało. Jakby ludzie w Syczuanie nigdy nie jedli gliny. A w innych prowincjach nie wyrywali żyjącym jeszcze wrogom wątrób i nerek, by je pożreć. Niewykluczone jednak, że po prostu patrzył właśnie na to wszystko i zarazem wskroś tego. W 1957 powiedział w Moskwie, że jest gotowy poświęcić trzysta milionów Chińczyków dla zwycięstwa światowej rewolucji. Wtedy była to połowa narodu. W grudniu 1958 zakomunikował kierownictwu partii: „Śmierć bywa korzystna. Zwłokami można użyźniać ziemię". I teraz patrzył pustym wzrokiem, ponieważ nic się nie stało. Patrzył z portretów, z każdego banknotu, z czapek, toreb, znaczków, budzików, kubków, okładek, porcelanowy, metalowy, plastikowy, papierowy, gipsowy, pewnie gdzieś tam i jadalny, z cukru, z ciasta, z marcepanu. Patrzył zewsząd. Na swój lud jak na geologię, na tektonikę, na florę i faunę, na powstawanie i wymieranie gatunków. Na miliard trzysta milionów. A oni pod jego wzrokiem żyli nadal, jakby patrzyła na nich wieczność.

Na południe, na południowy zachód od placu aż kipiało. Zniknęła nieludzka przestrzeń i się ścieśniło, zagęściło i zwęziło. Żarcie, rzeczy, smród. Z knajp aromaty, z kanalizacji gówno, ze śmietników zgnilizna. Życie. Rojowisko. Przysiadali na chwilę, ale zaraz podrywali się, żeby coś tam nieść, pchać, podawać, pokrzykiwać, przepychać toboły przez tłum, terkotać przez komórki, roznosić, wykłócać się, dobijać targu i znowu gdzieś dalej, w plątaninę ni to domów, ni to straganów, w przestrzeń, która ani na chwilę nie mogła zaznać próżni, gorąca i duszna od ciał i ruchu. Tuż zaraz za tym placem. Po zmroku dmuchawy rozpalające ruszty z jedzeniem sypały iskrami. Siedzieli na betonie, na cegłach, na każdym skrawku i grali w swoje gry, jedli, wypluwali resztki. Ktoś kucał samotnie i coś piekł na patyku nad niewielkim ogniskiem. Obdarty, w gumowych klapkach. Ale to akurat mogło być w Eren Chot, sześćset kilometrów na północny zachód i wiele dni później. W każdym razie wyglądało to tak, jakby dziesiątki milionów trupów, jedzenie gliny, kanibalizm i całe piekło minionych lat były tylko epizodem. Albo czymś w rodzaju biologicznego eksperymentu, po którym życie miało wybuchnąć z wielokroć większą siłą.

Żyłem trzydzieści lat w komunizmie i dlatego tak mnie tu ciągnęło. Żyłem w nim jak w normalnym świecie. Ojciec przynosił do domu wypłatę w czerwonych banknotach z wizerunkiem fabryki. Po drugiej stronie, na awersie, był portret robotnika. Sam omal nie zostałem robotnikiem. Banknot był fikcją, ale opisywał prawdę. Im jestem starszy, tym mniej żałuję, że żyłem w tamtych czasach. Szczerze mówiąc, w ogóle nie żałuję. Mój wuj trzymał legitymację partyjną wśród gumek do słoików Wecka. To było tak, jakbyśmy oglądali pożar gdzieś na widnokręgu. Jakbyśmy żyli oświetleni daleką łuną. Z dala od zdarzeń, w półmroku. Dlatego jeżdżę tutaj, by oglądać ślady prawdziwego ognia, by szukać pogorzelisk. Może to ciekawość, a może coś w rodzaju poczucia winy, ponieważ oglądałem ognie na widnokręgu, ale nie musiałem jeść gliny. Siedziałem na rozgrzanym poddaszu, odkrawałem cienkie plasterki solonej słoniny i czytałem Pearl Buck, wyobrażając sobie rustykalne Chiny, ich zgięty grzbiet pod palącym słońcem i rewolucję, która go prostuje.

Datong z okien wagonu wyglądał na bezludny. Miał mieć trzy miliony, ale na szerokich arteriach pojedynczy ludzie wyglądali jak okruchy. Piętnastopiętrowe bloki wyrastały ze zrytej ziemi. Może wszyscy byli w kopalniach, w koksowniach? Na dworcu nikt nie wsiadł ani nie wysiadł. Samotny kolejarz odprowadził wzrokiem skład. Wyjechaliśmy na przedmieścia, pomiędzy gliniane lepianki kryte dachówką. Pociąg ledwo się toczył. Tuż przy torach na betonowym bloku siedział mężczyzna. Miał opuszczone spodnie. Srał. Obojętnie patrzył przed siebie, wprost w okna wagonów. Wydawało mi się, że na ułamek chwili pochwyciłem jego wzrok.

Odpust był na Przemienienie Pańskie. Stragany stały na placu przed kościołem. Miałem dwanaście lat i wydawało mi się, że straganową aleją można iść bez końca. W rzeczywistości tych drewnianych bud krytych brezentem nie było więcej niż dziesięć. Do tego dochodziła jeszcze część rekreacyjno-rozrywkowa, czyli strzelnica, loteria fantowa, lody w trzech smakach i cukrowa wata. Ale stragany były najważniejsze. Może nawet nie dziesięć, tylko osiem albo sześć? Wchodziło się pomiędzy i normalny świat zostawał z tyłu ze swoim letnim światłem, niebieskim niebem, zieloną trawą i drewnem zabudowań. Tam, już wewnątrz tej alei, gęstniało i powietrze, i światło, i kształty, i kolory. To było tak barwne i wielokształtne, że nieporównywalne z niczym. Niczego podobnego nie było wówczas na świecie. No więc jak do jaskini cudów prosto z jasnego dnia. W półmrok, gdzie się jarzyło, wabiło i mieniło. Fioletowym, szmaragdowym, rubinowym, purpurowym, lazurem, turkusem, szafirem, złotem, srebrem, kadzidłem i mirrą. I się zamieniało jedno w drugie, przepoczwarzało, transformowało, szydziło z form zastygłych, ukształtowanych raz na zawsze, niczym podlaski, odpustowy Proteusz, który przybył w Przemienienie Pańskie do parafii pod wezwaniem Najświętszego Serca Pana Jezusa, by naocznie pokazać, że to, co do tej pory braliśmy za stworzenie, jest ledwo jego biednym, smutnym i burym cieniem. Zwłaszcza pałace porywały wzrok: z kolorowego szkła, dwu-, trzy-, czteropiętrowe, z oficynami, wieżycami i wszystkim jak trzeba. Poklejone to było zmyślnie z tafelek, prostokącików, spadziste daszki mieniły się od diamentowej posypki, zmielonego szkła, może i nawet miały trochę przypominać kościoły, ale gdy padało na nie światło i wirowało, wielokrotniło i mamiło w zakamarkach, to jednak te kościoły stawały się kościołami Lucyfera. Można to było kupić, można było wygrać na loterii, która przypominała ruletkę z desek. Znaczy się był wielki drewniany blat, na którym stały cuda, pod blatem kij, który obracał się wokół niczym wskazówka, kij miał wąs ze sprężystego plastiku i ten wąs zaczepiał kolejno o kilkadziesiąt gwoździ wbitych w obwód blatu. Zaczepiał, terkotał, przeskakiwał, aż stanął. Gracz płacił, puszczał urządzenie w ruch i czekał, co wskaże magiczny kij. Pałac czy domek Baby-Jagi. No ale to był ledwo początek, bo dalej zaczynał się handel rzeczami niekoniecznymi, lecz pożądanymi. Kapiszonowcami i korkowcami w kilkunastu modelach, ale jak u Forda wszystkie były czarne. Najpotężniejsze i najdroższe korkowce miały aż dwie lufy, były ciężkie i przyjemnie leżały w dłoni. Korki pakowane po dwadzieścia pięć sztuk w kartonowe pudełka zrobione były z papierowej masy i wypełnione różową substancją, która eksplodowała pod uderzeniem iglicy. Kapiszonowce były jednostrzałowe i na taśmę. Pojedynczy kapiszon przypominał konfetti z czarną kropką ładunku pośrodku, a taśma kawałek serpentyny z kilkudziesięcioma ciemnymi pacnięciami. Dalej były strzelby dla szczyli w wieku przedprochowym. Wyglądały jak drewniane pompki do roweru – z jednej strony uchwyt zakończony tłokiem, z drugiej wylot zatykany zwykłym korkiem od butelki uwiązanym na dratwie. I te kolory – czyste, jaskrawe, niewątpliwe: ogień, niebo, dżungla.

To była jeszcze Mongolia, ale już Wewnętrzna. Jeszcze Gobi. Rano wyjechaliśmy z Eren Chot. Autobus był stary, a niebo pochmurne. Czasami padało na tej pustyni. Była ta sama, co po tamtej stronie granicy, ale całkiem inna. Chińczycy pozbawili ją piękna. Jak okiem sięgnąć, stały wiatraki produkujące prąd. Widziałem ich setki, a były pewnie tysiące. Po obu stronach szosy, która była tak samo pusta jak pustynia. Stały w krajobrazie, który nie zmienił się od tysięcy lat. Pasterze nie zmieniają krajobrazu. Trawa odrasta.

Zostają tylko kości zwierząt. A oni w tym przedwiecznym postawili od razu coś nawet nie współczesnego, tylko należącego od razu i całkowicie do przyszłości. Tysiące turbin obracał wiatr znad Gobi. Śpiąc po mongolskiej stronie, wsłuchiwałem się nocą w rozpędzone powietrze i wyobrażałem sobie, że to najdzikszy i najswobodniejszy wiatr świata. Tutaj zaraz wpadał w niewolę. Zaprzęgli go, by napędzał ten kraj. By go wznosił. By go wydobywał z głębi ziemi i formował w kształty, jakich świat nie widział, i pokrywał tymi kształtami niewyobrażalne powierzchnie. Pięćdziesiąt cztery procent światowego zużycia cementu to jednak było coś. I trzydzieści procent światowego zużycia stali też. I dwadzieścia trzy energii. Ta energia brała się stąd. Z bezludnych pustkowi i z gobijskiego wiatru, któremu odebrano wolność.

Przy szosie stały dinozaury. Jedne niemal na poboczu, drugie dalej i całkiem daleko, jakby dopiero wynurzały się zza horyzontu. Na rudej ziemi porośniętej twardymi badylami. Najczęściej pojedynczo, ale czasami w parach, żeby jednak przetrwać te setki tysięcy lat. Protoceraptosy, welociraptory, czangczunzaury, fusuizaury, mongolozaury, gobizaury i gobitytany. Tylko one i turbiny, i bezludzie ciągnące się tysiącami kilometrów na zachód aż po Takla Makan i Kotlinę Tarymską z poligonem atomowym gdzieś po drodze. Pradawne bydlęta były zrobione z tego samego co wszędzie, z jakiejś taniej cementowej mieszaniny i drutu. Z ułamków tych procentowych wyliczeń zużycia. Trochę już się łuszczyły i obłaziły. W swej smętnej dosłowności przypominały sowieckie monumenty niszczejące wśród mołdawskich pól. Tutaj jednak wynurzyły się z otchłani ziem, z prehistorii, z praojczyzny i patrzyły na nieliczne auta. Nad nimi wiał wiatr, którego początki sięgały początków świata. Dziwny i niepokojący był ten pejzaż. Zawierał w sobie najdalszą przeszłość i niewyobrażalną przyszłość. Przeszłość była z koślawego betonu, przyszłość ze swoimi owadzimi monstrami wiatraków na wieki unicestwiła krajobraz, który bez trudu pochłaniał ślady koczowników i całe karawany wielbłądów niosące prasowaną herbatę i jedwab do Urgi.

Ilekroć przejeżdżam Kościuszki w stronę Sącza i mam trochę czasu, nie mogę się powstrzymać. Skręcam w prawo i parkuję pomiędzy dwiema, jak się to dziś mówi, galeriami. W rzeczywistości to dwa ponure kanciaste baraki. Rozpacz kompromisu między taniochą a pozorem elegancji. Wchodzę do tego po lewej, mijam drogerię na parterze i po schodach idę na piętro. Już z dala czuć ten zapach, który przypomina trochę gumę, trochę plastik, trochę klej – w każdym razie jest wyraźnie chemiczny. Mijając drobną, czarnowłosą kasjerkę, nie mogę sobie nigdy odmówić tej przyjemności i wyraźnie mówię „dzień dobry”, a potem czekam, aż mi odpowie. Czekam, aż wypowie te dwa słowa, próbując opuścić na chwilę tonalność swojego ojczystego języka. Zmuszam ją do tego. Drobną czarnowłosą dziewczynę. Reprezentantkę narodu, który zapanuje niebawem nad światem. Jedną z miliarda trzystu tysięcy. Odpowiada bez uśmiechu płaskimi, ćwierkającymi zgłoskami. Nie musi się uśmiechać, ponieważ wie, że zwycięstwo i tak jest po jej stronie. Ale jestem trochę wredny i się mszczę tym wyrachowanym pozdrowieniem. Mszczę się za jej przyszłe zwycięstwo. I jeszcze za Jining. Wysiedliśmy w tym mieście późnym popołudniem z autobusu, który nas przywiózł z Eren Chot. Wszyscy na nas patrzyli. Niektórzy przystawali, by popatrzeć. Robili to otwarcie. Bez śladu skrępowania. Jining miał około trzystu tysięcy mieszkańców i był prowincjonalną dziurą. Tyle że biegła tędy kolej i droga do Pekinu. No ale dziura i kto wie, czy w ogóle widzieli tutaj białego. Więc się gapili i pokazywali palcami. To nawet nie było dotkliwe, bo wpatrywali się raczej z dziecinną ciekawością, uśmiechnięci i rozbawieni. Dziwna była świadomość, że nie ma się gdzie ukryć, że nie można udawać kogoś innego. Że jesteś nagi, bezbronny i nade wszystko biały, a może ewentualnie potem jesteś człowiekiem. Szliśmy lekko obdarci po dwóch tygodniach na Gobi, z plecakami, i dwieście tysięcy par oczu śledziło nasze nieporadne kroki w poszukiwaniu noclegu w mieście Jining. Dlatego teraz brałem ten łagodny odwet wsłuchany w chińskie „dzień dobry".

Tamtego dnia niedługo przed Bożym Narodzeniem minąłem dział obuwia i poszedłem dalej. Za szklanym przepierzeniem ciągnęły się szeregi regałów. Widziałem to może dziesiąty raz, ale wciąż nie mogłem oderwać wzroku, ponieważ zgromadzone było tam wszystko. Po pięć, po siedem złotych, tysiące rzeczy, których przeznaczenie poza samym istnieniem często trudno było określić. Bo co zrobić ze szklanym sercem wypełnionym złocistym plastikowym proszkiem? Albo szklaną kulą z zieloną rybką, która za potrząśnięciem porusza trupio płetwami i ogonem? Albo z miniaturowym damskim manekinem, który zamiast głowy ma siedem haczyków do zwieszania nie wiadomo czego? Z ostatnią półką w samym rogu i przy podłodze, na której kurzą się w płaskich, sflaczałych stosach cylindry, błazeńskie czapki, szaliki i chorągwie w biało-czerwonych barwach? Z paczką topornych żetonów do pokera za dwa złote? Z tygrysami, słoniami, papugami? Ze szklanym zegarem, z jego cyferblatem, na którym trójwymiarowo mieni się Licheń? Co zrobić z Matką Boską na baterie, żeby świeciła w mroku? Można to postawić, by trwało z nami w naszym życiu razem ze swoją brzydotą i niewyobrażalnym pochodzeniem gdzieś z wnętrza tego ni to kraju, ni to kontynentu, ni oddzielnej planety. Przyjeżdżałem tutaj, do Jasła, do Krosna, do sklepu przy obwodnicy, by wracać pamięcią do Eren Chot, do Jiningu, do Datongu, do Pekinu i wyobrażać sobie tę otchłań rodzącą tryliony bezużytecznych rzeczy, tak jak kosmos bez wysiłku i obojętnie rodzi bezkres planet, gwiazd i okruchów materii. Po to tu przyjeżdżałem. Dla nauki. Żeby oglądać przedmioty, których żywot jest niekonieczny i chwilowy, bo zaraz się rozkruszą, rozkleją, złamią, rozlecą, zbiegną i rozciągną, ale na ich miejsce czekają już następne, stoją w niekończącej się kolejce, by zastąpić martwych towarzyszy i koić człowieczą samotność, sycić nasz wzrok i dotyk, i pragnienie posiadania. Żeby wspominać tamtą podróż, która miała w sobie coś niemal religijnego, bo oglądać Chiny znaczy oglądać narodziny nowego świata. Przekładałem na półkach nożyki do niczego, światełka na plaster, talie kart z półgołymi pannami, przyklejanki na lodówkę *„art article"* też trójwymiarowe jak Licheń: motylki, pieski, kotki, ptaszki, pierdziuszki, kwiatuszki i nie dość, że w stereowizji, to jeszcze podgąbkowane, żeby było miękko. Brodziłem, nurzałem się w tych obfitościach nicości i wyobrażałem sobie swoje przyszłe życie, w którym nieustannie czegoś dotykam, a to się rozpada, więc muszę zdobyć następne i następne i wciąż pojawia się coś nowego, czego jeszcze nie było, więc biorę, próbuję, zużywa się właściwie samo, bez mojego udziału, bo zużycie ma już wmontowane na etapie produkcji, więc znów następne i następne, i Chiny muszą nadążyć, bo za mną tłoczą się kolejni, moi rodacy z Gorlic, z małopolskiego, z podkarpackiego, a potem cały wyklęty lud ziemi, który nigdy nie miał niczego, ale teraz nareszcie ukoi swoje pragnienia i będzie zużywał rzeczy dzień za dniem, rok za rokiem, będzie zużywał, zamiast lękać się śmierci.

Chodziłem, przekładałem i głaskałem, nie mogąc się nacieszyć i uwierzyć w rozmaitość i wielość. Białe kobiety czujnie mi się przyglądały. Pracowały u Chińczyków i pilnowały innych białych, żeby nie kradli. Żeby się porządnie zachowywali w tym kitajskim świecie albo i wszechświecie stworzonym na potrzeby ubogich, na potrzeby nas wszystkich, którzy już nigdy nie zaznamy ani ukojenia, ani zaspokojenia. I będziemy na wieki dyszeć z pragnienia jak psy.

W krajobrazie wsi wyglądało to jak eksces: wielobarwność i zbędność. Na co komu był gumowy, czarny diabeł, który po naciśnięciu wywalał czerwony, pneumatyczny jęzor? Albo spłaszczona kula z tęczowej, pawiej cynfolii wypełniona trocinami i zawieszona na gumce? Albo złociste zegareczki z błękitnym czy różowym cyferblatem, na którym malowane wskazówki nieodmiennie zastygały za piętnaście dwunasta? Zamiast paska miały zwykłą gumkę od majtek. Albo fujarki z pięcioma otworami, z których wydobywały się dźwięki w jakiejś egzotycznej skali? Pomalowane wodną bejcą, która zostawiała ślady na ustach, tak jakby to nie był instrument, tylko jakiś podejrzany smakołyk. To wszystko służyło świętowaniu. Po południu stragany się zwijały, a wiejski pejzaż zasklepiał się bez śladu, zarastał powszedniością. Barwne cuda pozostawały w niektórych domach. Tak jak u wujostwa w pokoju, w którym od czasu do czasu kładło się gości: pałac ze szkła, czarno-złoty gipsowy kot w nieco egipskim stylu i Cyganka w rozpostartej, wycekinowanej spódnicy zasiadająca na stosie ozdobnych poduszek. Wchodziłem do tego pokoju rzadko, gdy w domu nie było nikogo, i trochę onieśmielony. Pokój był odświętny. Drzwi wiodące do niego zawsze były zamknięte, by chronić chłodne, uroczyste wnętrze przed kuchennymi zapachami. No więc nawet trochę jak do kościoła tam wchodziłem, by wodzić wzrokiem po pamiątkach minionego święta, po resztkach śródletniego karnawału. Cyganka, kot, pałac świeciły ciemnym światłem pokusy. Za oknem był jaskrawy dzień, wysokie niebo, połyskliwa rzeka w zielonych wiklinach, lecz sztuczne i wulgarne barwy odpustu, kolory smętnej fiesty zniewalały wyobraźnię. Żółte, pomarańczowe, filetowe i czerwone płomienie przepalały codzienność, która zwęglała się, czerniała na brzegach i zwijała jak nadpalony papier, by ukazać... właśnie – co? Pewnie przedziwną, nadprzyrodzoną sztuczność w środku świata, który był nieznośnie naturalny. Cała ta nieprzydatność i tandeta strzelb na korek, zegareczków ze zmartwiałą godziną, ta nicość trocinowych piłek na gumce na krótką chwilę dawały odpust pierworodnego grzechu sensowności, że jak jest „a", to musi być „b", że „świat jest jaki", że „Ala ma kota, a to tato Oli". Pałace ze szkła były i cudem, i bluźnierstwem w krainie, która miała się już na wieki obywać bez bluźnierstw i cudów. Dlatego produkowano je niemal gdzieś w podziemiu, półlegalnie, w ciężkim cieniu komunistycznych urzędów podatkowych, których głównym zadaniem nie było zbieranie podatków, ale ściganie tak zwanej prywatnej inicjatywy. A zwłaszcza tej, która wytwarzała roczarne diabły wywalające czerwone jęzory. Więc robili to gdzieś w jakichś warsztacikach, chałupniczym wytwórstwie, na przedmieściach, peryferiach, w jakichś Kałuszynach pewnie, Mińskach Mazowieckich, w smrodzie kleju, toksycznych farb i w nieustannym strachu. By potem oddawać ten niepewny towar wędrownym handlarzom, którzy podążali przez Polskę gminną i powiatową szlakiem wszystkich wezwań i patronów, do Jabłonny na Wniebowzięcie, do Czekanowa na Andrzeja Boboli, do Niecieczy na świętego Marcina, do Rozbitego Kamienia na Mikołaja Biskupa, i tak przez cały kraj, przez cały rok, aż do wyczerpania kalendarza.

Stawaliśmy co godzinę, półtorej na dworcach. Xil, Cagaan Teg, Czijregt, Gurbwan Obwoo, Sonid Youqi, Derst, Bajan Char, Ulaanchad. Nie wszędzie, ale na trzech czy czterech. Wysiadałem i szedłem popatrzeć na towary w sklepikach, na papierosy, których smaku mogłem się tylko domyślać. Wszystko było biedne i pokryte kurzem. Przypominało mi się lotnisko w Bracku z barem obitym smutną boazerią i kubkami, które od gorąca rozłaziły się w rękach. Kupowałem jakieś ciastka, bo to się dało rozpoznać. Były tłuste i słodkie. Dobre, ale inne. I ten kurz mi się przywidywał, chociaż mżyło. Dopiero wjeżdżaliśmy, kraj dopiero się zaczynał. Sto kilometrów od granicy, od tego Eren Chot, które wyglądało na dziurę, mieścinę nadmiernie rozwleczoną po stepie, z blokami na wyrost i szerokimi, pustymi chodnikami z gładkiego kamienia. Zbudowane na przyszłość. Na rogach, wprost na ziemi naprawiali rowery. Ryksz było tyle samo co samochodów. Może nawet w połowie to wszystko stało jeszcze puste. W naszym hotelu piętro niżej mieszkali robotnicy. Myli się we wspólnej łazience. Zeszli z jakiejś budowy. Mieli pomarańczowe kaski. No więc czekało to wszystko, aż Mongolia zbuduje asfaltowe drogi i poprowadzi kolej, żeby było jak wywieźć złoto i resztę bogactw, które od początku świata spoczywały w spokoju w głębi stepów. A w drugą stronę miały pojechać notesiki po juanie za sztukę, latarki na korbkę, plastikowe zasłonki przeciwsłoneczne do aut, na przyssawki i z tygrysem albo papugą do wyboru. Ponieważ wszystkie ludy i narody pragną odmienić swoje życie. O zmierzchu w półpustym mieście zapaliły się neony. Nie były to nawet reklamy czy napisy, tylko kolorowe linie biegnące wzdłuż zarysów budynków. Wzdłuż krawędzi dachów, dookoła okien, pionowo, podkreślając smukłość zabudowy, poziomo – jej rozległość. Świetliste kontury zwielokrotniały architekturę i tak przecież za dużą, ponad miarę i dopiero wyczekującą przyszłości. Dla kogo więc płonęły? Żółte, czerwone, fioletowe, zielone i niebieskie. Słały ten swój lucyferyczny blask w mroki mongolskiej pustyni? W kosmos? Że oto nadchodzi nowa era? Latarni nie było zbyt wielu i w zasadzie tylko te fosforyczne ognie rozświetlały miasto. Dworzec żarzył się złociście i acetylenowo. O dziesiątej nie było żywej duszy, tylko dwóch starców. W swoich długich szatach, przypominających brudne kontusze ściśnięte w talii szmacianymi pasami, wyglądali, jakby przybyli ze starowiecza albo prosto ze sztuki Becketta. Mieli ze sobą jakieś toboły i głośno rozmawiali. W trupim blasku neonów, w czarnej pustce placu ich obecność była nierzeczywista i zarazem bohaterska. Szli przez ten fałszywy blask tak jak przez swoją pustynię. Starcy z wędrownego plemienia. W ciemnoczerwonych wyświechtanych mongolskich delach.

Potem przeczytałem, że miasto liczy niespełna szesnaście tysięcy mieszkańców. Skrojono je na wielokroć więcej. Mogło tam wejść i ze sto tysięcy. Nie było opustoszałe. Ono czekało. Jak cały ten kraj. Jak on miało misję. Miało zaspokajać pragnienia świata. Miało przez swoje jeszcze wpół uśpione wnętrzności przepuszczać, co kto sobie zamarzy. Przez Eren Chot miała płynąć połyskliwa rzeka multiplikacji świata. Tędy miał iść transport nowego stworzenia. Ten niebjęty kraj trudził się niczym kosmiczna drukarka 3D, dostarczająca nam tego wszystkiego, czego do tej pory nie mieliśmy. Tutaj rodziła się odpowiedź na zagadkę bytu, na tajemnicę istnienia: nie dało się tego zgłębić, ale dało wyprodukować. Rzecz po rzeczy, kształt po kształcie, pragnienie po pragnieniu.

Błąkając się po chińskich peryferiach i po chińskich sklepach, nie mogłem oprzeć się wrażeniu, że ten Lewiatan świata zdąża do chwili, gdy z różowego plastiku, z gumy i folii będzie w stanie wyprodukować nawet nasze myśli i nasze sny.

Przed Sonid Youqi zaczęło padać na dobre. Ledwo co było widać przez okno. Przy szosie stała woda. Objuczone skutery jechały przez brązowe błoto. Wzdłuż wylotówki ciągnęły się jednopiętrowe baraki ze sklepami i warsztatami na parterze. Sterty jarzyn i sterty opon. Pod daszkami stali faceci i czekali, aż przejdzie. Kałuże się porobiły jak stawy na skraju pustyni, na skraju miasta. Napisy były po chińsku i po mongolsku alfabetem ujgurskim. W nagłych prześwitach wysypiska, chociaż tutaj trudno było poznać, czy to śmietniki, czy surowce wtórne. Wszystko trochę jak obozowisko, ale bardziej techniczne niż pasterskie. Rzucone w tę brązową ziemię w nadziei, że się zakorzeni, przyjmie, rozrośnie i zacznie wydawać plony. Było na wskroś smutne z tym deszczem, z tym facetowskim oczekiwaniem, aż się przejaśni. Tak się zaczynał ten kraj, tak wzbierał, podnosił się powoli jak kosmiczna fala, która przetoczy się nad światem. W Sonid Youqi, sto dwadzieścia kilometrów na południe od granicy mongolskiej. Nabierał rozpędu jak wiatr na równinie. Wcale nie chciałem jechać dalej. Wolałem sobie wyobrażać. Te wszystkie sklepy w Gorlicach, Jaśle, Nowym Sączu, w Bardejowie, w Koszycach, w Miszkolcu, na świecie. Tych wszystkich ludzi i siebie, jak wchodzimy i przeszukujemy stojaki, wieszaki, regały i półki w poszukiwaniu najlepszego sposobu na życie, aż w końcu znajdujemy w jakimś zafoliowanym zestawie własne postacie, figurki gotowe do użycia, a po włożeniu baterii przemawiające w jednym z dwudziestu zaprogramowanych języków. Po to tu przyjechałem. Same Chiny ciekawiły mnie umiarkowanie. Były za stare, zbyt skomplikowane, by szczerze się nimi zainteresować. Przerastały mnie pod każdym względem, ale zdradzały mi moją przyszłość. Były najstarsze na świecie i dlatego najlepiej wiedziały, co się stanie.

Do Jiningu zajechaliśmy późnym popołudniem. Z niczym nie można porównać tego uczucia, gdy wchodzimy w środek obcego tłumu w miejscu, którego istnienia nigdy nie podejrzewaliśmy. Jest odurzające. Składa się z lęku, podniecenia oraz stu innych doznań, których nazw nie znamy. To już nie było Eren Chot. Trzeba się było przeciskać. Plecak przeszkadzał. Betonowe bloki ciągnęły się po obu stronach ulicy. Niebo miało podobną barwę jak zabudowania. Znałem bloki. Te były prawie takie same, lecz jednocześnie przesycone czymś obcym i pociągającym. Jakby nasiąknięte innym światłem. Bardziej suchym, piaszczystym, oddalonym od wód. Jakoś to musiałem nazwać. Tę hipnozę obcego miejsca, gdzie nikt cię nie oczekiwał ani nie potrzebuje. Beton, czerwone napisy, w których rozpoznajesz jedynie arabskie cyfry. Marki aut, których nigdy wcześniej nie widziałeś. Znaczki na maskach jak starożytne amulety. Tak ci się wydaje. Poczucie, że im głębiej w to wchodzisz, tym powrót będzie trudniejszy, aż w końcu stanie się niemożliwy. Że uratuje cię tylko tchórzostwo, chociaż tak naprawdę nie pragniesz ocalenia.

Z pierwszego hotelu właściwie nas wyrzucili. Chudy facet w szklanej recepcji po prostu machnął, żebyśmy sobie poszli. Jak w starym zakładzie fryzjerskim tam było. Zielonkawe, brudne szkło i brązowa politura na starym drewnie. Mówił coś do kobiety w głębi, jakby szukał potwierdzenia. Przytakiwała mu po chińsku. Przeszliśmy na drugą stronę szerokiej ulicy. Tutaj w recepcji wisiały cztery zegary: Londyn, Nowy Jork, Tokio i Pekin. Wszyscy się uśmiechali, ale nikt nic nie rozumiał. Ani oni, ani my. Chcieli dobrze, naradzali się, ale nie byli zdecydowani. Trzy kobiety i mężczyzna. Wszyscy w ciemnoczerwonych uniformach. Dało się wyczuć, że jest drożej niż po tamtej stronie. W końcu dali nam klucze, ale jakoś tak bez przekonania. Jakbyśmy wymusili.

Przed północą poszedłem na spacer. Trochę się wyludniło. Ale to nie miało znaczenia, bo ten tłum cały czas był, dyszał ściśnięty za tymi betonowymi ścianami, za oknami, w których świeciły żółte żarówki. Kiedyś w Irkucku albo Ułan Ude widziałem, jak śpią chińscy robotnicy. W wielkiej pustej sali bez sprzętów leżało kilkaset cienkich materacy i na tych materacach oni, kilkuset, bez ruchu, na wznak, śpiących byle szybciej, o piątej trzeba już wstawać. W rozburdlonym krajobrazie Irkucka albo Ułan Ude widok równo ułożonych śpiących ciał sprawiał wrażenie wielkiego spokoju i jeszcze większej siły. Patrzyłem na nich przez czarną szybę i zapamiętałem ten widok, by przynieść go aż tu. Zajrzałem na dworzec sprawdzić pociągi. Na tablicy „Beijing" napisali łacińskimi, ale reszty już nie. Miasto było ciemnawe, czarniawe, jakby trochę z węgla, ale na parterach coś tu i tam się jarzyło zielonkawo, niebieskawo, rtęciowo, tak syntetycznie. Wszedłem do jednej z takich jaskiń. Za ladą polegiwał długowłosy, brodaty mężczyzna. Wsparty o kobietę, której twarzy nie mogłem dostrzec w półmroku, pobrzękiwał na strunowym instrumencie o długim, cienkim gryfie. Poszedłem między półki i odnalazłem czerwone wino, które, jak zresztą wiele rzeczy tutaj, nazwało się Great Wall. Było paskudne. I cabernet, i merlot smakowały identycznie. Ale przynajmniej je znałem i wiedziałem, czego się spodziewać. Wziąłem jeszcze parę piw, które w nazwie miały tygrysa albo smoka. Kobieta wydała mi resztę, sięgając ręką do szuflady, ale jej ciało pozostało nieruchome. Mężczyzna nie przerwał gry. Podobał mi się ten klimat palarni opium, zapach i półmrok. Lecz oni wyraźnie nie mieli ochoty na jakiekolwiek towarzystwo.

Przed wejściem do hotelu zatrzymał mnie dwumetrowy młody Chińczyk. Towarzyszyły mu dwie drobne, uśmiechnięte dziewczyny. Pokazał mi jakąś legitymację i powiedział, że jest z policji. Był skrępowany. Dziewczęta pomagały mu w angielskim. Musimy opuścić hotel, ponieważ nie mamy prawa w nim przebywać. W mieście jest tylko jeden hotel, w którym mogą nocować cudzoziemcy, i mamy się tam przenieść, a oni, dwumetrowy, dwudziestoletni, zakłopotany glina w przykrótkich dżinsach i dwie urocze gliniareczki, mają nam w tym pomóc. Odpowiedziałem, że nie ma takiej możliwości, wszyscy już śpimy i jesteśmy zmęczeni, więc bardzo dziękujemy za troskę, ale do widzenia. I poszedłem bezczelnie, zostawiając ich z tymi nieśmiałymi uśmiechami. Poszedłem, chociaż wcale mi nie było do bezczelności. Zebraliśmy się we czwórkę w jednym pokoju przy winie Great Wall i się naradzaliśmy. Był środek nocy, ciemne miasto i gigantyczne państwo przeciwko nam, białym przybłędom. Państwo, które bez ceregieli zabijało tysiące swoich obywateli strzałem w tył głowy, by potem handlować kawałkami ich zwłok. Nie było nam do śmiechu, ale też nie chciało się nam opuszczać ciepłych łóżek. Mieliśmy za sobą dwa tygodnie w śpiworach. Siedzieliśmy w bieliźnie w środku chińskiej nocy i zastanawialiśmy się, co z nami zrobią. Po godzinie zjawiła się policyjna trójka. Byli jeszcze bardziej uśmiechnięci i jeszcze bardziej onieśmieleni. Chłopak z wyraźną ulgą i radością oznajmił, że jego szef zgodził się, byśmy pozostali w hotelu. A potem wydobył skądś dwa płaskie czerwone pudełeczka i podał na otwartych wielkich dłoniach. Były dla kobiet. Pod czerwonymi wieczkami na czerwonej bibułce spoczywały dwie białe bransoletki z plastiku udającego alabaster.

Niewykluczone, że od powrotu podświadomie poszukuję podobnych wśród tysięcznej tandety „chińskich marketów" mojego powiatu, powiatów sąsiednich i na Słowacji. Jednak po powrocie przeszło mi lekceważenie dla tych miejsc. Wchodzę do nich jak do wehikułów czasu, które wiozą mnie w przyszłość planety. Albo w przeszłość, w moje własne dzieciństwo. Do parafii pod wezwaniem Najświętszego Serca Pana Jezusa pomiędzy stragany, strzelnice i loterie. Między cuda, które rozświetlały codzienność przez jedno popołudnie, by potem blaknąć i gasnąć w półmroku uroczystych pokojów. Ale ich dyskretna obecność, lekki połysk, cekinowy poblask, szklista poświata były obietnicą, że karnawał i odpust powrócą, gdy nadejdzie pora, gdy czas i my wykonamy swoją pracę. Trzeba tylko cierpliwości i tęsknoty.

Chiński sklep w moich Gorlicach jest otwarty. Wszystkie inne już pozamykane, a tam wciąż można wejść. Działają tylko spożywcze i on. W zimowe wieczory jest pusto. Moja drobna Chinka od „dzień dobry" układa pasjansa w iPhonie. Białe kobiety myją kafelkową podłogę. Jest jasno, bardzo jasno, może najjaśniej w całym mieście, które oszczędza. Jaśniej niż w Biedronce, jaśniej niż Lidlu. Ale ta jasność jest potrzebna, by widoczne były te wszystkie kształty i kolory, ten cud nowego stworzenia świata, wszechświat cały, dział za działem, regał za regałem, półka za półką, w którym można się będzie błąkać nie do dziewiętnastej, ale przez dwadzieścia cztery godziny i przez całą wieczność, w tym świetle, które nigdy nie zgaśnie. Dlatego tu przychodzę: żeby wspominać Chiny. Dwumetrowego nieśmiałego chłopca, policjanta państwa, które zabija swoich przestępców na publicznych placach, i jego dziecięcy uśmiech, gdy wyciągał przed siebie wielkie dłonie z biżuterią z plastiku. Taką jak na straganach w nadbużańskiej parafii czterdzieści lat temu.

Skończyło się lato i rozmyślam o Gobi. Przypominam sobie miejsca, w których stawaliśmy na noc. Rozbijaliśmy namiot na piasku. Było cicho. Ani z bliska, ani z oddali nie dobiegał żaden dźwięk. Tylko odgłosy naszej krzątaniny. W dzień wiał wiatr, ale wieczorem cichł. Wspinałem się na wydmy, by zbierać suchy nawóz. Przez dziesiątki kilometrów nie było widać żadnych zwierząt, ale nawóz leżał wszędzie. Tak jak kamienie. Jak stan pośredni między żywym a martwym. I jak coś niemal tak samo starego jak pustynia. Żarzył się w palenisku z płaskich kamieni. Wydzielał nieznany, trochę smolisty zapach. Tam, gdzie nie było krzewów saksaułowych, pozostawała tylko ta lekka jak pumeks substancja.

Co kilkadziesiąt kilometrów natrafialiśmy przy drodze na studnie. To były zwykłe dziury w ziemi z kilkoma przerzuconymi deskami, żeby było na czym stanąć. Do tego czerpak ze skóry zaczepiony na drągu. Obok stało cementowe albo kamienne koryto. Gdy stawaliśmy, gdzieś zza wzgórz zjawiały się zwierzęta. Konie, wielbłądy. Czekały, aż ktoś naleje wody. Czasami walczyły między sobą o dostęp. Studnia od studni o pięćdziesiąt kilometrów. Kiedyś zgubiliśmy drogę. Gamba, nasz kierowca, kręcił głową. Nic nie było poza żwirem i wzgórzami. Wypatrzyłem ger w oddali. Pojechaliśmy, żeby zapytać. Byli biedni. Wychudzone źrebię ledwo powłóczyło nogami. Pies nawet nie ruszył się z cienia. Łopata ze złamanym trzonkiem leżała w piachu. Nie było żadnego dobytku. Przywitali nas bez uśmiechu. Koścista kobieta tłumaczyła i wskazywała w głąb bezkresnego pejzażu, z którego przyjechaliśmy.

Teraz o tym myślę. O sobie w tamtych miejscach. O tej osobliwości życia, które się rozszczepia na tysiące zdarzeń i potem mamy do nich dostęp. Jak do tych dni na Gobi, do których próbuję dopasować nazwy miejsc: Bulgan, Bogd – tam gdzie góry były z zielonkawego, szklistego kamienia, a o zachodzie słońca robiły się niemal czarne. Tak. Stąpało się jak po szkle. Ze szczytów wzrok sięgał na dziesiątki kilometrów i nie było nic, tylko różowoszara pustynia. Za grzbietem ułożonym niczym zgięte ramię, w zagłębieniu, które chroniło od wiatru, skryło się gospodarstwo. Kilka gerów, UAZ, motocykl, talerz anteny i bateria słoneczna wskazywały, że koczownikom wiedzie się bardzo dobrze. Obok stały wielbłądy i obłaziły z sierści. Wełna wypełniała dwukółkę. Na ziemi stał rozebrany silnik, ale trudno było zgadnąć od czego. Weszliśmy do białej jurty i usiedliśmy na ziemi przykrytej dywanem. Dwie młode kobiety krzątały się w kucki przy żelaznej kuchni. Podały nam herbatę. Pod ścianą siedziała staruszka i uśmiechała się do nas. Twarze młodych były nieprzeniknione. Weszła dwójka paroletnich dzieci. Przyglądały się ostrożnie i uważnie, popatrując od czasu do czasu na swoich. Dostaliśmy słodkawe suchary i suszony ser. Daliśmy czekoladę. Jedna z kobiet wyszła. Druga zajmowała się gotowaniem i dziećmi. Czasem nasze spojrzenia się spotykały, ale nie odwracała wzroku. Patrzyliśmy na siebie z głębi swoich światów. Zamknięci w nich i tylko domysł albo wyobraźnia mogły nas na chwilę wydobyć z uwięzienia.

Powracam myślą w tamte strony niemal bezwiednie. Zaczynam myśleć o miejscach, które są daleko, i od razu zjawia się pustynia, i zjawia się step na Wschodzie. Czasami zjawiają się inne obrazy, ale je muszę przywołać. Tamte przychodzą tak naturalnie, jakbym miał je pod powiekami od urodzenia. Może to chodzi o przestrzeń, o to, że występuje tam w stanie niemal czystym. Odwracam się w tamtą stronę i widzę, jak kolejne warstwy, kolejne zasłony rozstępują się, wiatr z kosmosu, wiatr wiejący od początku dziejów unosi przejrzystą materię złożoną ze światła pomieszanego z odległością i ukazuje się pierwotna postać świata. Miejsce, gdzie nas jeszcze nie ma, i zarazem miejsce, do którego powinniśmy powrócić.

Potem, gdy już opuściliśmy gospodarstwo i pojechaliśmy dalej na wschód, jeszcze ją dostrzegłem. Porzuciła widać gotowanie i na motocyklu objeżdżała szkliste wzgórza, doglądając stad. Było daleko, ale przejrzyście i mogłem widzieć jej czerwoną bluzkę. Zatrzymywała się na grzbiecie i nie zsiadając z chińskiej maszyny, wypatrywała kóz i wielbłądów. A może spoglądała w ślad za nami, za obcymi, których nigdy już nie zobaczy. W każdym razie ja patrzyłem na nią tak długo, aż pejzaż pochłonął jej postać bez śladu.

Dlaczego myśl nie powraca do miejsc obfitości? Do pejzażu nasyconego? Mogę sobie wyobrazić, że dusza potrzebuje ukojenia. Że pustka pustyni jest jak bezmiar wód, z których niegdyś wyszliśmy na brzeg. Bezpowrotnie.

Parę dni wcześniej nocowaliśmy jeszcze w stepie. Jakieś sto kilometrów na południowy zachód od Ułan Bator. Nad jeziorem pasły się stada krów i koni. Było sucho, ale trawy jeszcze starczało. Zwierzęta miały lśniące, zaokrąglone boki. Rozbiliśmy namiot i poszliśmy w górę, między skały, żeby popatrzeć, jak zachodzi słońce. Jak smuży się krajobraz bez końca. Fioletowo, czerwono, niemal czarno. Chcieliśmy popatrzeć na zieleń, zanim zacznie się pustynia. W połowie zbocza znaleźliśmy dwa nagrobki, dwa kamienie. Na jednym wyryto słońce. 1927–2008, 1987–2010 – takie były daty. W szczerym stepie, w połowie zbocza. Obok w piasku leżały dwie stare ludzkie czaszki. Musiały pochodzić z jakichś wcześniejszych pochówków, gdy nie stawiano jeszcze nagrobków z datami. Po prostu wynosili ciało i zastawiali niebu, ptakom, zwierzętom. Leżały teraz wyschnięte, mineralne i białe jak kamienie. Oczyszczone z życia, do jakiego jesteśmy przyzwyczajeni. Z ciepła, które potem zamienia się w rozkład. I zostaje tylko bezwonny, gładki chłód, który będzie trwał prawie tak długo jak wieczność. Przynajmniej ta geologiczna. Daleko w dole pasły się stada. Jakby ktoś cisnął garść drobnych kamyków. Potoczyły się i zastygły: białe, brązowe i czarne na zielonej płaszczyźnie ciągnącej się po horyzont.

To umieranie, rozkład pod niebem nie dawały mi spokoju. Widziałem kiedyś fotografie z pogrzebu w Nepalu. Mnisi w czerwonych szatach ćwiartowali zwłoki. Nożami obierali je z mięsa. Na rękach mieli lateksowe rękawiczki. Ciskali czerwone okrawki w powietrze. Sępy porywały je w locie. W pierwszej chwili pomyślałem o barbarzyństwie. Mnisi mieli spokojne, skupione twarze. Pomagali światu powrócić do najstarszych kolein. Tak jakby ludzkie życie i ludzka śmierć chwilowo zachwiały jego porządkiem i potrzebna była chirurgiczna ingerencja, by powróciła harmonia. Bo nie potrafimy samodzielnie umrzeć i potrzebna jest nam pomoc.

Konstanty Rengarten, ten, który pod koniec XIX wieku wyruszył pieszo z Rygi do Chin, wędrował również przez Mongolię. Na Gobi napotkał kondukt pogrzebowy. Orszak kobiet, mężczyzn i psów odprowadzał zwłoki Mongołki „w kwiecie wieku". Po jakimś czasie ułożyli tobół na ziemi i odeszli, nakazując Rengartenowi, by zrobił to samo. Nie posłuchał ich jednak i został w nadziei, że uda mu się pochować zwłoki. Psy jednak go ubiegły. Strzelał do nich z fuzji, aż skończyła mu się amunicja, a potem uciekł w głąb przestrzeni i piachu. „Gdy później w ciemnej nocy nie mogłem znaleźć jurty w pustyni, straszny ten obraz stawał mi zawsze przed oczyma". Co takiego zobaczył Europejczyk i zapewne chrześcijanin? Że to nie ziemia, ale psy pochłaniają ciało? Że ziemia jest starsza od psów i jej prawo do zwłok, do uczestnictwa w obrzędzie jest większe? Że robaki, bakterie i powolna zgnilizna są bardziej podniosłe? Niż psy, które gwałtownie zaspokajają głód? Może widział swoje ciało rozrywane na strzępy? Przez jego własnego psa, z którym wędrował?

Dokąd idziemy po śmierci? Na co czekamy? W tych grobowcach z granitu i marmuru jak pałace. W mauzoleach. W pełnych przepychu domach śmierci. Przechowywani w kryptach pod rzeźbioną płytą i za kutymi drzwiami. Na cmentarzach, które są jak ciche miasta. Jakbyśmy nie wierzyli, że przyjdzie Pan, więc sami musimy się o wszystko zatroszczyć. Przechować do nie wiadomo kiedy. W domach z marmuru, w ciemnych mieszkaniach z lastryka. Bo nie mamy psów ani sępów. I nie wierzymy, że Pan ponownie ulepi nas z prochu, pyłu i dymu. Że odnajdzie nas w psim oddechu. Nie wierzymy.

Jedzie się coraz dalej na południe i zieleń powoli znika. Płowieje i nabiera barwy piasku. Spaliśmy gdzieś za Gucziin-Us, już bliżej Bogda. Pierwszy nocleg w pustyni z piaskiem po horyzont. Świecił złoty księżyc. Nazbierałem nawozu i paliłem ogień. Obok księżyca zjawiło się kilka gwiazd. Nie było nic więcej.

Zarys nagich wzgórz, czerwony ogień i niebo. Po to tu przyjechałem. Żeby prawie nic nie było między moim ciałem a resztą. Nawet pamięć miała mniej do roboty, bo przecież nie znałem żadnej historii z tych stron. Nie miałem o czym tutaj myśleć. To znaczy myślałem o sobie. Zastanawiałem się, gdzie łatwiej umierać: czy tu, czy u siebie.

No więc przyjeżdżałem, żeby nic nie zasłaniało widoku na to, jak będzie. Wydma za wydmą, wzgórze za wzgórzem, skała za skałą i nic innego. Ale przecież nie wynosili zmarłych byle gdzie, tylko tam, gdzie łatwiej im będzie opuścić dotychczasowy świat. W przeciągu jakimś, przewiewie, na przełęcz z głodnym ptakiem, wilkiem i psem. Sęp porywał część i zamieniał ją w latanie. Pies i wilk w cierpliwy trucht.

Babkę chowaliśmy latem. Patrzyłem, jak opuszczają trumnę na sznurach. Wykopana ziemia była szarożółta. Wydawało mi się, że dół jest bardzo głęboki. Wieś stała wokół. Nie wiedziałem, co robić. Pierwszy raz widziałem, jak kogoś zakopują. Miałem siedem lat. Nie rozumiałem, co to znaczy śmierć. Wiedziałem tylko, że babka jest w trumnie i nigdy już jej nie zobaczę. Gdy ją całowaliśmy przed zamknięciem wieka, była zimna jak ziemia z głębi grobu. Stałem bez ruchu. Nie płakałem. Kobiety wokół zanosiły się szlochem. Ojciec miał łzy w oczach. Ja nie wiedziałem jeszcze nic. Dzieci są nieśmiertelne. Patrzyłem na spadającą ziemię. Wyobrażałem sobie chłodną ciemność, w której spocznie babka. Ale już wcześniej była zimna, więc tak bardzo się o nią nie bałem. Pewnie czułem, że jej życie pozostało na powierzchni. W dniach, które minęły, ale nie przepadły. Dlatego się nie bałem. Nie płakałem. Patrzyłem, jak ziemia pokrywa trumnę. Głuchy dźwięk, gdy uderzała o wieko, zatrzymując się o centymetry od jej twarzy, od wyprostowanego ciała z rękami złożonymi na piersi. Wokół leżały inne ciała, też w skrzyniach, i czekały. Cmentarz był niewielki i piękny. Daleko od wsi. W cieniu starych drzew. Za drogą, ku wschodowi otwierał się łagodny, nizinny widok: pola, łąki, topolowe zagajniki, drewniane domy w sadach. W jednym z nich umarła nad ranem. Przez dziesięciolecia przynosili tutaj swoich zmarłych i kładli jednych obok drugich. Czasem trumna na trumnie, bo już się nie mieściły. To oczekiwanie umarłych za wsią, w cieniu wysokich drzew, za metalową furtką wydawało mi się całkiem naturalne. Cmentarz przylegał do życia jak skóra do ciała. Któregoś dnia mieli wstać. Mieliśmy się z nimi spotkać. Pewnie dlatego nie płakałem.

Przypominałem sobie to wszystko, jadąc w głąb pustyni. Czasami stawaliśmy na noc u ludzi. Gery przesiąknięte były wonią jedzenia i zwierząt. Zapach wydawał się mocniejszy, bardziej materialny niż wojłokowe ściany. Wiał wiatr i było ciemno. Przez sto, przez tysiąc kilometrów. Kruchą ochroną były te siedziby. Znikały jednego dnia i pozostawał tylko wydeptany krąg trawy. Wszystko zabierali. Ładowali na przyczepę traktora, na wóz, na wielbłądy i nie zostawało nic. Ziemia sprzed tysiącleci. Objedzone kości zwierząt, flaszka po wódce, węgle po ogniu. Horyzont się zasklepiał. Podobnie było z tymi starymi grobami. Znikały. Zostawał piach i pył. Myślałem o tym. W gerach i przy ogniskach. O szlachetności tego kraju. O gotowości na odejście. W starym Ułan Bator Chińczycy nie grzebali swoich zmarłych, tylko gromadzili ich w skrzyniach ustawionych jedna na drugiej i gdy zebrało się wystarczająca wielu, formowali karawanę i ruszali przez pustynię w stronę Eren Chot, by zakopać zmarłych w ziemi przodków. Ponieważ nie chcieli niczego utracić i od tysiącleci gromadzili przedmioty, dzieła sztuki, miasta, księgi, posągi i podziemne armie z gliny, które miały koić cesarską samotność. Gromadzili zmarłych. Całą tę materię, w której znajdowali pocieszenie. Warstwa po warstwie, tysiąclecie po tysiącleciu, jak rzeka niosąca osady mułu.

Nie wiadomo, gdzie jest pochowany Czyngis-chan. Mówią, że na północnym wschodzie, w krainie, w której się urodził. Mówią, że zabijano wszystkich, którzy natknęli się na orszak pogrzebowy. Co stało się z orszakiem, nie wiadomo. Może i orszak wymordowali ostatni, najwierniejsi z wiernych, i tajemnicę sami zabrali do grobu. Pojawił się znikąd i odszedł bez śladu w głąb górzystego stepu, gdzie wije się rzeka Onon i zaczynają się pierwsze lasy. Wrócił, skąd przyszedł? Zostawiając jedynie pamięć grozy i chwały? Tym jest życie? Pamięcią tych, którzy pozostali, i tych, co dopiero nadejdą? Nie ma nic oprócz zdarzeń, których nie ocali, nie zachowa żadna rzecz? Na ziemi ani w grobie? Możemy gromadzić i gromadzić, ale nic nas nie osłoni? Możemy układać warstwami naszych zmarłych w nadziei, że nas obronią, odgrodzą, gdy nadejdzie czas? Robimy im legowiska z kamienia, żeby było gdzie przychodzić, żeby nie uciekli. Mięso odchodzi, ale zostaje kość i to nas pociesza. Kość. Żeby ją zatrzymać, robimy to wszystko. Ponieważ nie wierzymy w pamięć.

To jest kraina kości i trzeba się do tego przyzwyczaić. Leżą wszędzie. Na stepie, przy drodze, w osadach, w miastach. W Ulaangom krowie czaszki leżały pod bramą klasztoru. Gdzieś widziałem wyschniętą połówkę czarnego psa. To był środek wsi i koła aut powoli zamieniały psie resztki w pył. Albo niedaleko Bajandzag, gdy szliśmy godzinami przez szczerą pustynię, by raptem natknąć się na krąg szkieletów i drobnych czaszek z rogami, więc były to pozostałości koziego stada. Może wyrżnięte za jednym zamachem, oprawione i już jako mięso i skóry powiezione dalej. Albo gdzieś za Manlaj ostatniej gobijskiej nocy: rozbiliśmy namioty obok wątłego źródełka. Zasilało błotnistą łączkę i przepadało w piasku. Rano znalazłem nieopodal szkielet wielbłąda. Chyba niczego nie brakowało. Leżał biały i spokojny, tak jak zastała go śmierć. Można było pomyśleć, że zwierzęcy kościotrup śpi. Kilometr dalej widziałem trzy żywe. Szły w stronę horyzontu.

W dziesiątkach innych miejsc też. Czasami jeszcze z resztkami rudej albo szarej sierści. Czasami wyrzucone na brzeg stepowych rzek. Ale zawsze oczyszczone, bez śladu tkanek, bez zapachu, mineralne i gładkie. Można było sobie wyobrażać, że od tysiącleci odkładają się w ziemi, warstwa po warstwie, razem z trawami, razem z umierającą rok po roku roślinnością. Że stąpamy po cmentarzysku. Po grobie wszystkiego.

Coraz trudniej namówić ją, by wyszła z domu. Drobi po kuchni. Gdy jest cieplej – po podwórku. Tam i z powrotem. Tam i z powrotem. Przypomina ptaszka w klatce. Podfruwa jeszcze, ale traci siły. Trochę się wstydzę tej swojej ruchliwości, że zawsze przejazdem, zawsze w biegu, nigdy specjalnie, tylko przy okazji. Już nawet przestała wypytywać. Zresztą co jej powiem? Że piach? Że wody nie ma? Jak to na pustyni? Że węże pełzną, że czaszki leżą? Więc nie mówię nic. Słucham urywków. Czasem pytam o przeszłość, ponieważ oboje już wiemy, że to jedyne bezpieczne schronienie. Opowiada. Fragmenty. Zjawiają się obrazy proste i jasne, jakby nie było tych wszystkich lat. Widzę je tak wyraźnie, jakbym je zapamiętał. Bo może pamięć przekazywana jest wraz z krwią. Widzę jej kilkuletniego brata, jak bawi się na piaszczystej drodze. Nadjeżdżają Niemcy i coś do niego krzyczą, ale nie zwraca na nich uwagi. W końcu jeden z nich, zniecierpliwiony, wyjmuje pistolet. Z domu obok ktoś wybiega i tłumaczy na migi, że dziecko jest głuchonieme, że nic nie słyszy. Porywa chłopaka spod kół i auto odjeżdża. Brat pojawia się teraz w opowieściach często. Rysuje konie. Albo wycina je z papieru i biega drogą, na której mieli go zabić. Gdy byłem mały, rysował konie dla mnie. Były piękne i żywe. Więc teraz opowiada o nim, że był wyjątkowy, tylko ta głuchota, choroba i wojenny czas sprawiły, że potem żył w samotności i ciszy. Bez trudu wyobrażam sobie to wszystko i bez trudu przypominam sobie samego siebie dwadzieścia lat później na tej samej szarej drodze wśród drewnianych domów. Zapewne wyglądała nerwowo za płot, czy gdzieś nie przepadłem, nie wybrałem się za wydmę, gdzie zielono i rozlegle rozlewał się Bug. Albo czy nie nadjeżdżają jacyś nowi Niemcy. Słucham jej urywanych historii i czuję zapach drzewnego dymu z kominów. Latem, żeby coś ugotować, podrzucało się szyszek do pieca. Zbieraliśmy je do jutowych worków w lesie zwanym choiną. Nawet za dnia mało kto wybierał się tam samotnie, bo wciąż żywa była opowieść o setkach trupów leżących wśród drzew od czasu, gdy Rosjanie szli tędy w czterdziestym czwartym. Szyszki paliły się gorącym, gwałtownym ogniem. Powietrze wypełniała woń żywicy, gotowanych ziemniaków i rozgrzanego oleju. Nie muszę niczego sobie wyobrażać, gdy opowiada o czasach, kiedy mnie jeszcze nie było.

Mówi o bracie często, ponieważ niedawno umarł. Nigdzie nie wychodzi, ale gdy mówię: chodź, pojedziemy, niespodziewanie godzi się bez protestów. Ponieważ nie miała sił, była zbyt chora, by pojechać na pogrzeb. Więc teraz jedziemy jakby na ponowny pochówek. Jesień się dopiero zaczyna. Jedziemy na północny wschód. To bliżej, to dalej od splotu rzek. Najpierw jest Bug z Narwią, a potem sam Bug. Jest niedziela. Ludzie wychodzą z kościołów. Wsiadają do aut. Dziesiątki samochodów tarasują szosę. A ja pamiętam konie w hołoblach, worki z obrokiem i ostrą woń potu pomieszaną z kurzem spod kopyt. Tak jak ona brata, gdy był chłopcem i gnał z papierowymi końmi piaszczystym gościńcem, na którym chcieli go zastrzelić. Oboje jedziemy na cmentarz pod prąd czasu. I oboje trochę się boimy. Ale okazuje się, że wszystko jest dobrze. Cmentarz leży trochę za wsią, na leśnej polanie. Złoty i chłodny blask jesieni sprawia, że groby są wyraźne jak czarna kaligrafia. Piasek jest żółty, suchy i nie ma mowy o wodzie stojącej gdzieś pod powierzchnią, gdzieś w głębi gruntu, wodzie trawiącej trumnę i trupa. Zostawiam ją, odchodzę trochę na bok i patrzę. Stoi lekko pochylona nad szarym nagrobkiem. Powinna się modlić, ale tylko patrzy i pewnie wyobraża sobie jego tam, pod ziemią, z zamkniętymi oczami, śpiącego z rękami złożonymi na piersiach, w pozie, w której oczekujemy na wieczność. Dlatego tak ważny jest ten sypki piach, który nie zatrzymuje wody. Żeby było sucho ciału. Żeby się nie męczyło, nim wieczność nadejdzie. Więc pewnie go sobie wyobraża, odgaduje kształty pod suchą ziemię i drewnem trumny. Widzi chłopca, który uniknął śmierci, by móc pędzić gościńcem z papierowymi końmi. Widzi to wszystko, co odeszło i na co teraz czekamy, aż powróci. Przysypani i nieruchomi. Czekamy, aż się rozstąpi. Na suchych śródleśnych polanach, jeśli mamy szczęście. Pewnie go widzi, bo twarz jej łagodnieje. Stoimy tak oboje, trochę oddaleni i myślimy o nim: czy mu dobrze i czy szybko zleci to oczekiwanie.

A potem trzeba już wracać, bo słońce jest zimne, światło przenikliwe, a ona oprócz ulgi czuje też zmęczenie. Ruszamy przez wsie z trawnikami, tujami i figurami greckich tancerek ze sztucznego kamienia. Jest zimno i nie mogę opuścić szyby, by poczuć bagienną woń rzeki, która choć niewidzialna, towarzyszy nam gdzieś z prawej strony. Nie ma już krów ani koni, więc nadrzeczne pastwiska zarosły wikliną. Jadę i niczego nie poznaję, ale wszystko pamiętam.

W domu zaraz się przebiera w to, co na co dzień, i sobie podreptuje. Trochę zamyślona, jakby jeszcze nie wyszła z tamtego zimnego słońca. Ale widzę, że jest szczęśliwa po tej podróży do grobu.

Taką ją zostawiam. Zgarbioną, z półuśmiechem na twarzy. Ale nie mogę się dokładnie przyjrzeć, bo we wstecznych lusterkach obserwuję słupki bramy. I już nie patrząc, podnoszę rękę na pożegnanie i odjeżdżam.

Teraz, gdy powoli zapominają te wszystkie rzeczy i zdarzenia, ja próbuję o nich myśleć. Żyją w swoich teraźniejszościach tak samo jak w swoich oddzielnych pokojach. On na górze, ona na dole, bo ledwo drepcze. Spotykają się przy jedzeniu i mówią o tym, co było dzisiaj. Albo że jutro trzeba zrobić zakupy. Potem się rozchodzą. Niczego im już nie opowiadam. O nic już nie pytają. Gdy wracam późno, nasłuchuję pod jej drzwiami. Radio gra przez całą noc. Nie wiadomo jednak, czy słucha, czy drzemie. Może śni jej się przeszłość. Te wszystkie rzeczy i zdarzenia. Budzi się i nic nie pamięta. Więc może to radio wypełnia pustkę pamięci. Albo jest jak sen na jawie. Jest zamiast tych wszystkich rzeczy i zdarzeń. Radio na zmianę z telewizorem. Czasem jedno zachodzi na drugie i trudno odróżnić. Miesza się. Nieustanny szum, bo przecież cisza jest straszna i czuć ją nicością.

No więc nic już nie opowiadam. Nie pytają, dokąd jadę ani skąd wracam. Po prostu zostawiam auto i wychodzę z plecakiem. Idę na stację i czekam na S3. Jest ciepło, mam dużo czasu i mogę sobie przypominać te wszystkie rzeczy i zdarzenia. Na przykład parowe lokomotywy i mechaniczne semafory z lampą naftową w środku. Wzdłuż torów biegła ścieżka. Wydeptali ją kolejarze, którzy codziennie dolewali naftę i czyścili czerwone i zielone szkła. Żeby przestawić semafor, trzeba było przesunąć wielką, masywną dźwignię u zawiadowcy stacji. Czasami było widać przez szybę, jak co drobniejsi uwieszali się na niej całym ciężarem ciała. Opadała powoli i napinała druty biegnące wzdłuż torów. Do semafora było kilkaset metrów. Wszystko ręcznie, wszystko mechanicznie. Tak, pod semaforami pachniało rozlaną naftą. Jak na wsi. Na piaszczystej ścieżce. W ciepłe dni czuć było kreozot z podkładów. W sześćdziesiątym ósmym. W sześćdziesiątym dziewiątym. Wagony były ciemnozielone i brudne. Woziły proletariat. Rano i po południu. Ojciec jeździł autobusem. Pociąg wolno się rozpędzał. Pomieszany dym i para miały osobliwy smak. Budynek stacji był drewniany, oszalowany i pomalowany zieloną farbą. Poczekalnia przypominała ciemną wiejską izbę z jednym oknem. W kącie stał kaflowy piec. Podłoga była z szerokich, surowych desek. Być może farbę wytarły buty podróżnych. Czuć było kurz i tytoniowy dym. Zaraz za stacją zaczynał się las. W dni wypłat z popołudniowych pociągów wysiadali robotnicy. Na ulicy wiodącej do stacji był sklep z wódką. Wysiadali przed dalszą jazdą do domu, by się napić. Potem leżeli bez ruchu w zaroślach. Czasem ktoś ich okradał. Zbudzeni przez wieczorny chłód, wsiadali do ostatnich pociągów.

Przypominali mi mojego ojca, chociaż nigdy nie pił i nie jeździł pociągiem, tylko autobusem. Przypominali tych wszystkich mężczyzn wychodzących główną bramą z fabryki. Żyli w jej cieniu i w jej cieniu mieli umrzeć. Tak im się wydawało, ponieważ chcieli być wierni swojemu losowi. Lecz zostali zdradzeni. Dostawali pieniądze, które czyniły ich niewolnikami. Na czerwonej setce w ponurym, krwawym krajobrazie dymiły na czarno kominy, a w poprzek banknotu jechała staromodna lokomotywa. Fabryka płaciła im swoimi wizerunkami. Nie było ucieczki. Na rewersie burobrązowej pięćsetki górnicy gmerali kilofami w pryzmie węgla. Mieli jasne koszule z krótkimi rękawami. Oglądałem banknot i wyobrażałem sobie, że Ślązacy mają jeszcze gorzej, bo uwięzieni są w czymś w rodzaju jaskini. Ale przecież tak miało wyglądać życie. Mężczyźni leżeli z rozrzuconymi ramionami w zaroślach. Wyglądali jak zastrzeleni podczas próby ucieczki. Tak było w istocie. Jak widma zbierali się o wieczornym chłodzie. Jak upiory jechali pociągiem na północ, do dusznych pokojów, do chat z bydłem za ścianą. Puści w środku, z goryczą podchodzącą do ust. Trochę się ich bałem i trochę podziwiałem. Zostawała po nich zgnieciona trawa.

Któregoś dnia ruszyłem wzdłuż torów. Zostawiłem za sobą stację i wszedłem w las. Miałem dziewięć albo dziesięć lat. Szedłem piaszczystą ścieżką dróżników obsługujących semafory. Po godzinie las się rozstąpił i wyszedłem na bocznicę z kilkoma zrujnowanymi wagonami. Wdrapałem się do jednego z nich. Pachniał starym smarem i jeszcze czymś chemicznym. Zapach był tak wyraźny, że prawie zamieniał się w smak. Pierwszy raz byłem w wagonie towarowym. Czułem się jak złodziej i czułem odurzające podniecenie. Usłyszałem nadjeżdżający pociąg i przyczaiłem się w kącie. Przejechał brudnozielony osobowy. Kilkaset metrów dalej stała cementownia. Trzy albo cztery silosy miały wysokość wielopiętrowych bloków. Wszystko wydawało się bezludne i nieruchome. Tylko wiatr niósł tumany szarego pyłu i łzawiły mi oczy. Patrzyłem przez szpary w deskach i ten pejzaż wydawał się piękny i odległy. Jak Azja z tym pylistym wiatrem i falującą, dziką trawą. Wyobrażałem sobie szary banknot o niewiadomym, ale wysokim nominale i z wizerunkiem silosów na rewersie. Po drugiej stronie była męska twarz. Może jednego ze śpiących na wznak mężczyzn.

Pierwszy raz tak daleko i samotnie odszedłem od domu. Opuściłem dom, opuściłem dotychczasowe życie. Naprawdę byłem w Azji. Wracałem na zawsze odmieniony. Straciłem poczucie czasu. Szedłem tą samą ścieżką, która teraz wiodła gdzieś z głębi świata.

Pod semaforem pachniało naftą. Tory zataczały szeroki łuk i w oddali na tle szarej wstążki nieba zjawiła się sylwetka stacyjnego budynku.

Teraz nie ma tutaj nic. Stacja jest płaska i pusta. Nikomu nie jest potrzebny pomalowany na zielono dom z kaflowym piecem w środku. Wsiada się i wysiada. Można w czterdzieści minut dojechać na lotnisko. Stoję sam i przypominam sobie zdarzenia i rzeczy. S3 punktualnie pojawia się na tle lasu. Czerwony, szybki i cichy. Rusza bez szarpnięć i nabiera prędkości. Nie słychać stukotu kół, tylko narastający metaliczny syk. Nasyp jest wyższy niż kiedyś i patrzę z góry, jak schludna zabudowa bez wyrazu pochłania dzikie miejsca. Pełznie i ostatecznie niweczy miniione. Lecz dla mnie to obojętne. Widzę przeszłość wyraźniej niż teraźniejszość. Przecież to, co jest, nabiera sensu dopiero, gdy minie. Więc jadę i patrzę wskroś widoków. Po żelaznym moście przekraczamy kanał. Śmiałkowie skakali z przęseł na główkę. Żerańskie Acapulco. Nad okolicą unosił się odór padliny z zakładów mięsnych. Szkielety i łby bydląt gniły w dołach wykopanych na pustkowiu. Potem po prawej zaczynała się fabryka. Dzisiaj jest opustoszała i martwa. Lecz wcale nie muszę się wysilać, by wróciły zapachy, dźwięki i drżenie posadzek ułożonych z drewnianej kostki. To było jak żywe, jakby gigantyczną bestię przebiegał dreszcz. Tysiące maszyn wibrowało bezustannie, ciągle, przez dwadzieścia cztery godziny. Na tłoczni, na kuźni, na hartowni, na odlewni, na lakierni, na spawalni, na montażowym, na zgrzewalni, na remontowym. Ojciec wychodził z domu po piątej i zmieniał tych, którzy schodzili z nocnej zmiany. Raz puszczone w ruch nie mogło się zatrzymać. Zaplanowane na wieczność jak władza proletariatu, którą mu odebrano, zanim ją zdobył. Samochody miały wyjeżdżać i wyjeżdżać, aż zostaną zaspokojone pragnienia i tutaj, i w Chinach, Indiach, Egipcie, Syrii, na Kubie, w Gwinei i Mongolii. Dlatego ojciec wstawał po czwartej i szedł do zimnej łazienki, której podłoga wyłożona była kamiennymi płytkami w żółto-czerwone spiralne wzory. Spod ciepłej kołdry nasłuchiwałem odgłosów. W ciemne zimowe świty miałem pewność, że nie pójdę w jego ślady, chociaż on nie potrafił sobie wyobrazić, że będzie inaczej. Matka wstawała jeszcze wcześniej, żeby przygotować mu śniadanie. Przez dziesięciolecia. Dla paru kanapek. Nasłuchiwałem tego w półśnie. Jak krzątają się bez słów. A potem było szczęknięcie zasuwy w drzwiach i wychodził w lodowatą ciemność, bo lud czekał na swe samochody. Czekał na próżno, ponieważ fabryka płaciła jedynie swoimi wizerunkami.

Patrzę z okien cichego i szybkiego pociągu na ruiny. Może to hale tłoczni, może innego wydziału. Tłocznia była chyba najwyższa. Musiała pomieścić zielonkawe kolosy, które wybijały w blasze kształty karoserii: maski, drzwi, błotniki. Hałas był apokaliptyczny. Maszyny miały po dziesięć metrów wysokości. Włączyć można je było tylko dwiema rękami i stopą. Dla zabezpieczenia przed przypadkowym uruchomianiem. Były groźne i wielkie jak Godzilla. Gdy zabudowa fabryki trochę się obniża, pokazują się wieżowce po drugiej stronie rzeki. Niebo jest błękitne i lśnią w słońcu. Jednak bez trudu wyobrażam sobie, że ich nie ma. W końcu bardzo przypominają nicość. Obok mnie siedzą młodzi i obojętnie patrzą na miejski pejzaż, który dla nich niczego nie skrywa. Ja natomiast poprzez powietrze widzę wszystkie minione zdarzenia i rzeczy. Widzę, jak siedzą w kuchni nad kupką banknotów, którą ojciec właśnie przyniósł, i rozmawiają półgłosem. Słyszę za drzwiami ich smutną naradę. Oboje wymknęli się wiejskiej nędzy, by zakosztować miejskiego dostatku, który okazał się tylko łagodniejszą formą ubóstwa. Układają nominały w kupki. To jest chyba epoka sprzed tysiączłotówek, więc wypłata ojca wygląda nawet obficie. Przekładają z kupki na kupkę i mówią cicho smutnymi głosami, jakby się wstydzili. Jakiś czas potem przypadkowo natknąłem się na miejsce, gdzie chowali pieniądze. Leżały w szafie wśród chłodnych, wykrochmalonych prześcieradeł, które płukało się w wodzie z niebieską farbką, by nabrały zimnego i czystego odcienia. Jak śnieg, gdy zapada zmierzch. I pomiędzy nimi leżały wizerunki czarnych kopalń i rozpalonych hut. Wcale nie przeszły pościelowym chłodem. Gdy ich dotykałem, były ciepłe i miękkie. Wyobrażałem sobie, że brudzą bieliznę, ale nie miałem odwagi sprawdzić i naruszyć porządku w szafie, więc zabrałem dłoń.

Ale nawet z tym cienkim plikiem między prześcieradłami musieli odczuwać coś w rodzaju zadowolenia. Żyli w mieście. Na jego skraju, ale jednak. Nie czuli zaduchu stajni. Nie brnęli zgięci wzdłuż ziemniaczanych bruzd. Matka używała perfum. Mieli adapter i płyty z Połomskim i Kunicką. Ale kartofle rosły w ogródku obok astrów i pamiętam też świnię czy wieprza w komórce na tyłach domu. Był z nim kłopot, bo raz po raz gruchotał zagrodę i wydostawał się na wolność, zapewne w przeczuciu własnego losu. Wieś szła za nimi. Zabrali ją ze sobą. Byliśmy wieśniakami z wieprzem, mieszczanami z gramofonem i proletariatem o szóstej rano stającym przy maszynie. I zarazem nie byliśmy właściwie nikim. Jak wszyscy wygnani ze swojego losu, ze swoich miejsc, ze swojego życia. Przewoziliśmy kupione meble pociągiem, bo było taniej. W całości. Nie sprzedawali w paczkach. Taszczyło się całą komodę. Wyglądała jak prosta skrzynka oklejona brązowym papierem. Same kanty. Sklep był przy cmentarzu. Ciemny jak piwnica. Brało się i niosło na stację. Ludzie patrzyli zawistnie. Wstydziłem się. Obijało się o nogi i bolało. Potem jeszcze cztery stacje i znów niesienie. Komoda, druga komoda, szafka, półka, coś tam jeszcze, wszystko z paździerza oklejonego papierem w paski, który miał chyba udawać palisander. Cały czas się wstydziłem, że to nosimy jak tragarze, że w ogóle tego potrzebujemy, tego paździerza. Do pociągu, cztery przystanki i do domu. Uciekli ze wsi, bo kraj i świat potrzebowały proletariatu, a pragnęli żyć jak mieszczanie. Targając meble na plecach dla oszczędności. Rewolucja nie miała prawa się udać. Nawet w Chinach się dopalała, a co dopiero tutaj. Nie było szans na przezwyciężenie losu. Zawsze miało im towarzyszyć poczucie, że są na niewłaściwym miejscu. Że będą nosić te meble ze sprasowanych trocin, ale nigdy się nie umeblują. Będą przekładać czerwone obrazki fabryki z kupki na kupkę, ale rachunek nigdy się nie zgodzi. Na zawsze pozostaną wygnańcami.

Kiedy wracam późno, radio wciąż gra w jej pokoju. Kiedy przyjeżdżam po długiej nieobecności, opowiada mi, co mówili w telewizorze. Świat stał się nieciekawy. Może ją po prostu znudził. Może miała go aż nadto. Ostatnio jest nie do pojęcia. Jakiś czas temu w szpitalu badał ją czarnoskóry lekarz. Wróciła roztrzęsiona. Dlatego woli swoje radio i swój telewizor. Zdarzenia i ludzie są z nią cały czas, lecz nie opuszczają plastikowych skrzynek. Opowiada mi o nich. Że ten powiedział to, a ta tamto. Trochę jest na mnie zła, że nie chcę o tym rozmawiać. Jakbym lekceważył jej życie. Pewnie ma rację. Sam jej kupiłem ten telewizor. W starym kolory całkiem spełzły. Stanąłem we Włocławku i kupiłem. Żeby miała coś w rodzaju morfiny na strach, który nie pozwala spać.

Zabudowania fabryki nareszcie się kończą. S3 jedzie prosto. Dawniej podmiejski skręcał w prawo. Odgałęzienie torów biegło wprawdzie tak jak dziś, ale jeździły nim tylko dalekobieżne. Torowiska rozchodziły się w brzozowym zagajniku zamkniętym ze wszystkich stron wysokimi nasypami. Wówczas ruiny cholerycznego cmentarza były zarośnięte i niewidoczne. Teraz ktoś go wyremontował. Wspinaliśmy się na tory i schodziliśmy w środek tego dziwnego, cichego miejsca pośród miejskiego gwaru i ruchu. To było trochę jak na dnie jakiegoś starego krateru po wygasłym wulkanie. Wśród młodych, złotozielonych brzózek wiosną. Mieliśmy ze sobą skrzynkę owocowego wina. Było nas może z dziesięciu. Jedna trzecia klasy ze szkoły zawodowej przy fabryce samochodów. Grzaliśmy się w słońcu i nie mieliśmy pojęcia, że pod ziemią obok leżą szkielety choleryków sprzed stu lat. Drzewa były oczywiście niższe niż dziś. A może w ogóle ich nie było? Może wyrosły później? Jadę na lotnisko i bez trudu mogę dostrzec chłopięce sylwetki. Butelki mają żółte nalepki z drzewem poznania i nagimi Adamem i Ewą. Wino nazywa się Rajskie. Ciała prarodziców mają ciemny odcień. Jakby byli na wakacjach. Wąż oplata pień. Zaraz to się stanie i już nigdy nie odzyskamy niewinności. Kupiliśmy wtedy całą skrzynkę. Niektórzy dali radę się podnieść, inni zasnęli i zbudził ich dopiero wieczorny chłód. Ludzie z pociągów oglądali śpiące ciała. Z rozrzuconymi ramionami, na wznak albo zwinięte w kłębek, na boku, niczym w brzuchu matki. Jadę i widzę ich, jakby to było dzisiaj. Ale nie mogę wysiąść, bo za dwie albo trzy godziny mam samolot gdzieś daleko, na Wschód, przez Moskwę albo Stambuł.

Gdy hale fabryczne znikają, otwiera się widok na drugą stronę rzeki, na śródmieście. Na tle błękitu widać te wszystkie wieżowce. Lecz z perspektywy wagonu wyrastają wprost nad komórkami, budkami i altankami, które ciągną się wzdłuż torów. Pochodzą z dawnych czasów i przetrwały. Dykta, blacha, resztki, niższe niż parter i otoczone spłachetkami upraw wielkości trzech piaskownic. O trzy kroki od szyn przez dziesięciolecia wchłaniały dym z parowozów i spaliny z diesli. Wszystko musiało się trząść, gdy przetaczały się składy. Musiały drżeć ściany, podłogi i meble przyniesione z mieszkań. Brzęczały garnki i talerze ze zdekompletowanych zastaw. W tych miniaturkach domostw trzy na trzy kroki, byle tylko się wyrwać z bloku, z betonowej szuflady. Domki dla lalek z tego, co komu tam zostało. Wyłatane i wypodpierane, na piachu, w niskim cieniu drzewka, z zielonym na wyciągnięcie ręki.

Spokojna rujnacja naprzeciw tych libeskindów za rzeką, naprzeciw tego smętnego Babilonu. Żadnych stanów pośrednich. Heroizm przetrwania i od razu pycha biedaków na dorobku. Podobnie było w Zabajkalsku. Po rosyjskiej stronie stał beton z wyłażącym zbrojeniem i drewniane chałupinki z rzeźbionymi obramieniami okien, a po chińskiej złociste wieżowce zwieńczone pagodowymi dachami. Te dwa światy oddzielał płot z drutu kolczastego. Kiedyś zaczynał się nad Bałtykiem i kończył zapewne nad Morzem Japońskim u zbiegu granic Rosji, Chin i Korei Północnej. Resztki widziałem koło Beniowej. Lecz tam, gdzie miał być potrzebny, trzymał się mocno. Manzhouli jaśniało w słońcu jak miasto z tysiąca i jednej nocy. Wabiło Rosjan. Cerkiew w Zabajkalsku przypominała drewnianą budę z dwuspadowym dachem. Tam mieli dla nich wielką i błękitną. W ogóle pewnie mieli dla nich wszystko, czego dusza może zapragnąć, ponieważ Chińczycy potrafili zrobić każdą rzecz i spełnić wszystkie marzenia świata. Tak wyglądało to baśniowe miasto wyrastające wprost z zielonego stepu. Była tam nawet gigantyczna matrioszka, żeby przybysze czuli się jak u siebie. Coś musiało w niej być, jakiś handel albo rozrywka. Wywabiała ludzi z drewnianych chałupinek, z betonowych bloków oplecionych rurami, z których obłaziły wiechcie izolacji. Lucyferyczne było Manzhouli. O dziesięć kilometrów od postkomunistycznej ruiny. Połyskiwało jaszczurczo. Pełgało jak błędny ogień. Nie sposób się było oprzeć. Drżało w gorącym powietrzu jak fatamorgana. Zdradzony rewolucyjny lud wsiadał do marszrutek i jechał przez granicę, by się zatracić i zapomnieć. Z Krasnokamieńska, z Daurii, gdzie w koszarach „przypominających pomalowaną krwią rzeźnię" urzędował Ungern von Sternberg, może nawet z Ułan Ude i z Czyty. Nic nie zostało z obietnic. Nie zdobyli władzy. Patrzyli, jak pęka beton, rośnie zielsko i domy powoli zapadają się w zmarzlinę. Okna opuszczały się niżej i niżej, aż sięgnęły poziomu gruntu. Wciąż byli niewolnikami. Wciąż marzyli o tym, żeby sobie coś kupić. Wtedy i teraz. Szafkę z paździerza oklejoną papierem w palisander. Dresy i adidasy z Chin. Nic tylko marzenia wyklętego ludu. W Zabajkalsku albo tutaj, przy linii S3, w budach z dykty z widokiem na libeskinda i resztę. Mogli siedzieć wśród grządek nasiąkniętych produktami ropopochodnymi i patrzeć, jak o zmierzchu czerwone słońce stacza się za plecami Cosmopolitan Twarda albo Warsaw Spire. Smutek i opuszczenie. Tych z działkowych bud i tych z Cosmopolitana. Tak samo uwięzionych. Od ściany do ściany ze szkła, od ściany do ściany z wiórów i cementu, z rozbiórkowej supremy. Widzę to tylko przez chwilę. Potem robi się zielono i jest brzozowy zagajnik z cholerycznym cmentarzem. Byliśmy synami mężczyzn budujących socjalizm, którzy zmęczeni wysiłkiem spali z rozrzuconymi ramionami. Na ich twarzach osiadała wieczorna rosa i wtedy wstawali niemrawo, obmacując kieszenie. Wsiadali do parowych i elektrycznych pociągów jadących na północ. Mieli niesmak w ustach. Przeglądali portfele i liczyli straty. Prawdopodobnie piliśmy wino Rajskie, by im dorównać w klęsce. W tamtym czasie za rzeką stały tylko dwa wieżowce i pekin.

Potem zaczyna się właściwe miasto. Pociąg pełznie wysokim nasypem, a w dole widać kamienice przypominające ruiny. Obłupione ze skóry tynku, z czerwonymi ranami surowych murów. Ulice są puste. Prawie nie ma samochodów. Obcy tu nie przychodzą. W bramach stoją bladzi faceci i blade dzieci. Kobiet nie widać. Ktoś czeka, aż wszyscy wymrą, zatrują się alkoholem albo uciekną. Wtedy przyjadą spychacze, koparki, wywrotki i żurawie i załadują na pakę domy, ulice i kwartały, by je wywieźć gdzieś za miasto. Bo przecież ta strona rzeki, wschodnia, też nie chce być gorsza i kiedyś postawi swoje libeskindy. Na gruzach lumpenproletariatu. Po dwadzieścia tysięcy za metr. Tam gdzie bawiły się blade dzieci. Tam gdzie stało Tesco, które teraz wygląda, jakby przybyło z kosmosu, takie jest gładkie, regularne i czyste w tym krajobrazie zimnych zgliszcz. Postawi spire'y, żeby się tylko przypodobać i żeby się odwrócić plecami od przeszłości, która wystaje całymi dniami w bramach.

Tak, pamiętam, jechałem tego dnia na lotnisko, by odlecieć do Pekinu. Nazajutrz miały się zacząć mistrzostwa. Międzynarodowy lud już zbierał się po dworcach.

Miałem odlecieć do Pekinu, a byłem pogrążony w przeszłości. Zamiast z Warszawy wyjeżdżałem Bóg wie skąd. Z głębi własnej pamięci, z głębi pamięci dwojga starych ludzi. Wyjeżdżałem z głębi tamtego letniego dnia, gdy szperając w szufladach wujostwa, natknąłem się na legitymację partyjną. Było zupełnie cicho. Gdzieś w głębi domu tykał zegar. Miałem jedenaście albo dwanaście lat. Otwierałem i zamykałem czerwoną książeczkę w twardej okładce, z fotografią wuja w środku. Nie wiedziałem, co o tym myśleć. Partia była czymś dalekim, nieznanym i trochę groźnym. I śmiertelnie nudnym, gdy się oglądało na czarno-białym ekranie tych wszystkich otyłych starców. Byli martwi w tych swoich kanciastych garniturach. Tymczasem wuj był jak żywe srebro. Jego drobna sylwetka pozostawała w nieustannym ruchu. Mówił ciekawe i śmieszne rzeczy. Kiedy w wieku lat trzynastu przyszedłem nocą ze wsi kompletnie pijany, nic nie powiedział, tylko kazał się mną zaopiekować. Więc to była ta partia, która wypełniała martwą nudą telewizor i drukowała czarno-białą „Trybunę Ludu", którą kupowało się tylko w ostateczności, gdy zabrakło „Expresu Wieczornego"? Ta sama? Wcale nie zaszkodziło to wujowi w moich oczach. Stał się tylko bardziej tajemniczy. Wiódł dwa równoległe życia. Zwodził tamtych, a dla nas miał uśmiechniętą, ludzką twarz. Tak sobie to wyobrażałem. Życie tajemne i rzeczywiste w żaden sposób się nie spotykały. Kiedy wuj był w partii? Nocą? Gdy nikogo nie było w domu? Gdy nikt nie widział? Gdy czasami gdzieś wychodził na cały dzień? Tajemnica pozostawała nieodgadniona i nieodgadniona jest do dziś. Jadę S3 do Pekinu i powracam pamięcią w tamte dni, gdy okazało się, że legitymacja partyjna może leżeć wśród gumek recepturek, starych latarek i blaszanych końcówek do robienia kiełbasy. Wracam do tamtych dni, jadąc do Chin w poszukiwaniu Bóg wie czego. Pewnie, żeby sobie coś wyjaśnić, coś przypomnieć jeszcze bardziej. Każdy powód jest dobry, by pojechać cichym i szybkim S3 do Chin. Najlepiej bez wysiadania, bez tych wszystkich przesiadek, kontroli i stemplowania. Żeby się przekonać, że to wszystko ma jakiś sens od pierwszych dni po dziś dzień.

Szwedzka, Stolarska, Lęborska, Letnia, Kamienna, Kowieńska, Strzelecka, Stalowa – tam się nie chodziło. Z wysokiego nasypu widać, że nic się nie zmieniło. Stalową do 11 Listopada, w lewo Inżynierską, Wileńską w prawo do Targowej. Zaraz za rogiem były te wąskie stalowe drzwi z wizjerem. Niewykluczone, że podróżuję śladem tamtych żołnierzy. Jadę w ich rodzinne strony, by spać na piasku albo na podłodze w przydrożnych domach. Może nawet ich spotykam. Są kierowcami, policjantami, prowadzą knajpy. Wspominają służbę w Polsce, imiona dziewczyn, miasta.

Przypominają sobie słowa. Byli niewiele starsi niż ja wtedy. Spotykam dawnych okupantów i sprawia mi to radość. Patrzę na ich kraj i niewiele rozumiem. Jestem tu obcy tak jak oni wtedy na Targowej. Nie mam za sobą armii, ale im się wydaje, że stoi za mną bogactwo i potęga Zachodu. Pytają, ile zarabiam. Udzielam jakichś wykrętnych odpowiedzi i zmieniam temat. Próbują zgadnąć, jaki jest cel mojej podróży. Może jestem alpinistą i będę się wspinał. Ale mówię, że nie. Że po prostu jadę. Rozmawiamy o czterech pancernych. Nie potrafiłbym im wytłumaczyć, po co tu przyjechałem. Sam nie bardzo wiem. W poszukiwaniu przeszłości? Żeby zobaczyć, co stało się z dniami, które minęły?

No więc może nie do Pekinu leciałem wtedy. Może S3 wiózł mnie na samolot do Kirgistanu? Via Stambuł? Może. W każdym razie Wschodni był po remoncie: szary, przejrzysty, bez zapachu i właściwości. Miał napisy w trzech językach, a w pociągu leciały komunikaty po angielsku. To była wróżba przyszłości. Ta połyskliwa szarość i ten angielski. Ale zaraz ruszyliśmy dalej, na zachód, wiaduktem nad rozkopaną Targową. Tak, nie do Chin, tylko do Biszkeku, bo stadion był martwy. Jak jakaś makieta albo tak zwana wizualizacja. Jak smętny pomnik usiłowania i nadążania. Z tą idiotyczną przeplatanką, jakby ktoś taśmą izolacyjną próbował naprawiać stary parasol.

Oczywiście żałowałem bazaru. Gdyby ocalał, nie musiałbym jeździć do Azji. Na jego zgliszczach i kościach stał stadion. Martwe stanęło w miejscu żywego. Przychodziłem tutaj, żeby słuchać języków i zgadywać. Oglądałem twarze i wyobrażałem sobie dalekie kraje. Tysiące handlarzy targało swoje toboły, swoje kraciaste torby. Z Wietnamu, Uzbekistanu, Mongolii, Jakucji, Kirgistanu, Kaukazu. Afryka też tam była, więc próbowali się porozumiewać po polsku i prawdopodobnie tylko tam, na tym gigantycznym targowisku, polszczyzna zyskiwała rangę języka międzynarodowego. Badziew z Chin, badziew z Indii, badziew z Pakistanu. Złoto i srebro, polimery i guma, karton i nędzne, kruche stopy pękające w rękach. Bawełna, nylon, poliamid, pochodne ropy naftowej. Stroje i rzeczy z głębi ziemi. Wysypisko cudów. Butaprenowy smród syntetyków i tłuszcz z rusztów, smażenina, sos sojowy i rybny. Nie było niczego większego i piękniejszego w tej części świata. Wydawało się, że łuna stoi nad tym miejscem. To życie wydzielało blask. A teraz ten sarkofag. W cieniu wiaduktu snują się śniadzi faceci z papierosami ukrytymi w dłoniach. Upodobnili się do naszej żulerki. Ta sama czujność, ten sam chód, te same spojrzenia nieustannie badające otoczenie. Zostali niczym maruderzy wielkiej armii. Klną po polsku. Od Portu Praskiego ciągnie zimny wiatr.

Stąd odjeżdżały te niebieskie, pękate autobusy z siedzeniami z brązowego plastiku. Powolne i zatłoczone wiejskim ludem. Gorące i duszne latem. Otwierało się okna na przestrzał i klapy w dachu. Ktoś wołał lękliwie, że przeciąg, ale reszta go zakrzykiwała. Wracali z handlu z pustymi koszami. Wieźli jakieś rzeczy z miejskich sklepów. Ocynkowane wiadra, wycieraczki, ortalion. Siedziałem wciśnięty między ciała i toboły. Przylepiony do szyby. Świat umykał w tył pięćdziesiąt na godzinę. Nigdy nie mogłem odgadnąć, co było ważniejsze: to, że umyka, czy to, że się zjawia. To, że odjeżdżam, czy to, że przyjadę. Pierwszy postój był w Kałuszynie. Właściwie przed, bo w samym mieście nie stawaliśmy, by uniknąć szturmu pasażerów na nasz zatłoczony autobus. Mężczyźni siadali na brzegu rowu i palili. Spod podciągniętych nogawek świeciła biel kalesonów. W czerwcu, w lipcu. Chłoporobotnicy. W szarych garniturach. Zdradzała ich mowa. Chudzi od tego palenia, od czarnego tytoniu. Rozmawiali z kierowcą. Kobiety nie paliły, więc nie wysiadały. Trochę się bały, że jak wysiądą, to autobus odjedzie bez nich. Wiejski lęk przed miejską cywilizacją. Kosze pachniały serem i wikliną. To był komunizm: wieś przyjeżdżała do miasta. Wyobrażała sobie, że w końcu tam zostanie. Żeby znaleźć pracę, potrzebny był meldunek. Bez przerwy słyszałem: meldunek to, meldunek tamto. Nie było łatwo go dostać. Komunizm reglamentował dostęp do siebie. Proletariat był potrzebny, ale nie mógł się wymknąć spod kontroli. Za Kałuszynem skręcaliśmy na północ i cień wielkiego miasta zostawał z tyłu. Teraz były już tylko wsie i miasteczka niewiele większe od wsi. Grębków, Liw, Węgrów. Żółtawa rzeka z prześwitującym piaszczystym dnem. Chałupiny, podmokły niż, wierzby. Sokołów był drewniany, parterowy i pomalowany na brązowo. Jeszcze żydowski, nie do końca skolonizowany przez Polaków, którzy zajęli domy i próbowali żyć, jakby nic się nie stało. Tam też był postój. Można było wysiąść. Miałem dwanaście lat i bałem się jak wiejskie kobiety, że autobus odjedzie. Ale wysiadałem, żeby zrobić kilkadziesiąt kroków w obcej przestrzeni. Jak gdzieś daleko, w innym kraju, na innym kontynencie. Wejść do ciemnego wnętrza sklepu w drewnianym domu. Było chłodno i pusto. Tylko na końcu pomieszczenia stała lada z witrynami, w których leżały kolorowe słodycze. Karmelki, groszki, wyschnięte ciastka, pańska skórka, kolorowe galaretki. Z tyłu na półkach stały szklane syfony i oranżada w patentówkach. Światło padało gdzieś z boku, z okna, za którym rosło gęste drzewo. Rozpraszało się i osiadało na sprzętach jak pył. Wymyślam to wszystko, ale prawda musiała wyglądać podobnie. To światło mogło trwać od przedwojnia. Tak jak i sklep. Ale wtedy nie miałem o tym pojęcia. Widziałem tylko ten pylisty blask, połyskliwe sześciany i krążki galaretek, które lśniły za szkłem jak na wystawie u jubilera. Nie miałem pojęcia o niczym. Robiłem kilkadziesiąt kroków, jakbym wysiadł w dalekim kraju. Wszystko było piękne, nowe i dziwne. Drewniane, pomalowane na brązowo domy, koński zapach stojący w zaułkach, gorące powietrze wypełnione wilgotną wonią ogrodów, gdakanie kur za drewnianym parkanem, benzynowe smugi snujące się za nielicznymi autami. Siedemdziesiąty drugi, siedemdziesiąty trzeci. Wieś pomieszana z miastem. Baśń. Niewinność. Autobus ruszał i objeżdżał prostokątny rynek. Po paru minutach zaczynały się pola z wierzbami na miedzach. Gdzieś za Niecieczą szosa opadała na dno płaskiej doliny i ze szczytu wzniesienia można było dostrzec długą, płaską linię horyzontu górującą nad nizinnym krajobrazem. Zupełnie tak, jakby znajdował się tam drugi brzeg albo inny kraj, daleka ziemia. Widok trwał ledwo kilkanaście sekund, ale serce zamierało z tęsknoty. Byłem przecież dzieckiem ciasnych nizin. Autobus zjeżdżał w dół pomiędzy łąki i zagajniki, a ja chowałem pod powiekami chwilowy obraz i wyobrażałem sobie, że dojedziemy tam niebieskim jelczem. Nigdy tak się nie stało, ale nigdy też nie zapomniałem wysmużonej, błękitnej dali. Niewykluczone, że to był oddalony o kilkanaście kilometrów wschodni brzeg Bugu.

Więc pewnie do Biszkeku wyruszałem wtedy tym S3. Zostawialiśmy z prawej Port Praski z jego smutkiem, opuszczeniem i stojącą wodą. Nic w nim nie cumowało. Ulica Jana Zamoyskiego przechodziła w Krowią.

Zaraz zaczynał się most i z wysoka można było patrzeć, jak wieżowce wznoszą się na drugim brzegu. Zawsze jechałem tam niby do obcego miasta. Byłem obywatelem tej strony rzeki. Obywatelem miasta biedaków. Synem wyklętego ludu, który nadciągnął z ciemnej głębi kraju, zwabiony widmem wyzwolenia. Z udręczonego wnętrza ziem. Z krainy much. Oglądam ich na starych zdjęciach. Na tle drewnianych ścian. Pod okapem słomianej strzechy. Ustawieni w uroczystym porządku. Odświętni i zastygli na wieczność. Młodzi. Matka podobna do June Carter. Pamiętam to wszystko, co jest poza kadrem. Piach i zapach pokrzyw. Smród niemieckich trupów i pogorzelisko po Ruskich. Babka nie przysiadała nawet na chwilę, jakby się bała, że świat zamrze wraz z jej bezruchem. Że jacyś jeźdźcy ją dopędzą. Że głód, że mór, że trup na koniach rydzym, wronym i płowym jak śmierć popędzą poprzez pola i obejścia. Że z minionych dni nadjadą wyciągniętym cwałem. Więc pozostawała w nieustannym ruchu między stodołą, oborą, domem, chlewem, letnią kuchnią, warzywnikiem i piwniczką, gdzie w ciemności obciekały sery i kwaśniało mleko. Pomiędzy śniadaniem a obiadem posypywała chleb cukrem i zwilżała chleb wodą. Wirowała boso, w ciągłej teraźniejszości, szczęśliwa, że minione i przyszłe nie nadchodzą. Z tym chlebem wspinałem się na wydmę i szedłem w głąb bezkresnych łąk. Były piaszczyste, półpustynne, porośnięte trawą, która cięła dziecięcą skórę do krwi. U stóp topól wielkich jak baobaby szukałem piorunowych kamyków. Kudłaty pastuch w brezentowym płaszczu przepędzał gromadzkie stado od jednego szarozielonego spłachcia do drugiego. Ciągnęło od niego całkiem bydlęco. Rano i pod wieczór grzał się w krowim cieple. Nie potrafił mówić. Dostawał jeść gdzieś na boku, przy progu. Przykucnięty wyjadał z miski. Nie pamiętam, czy miał łyżkę. Szedłem przez płaską równinę. Rozlewiska były po prawej. Odnogi, rozgałęzienia, dzikie kanały. Bagna zaraz zamieniały się w piach. Wychodziłem na całe godziny. Zostawiałem zgiełk zagrody. Jej skrzętność. Roili się jak pszczoły, żeby przeżyć. Dziadek chciał się zapisać do komunistów. Przynieśli wolność i równość, rzeczy wcześniej tu nieznane. Może inni czuli się zniewoleni. Ci, którzy kiedyś już doświadczyli jakiejś wolności albo wyższości, która wydawała się im równością. Ale nie oni tutaj. Z pokolenia w pokolenie rab w raba, nędzarz w nędzarza. Teraz jedli wolno i bez słowa. Bez lęku, że zabraknie. Powoli napełniali brzuchy. Babka schodziła do piwnicy i przynosiła śmietanę. Z rzeki przynosili ryby. Zawsze był olej, na którym się smażyło. Zawsze była mąka na placki i dwa razy w tygodniu chleb w sklepie, w którym pachniały cynamonowe herbatniki. Był smalec, słonina, masło i cukier. Były kartofle w kopcu. Były świnie w chlewie i krowy w oborze. Dlatego dziadek chciał się zapisać do komunistów, lecz babka mu nie pozwoliła. Chciał się zapisać w czterdziestym szóstym albo siódmym. Komuniści sami mu proponowali, ponieważ był ruchliwy, sprytny i obrotny. Ale babka wiedziała, że nie wierzą w Boga i wkrótce wszystkim zabronią. Więc dziadek nie został komunistą, tylko sołtysem. Przybił na drewnianej ścianie domu czerwoną tabliczkę z białym napisem. Teraz musiał więcej pić, bo obrady, spotkania czy posiedzenia kończyły się flaszką. W domu pod czerwoną urzędową tablicą odprawiał majowe. Schodziły się przeważnie kobiety. Klęczały w najlepszej izbie, na wyszorowanej podłodze z desek. Kilkanaście kobiet. Zapamiętałem ich bose pięty. Ołtarz był w rogu. Musiał być obraz albo figurka i dużo kwiatów z papieru i bibuły. Ale były też prawdziwe pelargonie w doniczkach owiniętych białą krepiną. Dziadek klęczał pierwszy, u stóp ołtarza. Intonował loretańską. Kobiety odpowiadały. Było jasne popołudnie. Czuć było pot i mydło. Głosy wypełniały szczelnie izbę. Drzwi były zamknięte, żeby nie leciały muchy. Recytował śpiewnie swoim chropawym głosem. W jasnej koszuli, odwrócony plecami niczym na mszy trydenckiej. Był więc kimś na kształt przywódcy religijnego, wioskowego kapłana. Z racji czerwonej tabliczki piastował władzę świecką, a z racji majowych duchową. Być może tylko silna wola babki uchroniła go od pokus komunizmu. Bez trudu mogę go sobie wyobrazić, jak odprawia czerwony obrządek: „Komuno nieskalana, módl się za nami. Komuno najczystsza, módl się za nami. Komuno dziewicza, módl się za nami. Komuno nienaruszona, módl się za nami". A razem z nim jego lud spracowany, zniewolony i wzgardzony od wieków. Z piasków, bagien i jałowizn. Wstający przed świtem i zgięty cały dzień, i bosy jak babka. „Komuno najmilsza, módl się za nami. Komuno przedziwna, módl się za nami". W szaroburych cajgach, z gnoju, z ciemnych chlewów, w gumiakach na onuce, na gołe nogi, w koszulach niezmienianych, przesiąkniętych kwaśnym potem pokoleń. „Komuno dobrej rady, módl się za nami. Komuno Stworzyciela, módl się za nami". Stają przy płotach i wyglądają na wiejską drogę, na której konie grzęzną po pęciny w piachu, schną krowie placki i wiruje gorący kurz. Wsparci o sztachety wyciągają szyje, by usłyszeć, kto nadchodzi i śpiewa tę dziwnie znajomą ni to pieśń, ni to recytatyw na sto nieposkładanych i bekliwych głosów. W złotym blasku maja od podmokłych pól i sosnowych zagajników z niemieckim, trupim mięsem, gdzie wirują połyskliwe, zielone muchy, od dworskich zagonów, gdzie błądzą duchy zmarłych w niewoli, z dziadowskiej otchłani podnosił się głos: „Komuno Zbawiciela, módl się za nami. Komuno roztropna, módl się za nami. Komuno czcigodna, módl się za nami". W końcu mogli dostrzec dziadka, jak idzie boso, po kostki w piachu, w jasnej koszuli, i wyśpiewuje wersy, a za nim podąża tłum kobiet i mężczyzn, odpowiadając: „Módl się, módl się, módl się". Głosy niosą się w upale południa. Zwierzęta idą za nimi. Biało-czarne krowy ze strupem brudu na zadach. Konie o zapadniętych grzbietach. Cała trzoda ludu idzie, biedniacki inwentarz, od bagien w stronę piachów, z chorągwiami, z drobiem plączącym się pod nogami, w zbitym tłumie, dla bezpieczeństwa, jak stado, za dziadkiem, który prowadzi ich w przyszłość, gdzie nie zaznają ani biedy, ani wzgardy, ale na wieki zasiądą po prawicy. „Komuno wsławiona, módl się za nami. Komuno można, módl się za nami". Więc wychodzą z obejść, wypędzają bydło, odwiązują psy z łańcuchów, odmykają chlewy, wygaszają ogień pod blachą, jakby mieli nigdy nie powrócić, jakby szli na arkę, która pomieści całe plemię, za dziadkiem, który nie milknie nawet na chwilę, aż na jasną koszulę występuje mu czarny pot i osiada biała sól. „Komuno łaskawa, módl się za nami. Komuno wierna, módl się za nami". Dołączają się nowi i nowi. Bydlęco-ludzki wąż pełznie przez równinę i wzbija kurz pod niebo. Pęcznieje, puchnie, grubieje, wzdęty od kolejnych rodzin i stad szoruje szerokim brzuchem przez sołectwa i gminy, roztrąca przeszkody, łamie płoty, gniecie zarośla, zostaje po nim szara, naga ziemia. Z dala widać pylisty słup wznoszący się do nieba, jakby szła trąba powietrzna, wir wielki, ciągnący piaszczysty tuman pomiędzy obłoki, wyżej i wyżej, aż zgaśnie słońce. Zwierciadło sprawiedliwości, stolico mądrości, przyczyno naszej radości.

W domu dziadka nie było książek poza tymi do nabożeństwa z wielkim drukiem. I jakimiś pożółkłymi broszurami religijnymi z umoralniającymi opowieściami. Nie było poza tą jedną, grubą i ciężką w czerwonej płóciennej oprawie. Wyglądała prawie jak księga z ołtarza. Nazywała się *Komuna Paryska 1871* i była raczej albumem pełnym rycin i fotografii. Nie umiałem jeszcze czytać, ale spędzałem nad nią długie godziny. Komunardzi bronili barykad. Maszerowali paryskimi ulicami. Wojsko rozstrzeliwało pojmanych bohaterów. W chałupie pod strzechą oglądałem pałace stolicy świata. Co tutaj robił ten rewolucyjny mszał? Dziadek dostał go w nagrodę za swoją sołtysowską działalność. Słowo „komuna" było groźnie i pociągające. W ustach moich wiejskich krewnych brzmiało głucho, dudniąco jak z głębi studni. Miałem pięć albo sześć lat i nie oznaczało dla mnie nic konkretnego. Tylko ten dźwięk i obrazki, które nie miały nic wspólnego z moim życiem, ponieważ nie było w nim wytwornych fasad, ogrodowych szpalerów, arkad i hipnotycznych miejskich perspektyw. Co najwyżej biała wymięta koszula dziadka mogła przypominać koszule komunardów. Wędrowałem płaskimi wygonami. Krowy wchodziły po kolana do wody. Podnosiła się bagienna, mulista woń. W upalne dni nad równiną wibrowało rozgrzane powietrze. Wtedy można było ujrzeć procesję i usłyszeć „Kyrie" niosące się nad stepem. Kobiety szły boso wśród ostrych traw. Wieś zostawała z tyłu. W oddali widać było obłoki kurzu. To inni zdążali, by się przyłączyć. „Komuno duchowna, módl się za nami. Komuno Dawidowa, módl się za nami. Komuno z kości słoniowej, módl się za nami". Znad rozlewisk nadlatywały czaple, żurawie i łabędzie i krążyły nad pochodem. Szli w stronę horyzontu. Nieśli chorągwie przyniesione z kościołów, bo cóż to za pochód, cóż to za procesja bez chorągwi. Łopotały też czerwone flagi pozostawione przez ruskich rzecznych matrosów. Jedne i drugie zwiastowały przecież wybawienie, zmartwychwstanie i nieśmiertelność. Teraz to lud miał być wieczny, ponieważ nastąpił kres dziejów i kres uciemiężenia, bo przecież to historia nieodmiennie ciemiężyła wyklętych. „Komuno złota, módl się za nami". Nieśli drewniany dwójnóg, którym geometrzy odmierzali ziemie podczas reformy. Owinięty staniolem, obwiązany barwnymi wstążeczkami, okręcony krepiną przypominał gaik-maik. Nieśli też Częstochowską, na samym przodzie. Czterech mężczyzn niosło na ramionach feretron. Obraz przypominał dziadkowy z domowego ołtarza, tylko był większy, w obficiej złoconych ramach i w blaszanej, srebrnej sukience, więc pewnie wzięty z któregoś z kościołów wbrew księżej woli, po przepychankach i krzykach, że świętokradztwo. Ale wzięli i przynieśli: sztandary, obrazy, może wzięliby też ornaty i monstrancje, gdyby nie były pozamykane. Nadchodzili ze wszystkich stron. Płynęli pychówkami z drugiej strony rzeki, wynurzali się z bocznych kanałów. „Komuno przymierza, módl się za nami. Komuno niebieska, módl się za nami". Głuche słowo dudniło jak ze studni, ale miałem sześć lat i wabiło ponuro jak wejście do piwnicy. Matka recytowała czasem wiersz *Granada moja* po polsku, ale oryginalny tytułowy wiersz wypowiadała z prawidłowym rosyjskim akcentem. Powtarzałem te słowa bezwiednie. Może w ogóle były to pierwsze obce słowa, które poznałem. Granada, Komuna, Granada, Komuna, Komuna, Granada. Bardzo możliwe, że brnąc przez pustynne łąki Nadbuża, wymawiałem te słowa niczym inkantację. Mógłbym dołączyć do procesji. Iść z resztą dzieciarni, którą jak inwentarz pozabierali z domów. Rozbiegała się na boki, zataczała kręgi wokół ciżby, niezmożona i szczęśliwa, bo nie trzeba było iść do szkoły, nie trzeba było iść w pole. Przez cienką skórę czuły nadciągającą wolność. Nie będzie już rwania zielska dla krów po rowach, nie będzie zbierania szyszek pod kuchnię, nie będzie pielenia, nie będzie sianokosów, nie będzie żniw ani kopania kartofli, nie będzie skwaru latem ani zimnej, ziemistej wilgoci jesienią, nie będzie znoju pod ojcowskim krzykiem i razami, niewykluczone, że znikną pory roku i praca zniknie, zniknie donaszanie ubrań i wstyd, i bicie, i przekleństwa, i strach, i przepadnie wszystko, co było do tej pory. Może nawet cały stary świat zniknie. Tak czuły przez cienką skórę i biegały wokół pełznącego tłumu. „Komuno zaranna, módl się za nami. Komuno chorych, módl się za nami. Komuno grzesznych, módl się za nami". Jak rozbawione szczenięta, i ja z nimi, przybłęda z miasta, jeszcze trochę swój, a już zdrajca, który pozbył się zapachu wiejskiego barłogu, zmył z siebie gnojną woń zwierząt. Przez piach, przez tnącą do krwi trawę, pomiędzy suchymi krowimi plackami. Tak, w stronę widnokręgu, aż skończy się ziemia zgryzoty, ziemia łez, ziemia niewoli. „Komuno strapionych". Na samą krawędź piachów i bagien za dziadkiem niosącym czerwoną księgę z dobrą nowiną, że paryska wprawdzie padła, ale zbawienie musi nadejść, bo tak stoi w planie dziejów. „Organizator miejscowego kolektywu zapytuje na przykład zwierzchnią instancję, czy istnieje coś wyższego i bardziej świetlanego poza kołchozem i komuną, aby można było natychmiast popchnąć tam miejscowe biedniacko-średniackie masy, niepowstrzymanie rwące w historyczną dal, ku szczytom niewidzialnych i niesłyszalnych, wszechświatowych czasów". Tak właśnie szli, w nadziei, że przekroczą komunizm, że opuszczą kołchoz, że Komuna z wielkiej litery wespół z Matką Boską wywiedzie ich z ziemi egipskiej, z domu niewoli, z czarnych, niewolniczych wieków. Szli dalej, niż zapowiadał Lenin i pozwalał Stalin. Szli na koniec dni pod wodzą dziadka. Widziałem to, gdy cicho przyklękiwałem za kobietami modlącymi się pod krepinowym ołtarzem. Jego głos był szorstki, ale pełen uczucia. Do ludzi nigdy tak nie mówił. Dostał szmat ziemi, nie musiał już oszczędzać nafty, a w gminie pił z urzędnikami jak równy z równym. Nie zginał grzbietu przed nikim, nie stawał w niczyich drzwiach z czapką w dłoni. Dziedzice przepadli, bogacze zniknęli. Jakby wsiedli na łódź albo tratwę i odpłynęli z biegiem rzeki, na której stały ruskie kanonierki. Nowa władza mówiła do niego „panie Klonowski". Widziałem, jak odwraca kartki modlitewnika, żeby się nie pomylić. Na stronie mieściło się ledwo dziesięć wersów, bo druk był duży jak w elementarzu. Grzbiety stron miały barwę amarantową, biskupią. Trochę się wstydziłem, że w izbie są same kobiety. Mężczyźni po prostu nie przychodzili. Ale w pochodzie przez piaski w stronę niskiego horyzontu musieli wziąć udział, bo kto by te wszystkie chorągwie, feretrony i fetysze niósł? Kto by pędził bydło, kto kierowałby trzodą, kto kiełznał konie ciągnące wozy z dobytkiem? Wozy miały już w większości gumowe koła, ale te stare, na żelaznych obręczach trzeba było wypychać z piaszczystych zapadlisk, zapierać się i smagać batami końskie boki. W południe zatrzymali się nad wodą, by napoić zwierzęta. Sami też posilili się chlebem i zsiadłym mlekiem, ale dziadek ponaglał, pospieszał, sam zadowalał się paroma łykami wody i pokrzykiwał na rozsiadłych. Był jak Mojżesz. „Komuno Aniołów, Komuno Patriarchów, Komuno Proroków, módl się za nami". Z tą czerwoną księgą jak z tablicami. Przesiadywałem z nią w zakamarkach obejścia. Pachniało piachem, pokrzywami i kurzym gównem.

To były głównie ilustracyjne ryciny: „Ludność ucieka przed szalejącym pożarem", „Rekwizycja broni przez Gwardię Narodową", „Dzieci bohaterskiego ludu paryskiego pomagają przy budowie barykad", „Posiedzenie Komuny", „Wnętrze kanonierki La Commune". Zdarzały się alegorie: „Lyon i Marsylia spieszą na pomoc Komunie Paryskiej". Wszystkie trzy postacie były kobietami w prostych szatach przypominających nocne koszule. Były też starannie wyretuszowane, wygładzone portrety. Najwięcej chyba Jarosława Dąbrowskiego i Walerego Wróblewskiego. I sporo kompletnie nieśmiesznych karykatur wroga. Były dni, że nie rozstawałem się z księgą. Zabierałem ją na strych i do stodoły. W odludne miejsca. Wiedziałem, że Paryż jest bardzo daleko, że jest niedostępny i piękny. Że jest przeciwieństwem dziadkowego obejścia. Komunizm, który nas otaczał, stawał się przez to mniej rosyjski, a bardziej paryski. Niczego oczywiście nie rozumiałem, ale w moim umyśle Paryż płynnie zamieniał się w ulicę Targową z jej robociarsko-lumpiarskim tłumem. Na Wileńskiej stawały ciężarówki zwane samochodami robotniczymi, które po fajrancie rozwoziły klasę robotniczą do podwarszawskich miasteczek i wsi. To były te zielone lubliny pod plandekami. Na skrzynię wchodziło się po żelaznej drabince. Wdrapywaliśmy się z matką. Mężczyźni patrzyli na nią, a ja czułem ledwo uświadomioną złość i lęk. Do wsi jechało się ponad godzinę. No więc komunizm jechał na tych ciężarówkach i przelewał krew w Paryżu. Był ze wszystkich stron, jak powietrze. Oddychaliśmy nim, ale prawie się o tym nie wspominało. Tu, na wsi, i w miejskim domu też. Jak sięgnąć pamięcią, zawsze była jakaś władza. Ruska, pańska, niemiecka, komunistyczna. Jedna zabijała i głodziła bardziej, inna mniej. Nikt nie mówił o wolności. Wszyscy się cieszyli, że mało zabija, w dodatku nie swoich, i że jest coraz więcej jedzenia. Przypominam sobie to wszystko, ponieważ nie mam innego życia. Ponieważ oni pamiętają coraz mniej. Przestało ich obchodzić, w którą stronę świata zabiera mnie S3. W jakiś sposób przypominam sobie to wszystko zamiast nich, tylko im tego nie opowiem. Przecież nie uwierzą w tę procesję. Nie będą chcieli słuchać, jak o zmierzchu na równinie zapalały się ogniska. Rozsiadali się. Przypiekali chleb nad ogniem. Coś podsmażali, gotowali wodę na zbożówkę sprzedawaną w paczkach z głową Turka w czerwonym fezie. Skupiali się blisko płomienia z czarną ścianą nocy zaraz za plecami. Owinięci w derki na rozścielonych pierzynach. Jak Cyganie nawiedzający wieś latem. Jak za dawnych czasów, gdy nie było jeszcze domów. Wtuleni w siebie jak zwierzęta. Opowiadali szeptem historie o wilkach, zbrodniach, cudach i skarbach. Tylko dziadek i kilka najstarszych kobiet ciągnęło osłabłymi głosami: „Komuno Apostołów, Komuno Męczenników, Komuno Wyznawców". Lecz dzieci wolały pogańskie opowieści. Patrzyły wskroś ognia w ciemność i widziały te wszystkie zdarzenia z odległych dni. Powieki im opadały, ale opowieści trwały wciąż i wciąż, i nie opuszczały ich we śnie, gdy zwijały się w kłębek, zgarniając pościel i ciała sióstr, braci i matek. „Komuno Dziewic, Komuno wszystkich Świętych, Komuno bez zmazy pierworodnej poczęta". Iskry ulatywały w niebo. Bydło zgonione w jedno stado leżało na granicy mroku i sapało ciężko i gorąco niczym przedwieczny stwór, niczym Lewiatan tych piaszczystych ziem. Konie stały oddzielnie. Słychać było cichy brzęk odpiętych kiełzn. A gdy robiło się całkiem cicho, dał się nawet słyszeć odgłos dreszczy przebiegających ich wielkie ciała. Czasem któryś kundel biegł poza krąg światła i szczekał w głąb nocy. Naprawdę wyglądali na lud w drodze do lepszych czasów i ziem. Ognie dogasały. Zostało tylko jedno ognisko, a dziadek wyznaczał warty spośród członków Ochotniczej Straży Pożarnej. Zabrał ze sobą swój paradny hełm ze złocistej blachy. W Wielki Piątek trzymał w nim straż u Grobu Pańskiego. 1 maja szedł w nim w gminnych i powiatowych pochodach. Teraz założył go i jako pierwszy podjął obchód obozowiska. Ogień odbijał się czerwono w mosiężnej blasze i wyglądało to tak, jakby jego głowę otaczała płomienna aureola. „Komuno wniebowzięta, Komuno różańca świętego, Komuno rodzin". Czasem przystawał i nasłuchiwał poszczekiwania kundli, zgadując, czy szczekają, by szczekać, czy też wyczuwają w ciemnościach prawdziwe niebezpieczeństwo. Ale tak naprawdę, chociaż noc dopiero się zaczynała, wypatrywał już wschodu. Wypatrywał jutrzenki, gwiazdy Lucifer, Czerwonej Madonny. Bo tak naprawdę nie wiedział, dokąd pójść, i potrzebował przewodnika. Patrzył w ciemność i cicho się modlił. Był prostym chłopem. Modlił się, ponieważ modlitwa nigdy go nie zawiodła. Klęczałem z tyłu i patrzyłem na spękane pięty starych kobiet. W niskiej izbie pełnej świętych obrazów i spiętrzonych pierzyn pod barwnymi kapami. Było mi trochę wstyd, ale byłem kością z jego kości i krwią z krwi. Nie wiem, czy wierzyłem w to, że wyprowadzi swój lud, ale wyobrażałem sobie, że może tak być. Wyobrażałem sobie to wszystko, gdy gorące powietrze falowało nad równiną. W cieniu wielkich topól szukałem piorunowych kamieni. Czasami zabierałem ze sobą psa. Wilczura na za krótkich łapach. Gdy zagryzły go inne psy, płakałem całą noc. Gdzieś go zakopali, ale nikt nie chciał mi powiedzieć gdzie. Może po prostu wywlekli i zostawili ptakom. Może to rozgrzane powietrze przynosiło odległe obrazy i niczego nie musiałem wymyślać. Jak na prawdziwej pustyni. „Komuno pokoju". Po drugiej stronie rzeki, w oddali wznosiła się ceglana kościelna wieża. Zawsze zmierzałem w tamtą stronę, ale nigdy nie udało mi się dotrzeć tak blisko, jak chciałem. Nie była to kwestia odległości. Po drodze wyobrażałem sobie tak wiele rzeczy, że czas i przestrzeń musiały się nieskończenie powiększyć, by pomieścić fantasmagorie. Czasem wydawało mi się, że mnie wołają, więc biegłem z powrotem, mając w pamięci rozpaczliwe krzyki: „Jezu! Poszedł do rzeki!". Biegiem pokonywałem wydmę i ledwo żywy wpadałem na podwórko, które było ciche, puste i rozgrzane. Siadałem w cieniu rozrośniętych bzów i przesypywałem gorący piasek. Czułem się bezpieczny i byłem szczęśliwy. Strzegła mnie dziadkowa księga i dziadkowa litania. Czułem, że żyję na najlepszym ze światów. Czasem chleb zamiast wodą był polany gęstą śmietaną i dopiero na to cukier. Odchodziłem z tym prowiantem na swoją pustynię i nikt mnie do niczego nie zmuszał. Horyzont był niski, zielony i odległy. Mogłem tęsknić do niego całe dnie. Zupełnie tak, jakby Królowa Zakonu Serafickiego rzeczywiście modliła się za mnie. Czerwona Madonna. Co któryś kęs oddawałem psu. Kościół po drugiej stronie rzeki był pod wezwaniem Narodzenia Najświętszej Marii Panny. Może prowadził ich właśnie tam, tylko musiało wymrzeć całe pokolenie pamiętające dawne czasy? Po czterdziestu latach między Czarnowem, Stasiopolem, Ludwinowem a Kowalichą mieli w końcu przeprawić się przez wodę i zamienić Czarną Madonnę na Czerwoną? Na Komunę Królową Polski?

Ilekroć mam czas, zawsze się tu zatrzymuję. Z tyłu mam Sychłę, a przed sobą Czerteż i Piotrusia. W dole widać starą wiejską drogę. Idzie prosto, jak strzelił. Stoi przy niej kilka ocalałych kapliczek. Kolejny raz wyobrażam sobie dawne życie. Odgłosy wieczoru, gdy bydło schodziło z pastwisk. Brzęk wiader, złotawe światło lamp w oknach. Spokój. Zawsze tak jest, gdy wspominamy rzeczy niewinne, zniszczone raz na zawsze. Muszą stać się baśnią, by pamięć zechciała je przechować. Od samego początku się tu zatrzymywałem. W osiemdziesiątym szóstym, gdy raz na dwa tygodnie robiłem zakupy w pegeerowskim sklepie i z wyładowanym plecakiem wydrapywałem się na przełęcz. Albo gdy szedłem z ostatniego autobusu. Wtedy zamiast fantasmagorycznej wsi widziałem prawdziwy kołchoz. Wielka, długa stajnia wyglądała jak nocny okręt. Szereg okien świecił się wzdłuż burty. W owczarniach też się paliło. Była zima, skrzypiał śnieg. Te kilkanaście świateł jak okiem sięgnąć otaczała ciemność. No więc okręt albo wyspa. Nie musieli jej opuszczać. Karmili owce i konie. Wracali, a w domach było ciepło. Domy zbudowane były z domów innych ludzi, których wypędzono. Dostali po kawałku ziemi i mogli uprawiać kartofle. Ale większości się nie chciało. Przecież nie mogli umrzeć z głodu. Ich los był szczegółowo zaplanowany. Czasami siadałem z nimi przy piwie pod sklepem. Uczestniczyłem w utopii. Patrzyłem na wiejskie życie, które znałem, ale to było coś zupełnie innego. Siedzieli w pięciu albo sześciu, traktorzyści, oborowi, pastuchy, i rozmawiali o ziemi. O tym jej kawałku. Nie był ich wspólną własnością, ale jednak ich łączył. Tak samo jak łączyły ich zwierzęta. Czasami zjadali owce i zwalali winę na wilki. Żyli w ciasnym, prawie rodzinnym kręgu. Na wyspie, której nie musieli opuszczać. Przyjeżdżało jedzenie. Co jakiś czas przyjeżdżało kino. Potem mieli nawet projektor na stałe i kierownik puszczał filmy w tym samym budynku, w którym był sklep, tylko w pomieszczeniu obok. Rozkładali deski na dworze, przyjeżdżali muzykanci i piwo w dwudziestopięciolitrowych beczkach. Schodzili łąką w dół, nad rzekę i zasypiali. Budziła ich rosa o świcie. Żyli jak na statku. Nie musieli go opuszczać. Mogli spokojnie patrzeć, jak przesuwają się odległe brzegi. Dostawali parę gumiaków na pół roku, bluzę i spodnie raz na rok i waciak co dwa lata. Niewykluczone, że pierwszy raz właśnie tutaj najadali się do syta. Chleb przyjeżdżał przecież dwa razy na tydzień. Okrągły, ponadkilogramowy, ciężki, ciemnawy i dobry. Pamiętałem życie na wsi i nie mogłem oderwać wzroku od tej ni to karykatury, ni to wyższego etapu. Siedzący obok mężczyźni pachnieli jak mój wuj i dziadek. Ubrania też mieli podobne. Może tylko więcej przeklinali i mieli nieco proletariacki sznyt z tymi wywiniętymi cholewkami walonków i beretami z antenką. Tak więc wszystko było znajome, a jednocześnie obce i nowe. Albo stare. Bo przecież przypominało folwark z traktorami. Kierownik miał władzę feudalną. Rozdzielał przywileje i kary. Milczącym wskazaniem palca wybierał kupujących z kolejki i sprzedawał im poza kolejnością. Albo odmawiał sprzedaży piwa. „Tylko jedzenie", mówił. Ten dziwny splot starego i nowego mnie fascynował. Dobrze znane, właściwie rodzinne, mieszało się z dalekim i obcym. Z azjatyckim i dzikim, jak z satysfakcją podkreślali niektórzy. No więc siedziałem i patrzyłem na to. Na tę niby wieś albo na wielkie, wspólne obejście. Nie było prawdziwego majdanu, ale okolice sklepu stanowiły punkt centralny. Przechodziły zwierzęta, ludzie, biegała dzieciarnia, wałęsały się psy, co do których nie było do końca wiadomo, do kogo należą. W większości podobne do mojego nadbużańskiego wilczura na jamniczych łapach, tylko jeszcze mniejsze. Tak, trochę wyglądało to jak obóz zbudowany z nieruchomych ludzkich siedzib. Długie, piękne w swojej prostocie łemkowskie chyże stały w tych samych miejscach od stuleci. Wybudowane z nich obozowisko miało trwać do końca świata, bo ów koniec już się właściwie zaczynał. Ludzie nie mieli stworzyć niczego doskonalszego ani sprawiedliwszego. Obozowiska z czasem miały się zmienić w stałe osady. Miały wrosnąć w ziemię tak mocno, jak wrośnięte były zburzone i spalone wsie. Ale w odróżnieniu od nich – na wieczność. Wszystkie wsie świata miały dostąpić tej łaski. I wszystkie miasta też. Siedziałem pod tym sklepem w 1986 roku. I w 1985, i w 1984. Patrzyłem na owce, konie i ludzi i nie było w tym widoku niczego porywającego ani rewolucyjnego, ale w jakiś sposób mnie pociągał. Popijałem marcowe z Grybowa, paliłem popularne z biało-niebieskiej paczki jak faceci obok i milczałem. Wiedziałem, że w najlepsze trwa schyłek. Ale wyobrażałem sobie, jak wbrew wszystkiemu zasiedlają kolejne wyludnione i opustoszałe doliny. Przepędzają tabuny drobnych koników, wycinają zarośla i ryją fundamenty pod koślawe, obozowe osiedla, w których będą szczęśliwi. Kierownik w gumowcach wytycza krokami zarysy kolejnych domów i wbija drewniane kołki w przyszłych narożnikach. Reszta przychodzi z łopatami, kilofami, szpadlami i kopie gliniastą ziemię. Miesiąc po miesiącu, rok po roku zasiedlają Nieznajową, karczują Świerzową, idą biegiem potoków w górę ku karpackiemu działowi, odgrzebują stare fundamenty, by dostać się do zapasów płaskiego kamienia. Żyją w barakach i szałasach, gotują na ogniskach, żywią się mlekiem i mięsem pędzonych stad. Tak samo jak wołoscy pasterze, którzy przed wiekami nadciągnęli w te strony. Piłem grybowskie marcowe z butelek 0,33 i wyobrażałem sobie nowych koczowników, wyklęty lud ziemi, który zasiedla wyludniony Beskid Niski, Karpaty, Nizinę Naddunajską, a potem cały świat. Siedziałem wśród schyłku i paliłem popularne z krakowskiej wytwórni. Tak, w 1986 roku, w 1987 paczki były już chyba biało-błękitne. Ale mogę się mylić. Siedziałem i wyobrażałem sobie na przekór. Ponieważ zawsze byłem za ludem, chociaż wiedziałem, że lud zawsze pada ofiarą. Więc choć w myślach pozwalałem mu zwyciężać. Żeby mógł żyć na wyspie lub na statku i żeby możni tego świata nie mieli doń dostępu. Żeby mógł żyć tak, jak mu się podoba. Żeby nikt go nie zmuszał ani do uległości, ani do wolności. Taka była moja utopia.

Czasami, zimą, wracałem z miasta nocą. Ostatni autobus przyjeżdżał około siódmej. Zawracał pod cerkwią, która stała się kościołem, a ja miałem do domu jeszcze osiem kilometrów. Do pegeeru droga była przetarta. Co jakiś czas przejeżdżał spychacz i po obu stronach drogi piętrzyły się śnieżne wały. W księżycowe noce już z oddali widać było ciemne zarysy zabudowań. To tu, to tam coś się świeciło. Czasem zaszczekał pies. Z obejść snuł się starożytny zapach zwierząt i siana, od czasów Betlejem zwiastujący dobrą nowinę. Ludzie i bydlęta oddychały w tym samym spokojnym rytmie. Może tak powinno wyglądać życie? Może zrobiliśmy błąd, wybierając ludzki los, który niósł nas w nieznanym kierunku i wcale niewykluczone, że w objęcia klęski? W ciepłe dni siadywałem między nimi i słuchałem opowieści o ich życiu. Szczerze mówiąc, nie różniło się zanadto od życia innych. Wstawali, jedli, szli do pracy, wracali, odpoczywali, kładli się spać. Jak większość ludzi. Nie mówili o wolności. Nie pamiętam też, by narzekali. Papierosy nie miały filtrów. Zostawał centymetr i dopiero wtedy się wyrzucało. Co zresztą zrobiliby z tą wolnością? Co zrobilibyśmy my wszyscy? Przyglądam się sobie siedzącemu przed sklepem, którego już nie ma. Niektórych mężczyzn palących papierosy i pijących marcowe też już nie ma. Może nawet większości. Teraz mógłbym opowiedzieć ich historie. Wtedy tylko patrzyłem i wyobrażałem sobie ich życie. Jeden z nich umarł w kościele na ślubie córki. Po prostu zmarł na serce. W sumie piękna śmierć. Niektórzy umarli od alkoholu. Wtedy patrzyłem na nich i próbowałem się czegoś nauczyć. Chłopiec z miasta, który uciekł z domu. Tak jak wtedy, gdy miał trzynaście lat i nocnym pociągiem pojechał z Warszawy do Zagórza, bez biletu, i potem dalej, porannymi autobusami, zimnymi i pełnymi sennych ludzi, do Leska i już na piechotę do Uherców, bo wyobraził sobie, że zostawia wszystko i idzie pracować w głębi gór, wypalać węgiel drzewny. Wczesną wiosną albo późną jesienią, bo na drzewach nie było liści i gdzieniegdzie leżał śnieg. W Uhercach była jakaś dyrekcja, nadleśnictwo, przyjęła go gruba kobieta za biurkiem i kazała wracać do szkoły. Miał szczęście, że nie wezwała milicji. Spał w ruinach klasztoru karmelitów. Widzę go, jak zwija się w kłębek w czarnej sukiennej kurtce z kapturem na stercie liści (a więc była jesień) i próbuje zasnąć w ciemnościach i chłodzie. Tak sobie prawdopodobnie wyobrażał wolność, chociaż raczej nie używał tego słowa. Że śpi się w polu, żeby nie wrócić do tego, od czego się uciekło. Jadł chyba herbatniki, słodkie wafle po dwa złote paczka, bo nie miał na nic innego. W siedemdziesiątym drugim? W siedemdziesiątym trzecim? Coś takiego.

Przyglądam się im. W siedemdziesiątym trzecim w Zagórzu, w osiemdziesiątym szóstym pod sklepem, którego już nie ma. Ilekroć tamtędy przejeżdżam, czuję ukłucie tęsknoty. Budynek jeszcze stoi, ale jest pusty. Zniknął szyld. W domach zostali ludzie. Domy wyładniały. Rosną kwiaty. Kiedyś ich nie było albo było mniej i ginęły w tym ni to folwarcznym, ni to fabrycznym otoczeniu. Ktoś kupił całe gospodarstwo i wyremontował budynki. Bardzo porządnie to wygląda. Na ogrodzonych pastwiskach pasie się francuskie bydło na steki. Wyjeżdżam na przełęcz i jak zwykle staję, żeby popatrzeć na przyrastające warstwy czasu. Na Wołochów, Rusinów, komunistów i kapitalistów. Na ślady, które pozostawili. Kiedy się tutaj sprowadziłem, wydawało mi się, że powietrze jest pełne duchów i głosów. Tak zapewne było. Ciekawe, czy po tym, co jest teraz, też zostaną jakieś duchy. Cienie krów limousine snujące się na łąkach przeszłości. Czy ktoś będzie przystawał w tym miejscu, by oglądać minione? Za sto, za dwieście lat. I czy przeszłość będzie wtedy jeszcze w ogóle istniała? Czy ktoś będzie jej potrzebował, by cokolwiek zrozumieć z własnego życia? Bardzo możliwe, że będzie istniała tylko przyszłość. Wcale bym się nie zdziwił. Będziemy tęsknić tylko do przyszłego. Do tego, co tam sobie wymarzymy. Tęsknota za przeszłością zostanie wykorzeniona. Zwyczajnie. Zmienią się mózgi. Będziemy myśleć tylko o tym, co sobie jeszcze kupimy. Jaką sobie jeszcze zrobimy przyjemność. Nie będzie żadnych duchów, wspomnień, pamięci ani historii. No tak – nie będzie pamięci i każdego dnia trzeba będzie zaczynać od nowa. Takie mam myśli, ilekroć staję na przełęczy między Sychłą a Czerteżem. Potem ruszam na południowy wschód płaskim siodłem, na które zimą wiatr zwiewa śniegi i układa w metrowe zaspy. Droga przez chwilę wiedzie w dół obok zarośniętych ruin dawnej leśniczówki, z których z kolei ja wydobywałem kamień na budowę swojego domu. Jeszcze chwilę trwa zjazd i zaraz znowu trzeba się wspiąć na kolejną przełęcz. Rozciąga się z niej wielki widok hen za Wisłokę i dalej aż na podkarpackie.

Widać, jak dziesięć kilometrów dalej szara strużyna drogi niknie za grzbietem. Teraz zjeżdża się już na dobre. W dół, w przeszłość, w głąb martwych wsi, pomiędzy nazwy, które nazywają nieistniejące. Można całymi dniami wędrować dolinami i odnajdywać resztki. Zdziczałe sady, kamienne krzyże, prostokątne wniesienia, na których stały domy, studnie cembrowane płaskim łupkiem. Wśród kamieni żyją węże i jaszczurki. Żadnego drewna. Żadnego metalu. Może gdzieś pod ziemią. Kamienny przyczółek mostu. Od tamtego czasu Zawoja przesunęła swój nurt kilkanaście metrów dalej. Przyczółek donikąd. Zieleń go pochłania, rozsadza, zagarnia. Jesienią, gdy opadną liście i położy się trawa, widać wyraźniej, jak to wyglądało. Odczytywanie. Na przekór. Na złość zagładzie. Tylko to można zrobić.

W Arał-kum wzdłuż szosy jechał chłopiec na białym ośle. Wiatr układał na asfalcie piaskowe zaspy i trzeba było zwolnić, bo koła traciły przyczepność. Wszystko miało kolor tego piasku. Chaty, płoty, zagrody, wielbłądy, ludzie. Wszystko było zrobione z tej sypkiej materii, która zastygła w kształt ludzkiego osiedla. Tylko osioł był trochę jaśniejszy i poza powietrzem tylko on się poruszał. Drobnym, twardym kłusem na przekór wiatrowi, który sunął nieprzerwanie i monotonnie. Właściwie stał w miejscu, ponieważ nigdy nie cichł. Wiał od zachodu, od strony wysychającego jeziora. Wieś nazywała się tak samo jak pustynia, która zajmowała teraz miejsce wód. To była najmłodsza pustynia świata. Miała tylko kilkadziesiąt lat. Wieś zatrzymywała piasek, sól i pestycydy. Zatrzymywała też nieznane bakterie, bo na nieistniejącej już wyspie był w poprzedniej epoce tajny ośrodek badań nad bronią biologiczną. Nie stanąłem nawet na chwilę. Miałem już dość melancholii tych stron. Czterysta kilometrów dalej o pierwszej w nocy w przydrożnym hotelu przed snem czytałem mapę. Odczytywałem nazwy pustynnych osad rozrzuconych wzdłuż szosy M32: Iljicz, Engels, Oktiabr, Lenino, Marks, Internacyonał, Awangard, Kommunizm, Pierwoje Maja, Kirowo. Wyobrażałem sobie, jak je zasypuje piach. Leżały w głębi pustyni z dala od M32. Miały gorzej niż Arał-kum. Może już nawet nikt tam nie żył. W Aralsku stanąłem na pół godziny, bo kończyły mi się pieniądze. Tam też wszędzie był piach i powietrze smakowało słono. Podrostki na mój widok wołały „heloł". Na wielkich billboardach to tu, to tam przedstawiony był prezydent w dostojnych pozach: otwierał elektrownie, puszczał w ruch fabryki, głaskał po głowach dzieci albo po prostu stał. Wyglądało na to, że ma zamiar przeprowadzić swój lud przez pustynię. Zatankowałem do pełna i do kanistra i pojechałem przez równinę. Przez te czterysta kilometrów nie było właściwie nic. Bezkresna ziemia i puste gorące niebo. Właściwie to nawet chciałem odnaleźć zjazd na Tustubek i zobaczyć resztki wód. Ale miałem wybity sworzeń wahacza i już przy osiemdziesiątce kierownica wpadała w drgania. To było dwieście w obie strony po wertepach. Do domu zostało mi ze cztery tysiące przez obce kraje, więc machnąłem ręką. Było prosto i pusto. Asfalt wyglądał jak szary metal, jak ostrze, które ktoś wsunął między dwa żywioły i je rozdzielił, żeby zrobić miejsce dla nowej wszechświatowej cywilizacji. Sto lat nie było tutaj żadnych dróg, tylko ścieżki dla osłów i wielbłądów. Nawet Jedwabny Szlak, jedna z jego odnóg, biegł pięćset kilometrów na zachód. Wszystko musieli przywieźć. Cement, stal, asfalt, penicylinę, papierosy, margarynę, całą tę nowoczesność, która miała odmienić planetę. Odwrócić nurt rzek. Ze starych kawałków pozszywać nowego człowieka. Wsączyć mu w żyły niespotykaną dotąd odmianę syntetycznej krwi, żeby się nie burzyła i nie psuła. „Tylko dla Sofronowa nie starczyło snu. Popatrzył na śpiących i wypowiedział z goryczą: – Ech ty maso, maso...Trudno z ciebie zorganizować szkielet komunizmu. I czego ci jeszcze trzeba, łachudro jedna? Zmęczyłaś całą awangardę, świntucho!" Tak, leżące wielbłądy wyglądały jak usypane z piasku. Spod złuszczonych glinianych tynków wyłaziła słoma. Powinienem stanąć i swoim kulawym rosyjskim wypytywać o ich życie. Wiedziałem jednak, co mi odpowiedzą: że kiedyś było lepiej. Słyszałem to dziesiątki razy. No więc jechałem dalej pod wielkim niebem. Drogą jak ostrze, które rozdzieliło żywioły. Czułem uderzenia wiatru. Pył osiadał we wnętrzu auta. Piasek i pył. Taki sam piasek jak na pustyni dzieciństwa nad rzeką. Ten sam piasek, przez który brnął dziadek, wiodąc swój lud ku zbawieniu, które miało się stać wygnaniem.